Nova Hill, aufgewachsen im schottischen Blackwood, nennt zwei Sprachen ihr Eigen. Die Jugend in dem abgelegenen Ort inspirierte sie zur Mystery. Heute lebt und arbeitet Nova Hill in Hamburg.

NOVA HILL

THE WOODS

BAND 3

DIE LETZTE ANKUNFT

Oetinger Taschenbuch

Klimaneutral
Druckprodukt
ClimatePartner.com/53248-2011-1002

Dieses Buch wurde klimaneutral produziert. Dadurch fördern wir anerkannte Nachhaltigkeitsprojekte auf der ganzen Welt. Erfahre mehr über die Projekte, die wir unterstützen und begleite uns auf unserem Weg unter www.oetinger.de

FSC
www.fsc.org
MIX
Papier aus verantwortungsvollen Quellen
FSC® C014496

Quellenverzeichnis:
Robert L. Stevenson: *Der seltsame Fall des Dr. Jekyll und Mr. Hyde.*
Erzählung. Aus dem Engl. übers. von Hermann Wilhelm Draber.
Leipzig: Reclam 2001.

Originalausgabe
1. Auflage

Umschlaggestaltung: ZERO Werbeagentur
Satz: Satz für Satz, Wangen im Allgäu
Druck und Bindung: GGP Media GmbH, Karl-Marx-Straße 24,
07381 Pößneck, Deutschland
Printed 2021
ISBN 978-3-8415-0658-0

www.oetinger-taschenbuch.de

Er machte den Eindruck eines Verwachsenen, doch konnte man nicht sehen, wo das Gebrechen saß. Er hatte ein widerwärtiges Lächeln; sein Benehmen gegen Utterson war eine Mischung von verbrecherartiger Furcht und Frechheit; er sprach mit einer heisern, flüsternden Stimme; alles dies mußte jedermann gegen ihn einnehmen; aber es war dennoch nicht genug, um diesen namenlosen Abscheu, diesen Widerwillen, diese Furcht zu erklären, die Utterson in seiner Gegenwart empfand.

Robert Louis Stevenson,
Der seltsame Fall des Dr. Jekyll und Mr. Hyde

EPISODE 1
Das Versprechen

Irina

Sechs Monate vor Tag 0, 10:00 Uhr, Geschlossene Psychiatrische Anstalt am Winkenberg, Behandlungszimmer.

»Wie fühlen Sie sich heute, Irina?«

Dr. Finn schlägt die Beine übereinander, auf denen er das Klemmbrett abgelegt hat. Der silberverchromte Kugelschreiber liegt zwischen seinen langen, schmalen Fingern. Kein Rumklackern, kein einziges Klicken.

Das macht mich schon beim Hinschauen nervös, ich kralle meine Fingernägel in die Stuhllehnen. Wer zur Hölle hält einen Kugelschreiber so still in den Händen?!

Die Luft hier drinnen ist verbraucht, und das Lederpolster des Sessels unter meinem Po noch warm von dem Patienten, der vor mir hier saß.

»Ich fühle mich nicht gut«, antworte ich schließlich. *Genauso wie den Tag davor und den Tag davor und den anderen auch. So wie eigentlich alle Tage, seit mein Bruder von diesem Auto überfahren wurde.*

In Dr. Finns Gesicht kann ich nicht mal ein minimales Zucken erkennen. Es ist anstrengend, den Blickkontakt zu halten. Ich muss kurz wegsehen, lasse die Augen durch das Behandlungszimmer schweifen. An der Wand hängen nichtssagende Gemälde von Landschaften. Über den alten Holzdielen liegt ein runder, gemusterter Teppich. Der geschwungene Glastisch mit Messingfüßen zwischen uns erinnert an ein abstraktes Designerstück, während die Bücherregale und der Schreibtisch im Rücken von Dr. Finn wieder aus dunklem, verschnörkeltem Holz sind.

»Sie wirken heute besonders gereizt«, antwortet Dr. Finn erst, als ich wieder zu ihm aufblicke und er sicher ist, dass ich nichts mehr zu meinem aktuellen Gefühlszustand hinzuzufügen habe. »Ist etwas vorgefallen?«

Ich schlucke.

Ja, das ist es. Es ist, verdammt noch mal, etwas vorgefallen. Aber wahrscheinlich würde man mir dann wieder sagen, dass es sich dabei nur um meine psychische Erkrankung handelt. Dass ich mir einbilde, dass Vanjo noch lebt. Davon sprechen die Psychiater doch die ganze Zeit. Irgendwann glauben sie noch, meine Wahnvorstellungen nehmen überhand, und fixieren mich ans Bett. So wie den aus Zimmer 108. Man hat solche Geschichten gehört.

»Es war nichts«, lüge ich und versuche dabei, extra nicht zu blinzeln, und dann erzähle ich von einem kleinen Streit mit meiner Zimmernachbarin Eva, schmücke die Geschichte etwas aus. Irgendwie muss ich diese Sitzung ja mit Inhalt füllen.

Dr. Finn hört aufmerksam zu, sieht dabei immer wieder nach unten, um irgendwelche Notizen auf sein Klemmbrett zu kritzeln. Sein graues Haar wird am Oberkopf lichter. Veranlagung? Er könnte Anfang vierzig sein, wirkt recht attraktiv. Helle Augen, weiße Zähne, ordentlich gekleidet. Unter dem weißen Kittel hat er sogar welche von diesen Hipster-Hosenträgern über dem Hemd. Dennoch ist Dr. Finn für mich nicht wirklich greifbar. Selbst nach über einem Jahr Therapie. Ob er überhaupt eine Familie hat? Ein Leben außerhalb der Wände dieser Anstalt?

Nachdem ich mit meinem Monolog über meine angeblich anstrengende Zimmernachbarin fertig bin, nickt er. Immer dieses langsame Nicken, danach das Gekrakel auf dem Papier. *Sagen Sie mir doch einfach, was Ihnen durch den Kopf geht, Dr. Finn. Dass ich an einer Wahrnehmungsstörung leide? Dass ich die Dinge in meinem Kopf nicht richtig zuordnen kann? Dass sie* auseinanderfallen?

Er sieht wieder von seinen Notizen auf. »Haben Sie von Ihrem Bruder geträumt?«

»Nein«, lüge ich erneut.

»Es ist gut, wenn die Träume weniger werden.«

»Wieso?« Ich kralle meine Finger tiefer in die gepolsterten Lehnen des Sessels. Das Leder hat an der Stelle schon mehrere helle Risse, sie fügen sich genau in die Form meiner Nägel. Aber das ist immer noch besser, als wenn ich sie in meine wunden Handballen drücke und die Haut dann aufreißt – so, wie ich das sonst mache, wenn ich unruhig werde.

»Irina.« Dr. Finn nimmt nun das Klemmbrett mit dem Stift von seinem Schoß und legt es vor sich auf den kleinen Glastisch, schaut mich wieder an, und all seine Aufmerksamkeit gehört jetzt nur mir. »Ich weiß, wie schwer es für Sie sein muss, einen solchen Verlust zu erleben. Zumal sich Zwillingspaare einander noch näher fühlen als vielleicht einem anderen Geschwisterteil, und deswegen mag es sich für Sie angefühlt haben, als wäre ein Teil von Ihnen gestorben. Nach traumatischen Ereignissen kann es vorkommen, dass sich Ihr Gehirn ein System zurechtlegt. Eines, in dem Ihr Bruder vielleicht noch lebt.« Seine rechte Braue hebt sich. Er sieht nahezu besorgt aus. »Aber Sie müssen verstehen, dass das nur eine Schutzreaktion Ihres Gehirns ist. Es will Sie vor diesen unerträglichen Belastungen abschirmen.«

Aufhören. Ich will das nicht wissen. Meine Finger rutschen von den Stuhllehnen, und ich muss sie verkrampft nach außen spreizen.

Dissoziative Störung.

Ich hasse diese Bezeichnung, sie macht mich wütend. Diese Psychologen glauben, Muster im Inneren der Menschen erkennen zu können, die dann in irgendwelche Kriterien aufgeteilt sind. Und weil ich ein paar dieser Kriterien erfülle, drücken Sie mir diese Diagnose auf. Das erscheint mir genauso wenig wissenschaftlich wie ein Tageshoroskop in einer Klatschzeitschrift. Das Innere eines Menschen ist doch komplett individuell.

»Entspannen Sie für einen Moment Ihre Finger«, sagt Dr. Finn und deutet auf meine Hände. »Eine Faust machen und dann wieder lösen.«

Er demonstriert es mir. Ich ahme seine Bewegungen nach, komme mir dabei vor wie ein Kind. Aber ich weiß, dass es hilft, um meine Finger wieder unter Kontrolle zu bringen. Er kennt das Problem mit diesem Tick. Ich will dann am liebsten, dass der Schmerz in meinen Handballen jeglichen anderen übertönt.

Dr. Finn lehnt sich zurück in seinen Stuhl. »Machen Sie die Übungen noch, die ich Ihnen beigebracht habe, wenn der Drang zu häufig da ist?«

Ich schnaube. Das Schweigen im Raum dehnt sich. Sogar das feine Ticken der winzigen Zeiger in seiner goldenen Armbanduhr kann ich hören. Ich habe keine Lust, ihm zu antworten.

»Na gut«, sagt Dr. Finn, und das ist meist das Stichwort, nach dem ich entlassen werde. »Heute ist vielleicht kein Tag, um über Ihren Bruder zu sprechen. Haben Sie denn die Hausaufgabe gemacht, die ich Ihnen das letzte Mal mitgegeben habe?«

»So halb«, sage ich gepresst. Ein klein bisschen Kooperation hat nie geschadet, um die Therapie erträglicher zu machen, aber diese Hausaufgaben sind grundsätzlich scheiße.

Dr. Finn ignoriert meinen Kommentar und fährt nach einer kurzen Pause fort. »Hat es denn funktioniert, die *Was-wäre-wenn-*Gedanken wegzulassen?«

Ich halte die Luft an. Was für eine dämliche Aufgabe. Ich soll aufhören, mich zu fragen, was gewesen wäre, wenn ich nicht mit Vanjo an jenem Abend vor der Turnhalle gestritten hätte.

Aber was ändert das schon. *Denn es war eben kein zufälliger Unfall. Es war meine Schuld. Es war meine Schuld, dass das Auto meinen Bruder überfahren hat. Wenn ich ihn einfach in Ruhe gelassen hätte, dann …*

»Irina?«

Der Punkt an der Wand, den ich seit einer Weile fixiert habe, beginnt zu flimmern. Mir ist ganz schwummrig. Ich reiße den Blick nur schwer wieder in Dr. Finns Gesicht. Es verschwimmt kurz. Zieht sich auseinander und dann wieder zusammen, bis es scharf wird. Ich presse die Augen für einen Moment fest zu. *Das ist nicht gut.*

»Hm?«, sage ich, würde aber am liebsten weiter abdriften.

»Sind Sie sicher, dass nichts vorgefallen ist?«

»Ja.«

»Sie wissen, dass ich nur mit dem arbeiten kann, was Sie mir anvertrauen.«

»Das weiß ich«, sage ich wie ferngesteuert, immer noch damit beschäftigt, meinen Blick zu fokussieren.

»Gut, dann berichten Sie mir einfach beim nächsten Mal, wie es Ihnen mit der Hausaufgabe ergangen ist.« Er erhebt sich, um mich aus seinem Zimmer zu begleiten.

»Okay.« Ich stehe ebenfalls auf, warte, bis der Schwindel weg ist, und folge ihm zur Tür. *Doch das kann ich Ihnen bereits jetzt sagen, Dr. Finn,* denke ich, und ein kribbelndes Gefühl steigt nun in mir empor. Ein Gefühl, von dem ich lange vergessen hatte, dass es existiert: Hoffnung.

Denn was wäre, wenn ich recht damit habe, dass mein Bruder noch lebt? Was wäre, Dr. Finn, wenn ich diese ganzen Monate über, die ich hier festsaß und auf diesem Sessel mit Ihnen gesprochen habe, mir rein gar nichts eingebildet oder dissoziiert habe? Wenn es tatsächlich einen Weg gibt, wie ich meinen Zwillingsbruder zu mir zurückholen kann? Meine Kopfhaut kribbelt.

Was wäre, wenn Vanjo nämlich gar nicht tot ist?

Sechs Monate vor Tag 0, 12:00 Uhr, Geschlossene Psychiatrische Anstalt am Winkenberg, Patientenzimmer Nowikow, Raum 217.

Ich lasse mich auf mein Bett sacken, es federt zurück. Jemand muss es frisch bezogen haben, während ich in der Sitzung war. Es riecht nach diesem sterilen Waschmittel, mit dem sie hier alles kochen. Genauso wie die graue Hose und das Hemd, das ich trage.

Es dauert eine ganze Weile, bis ich mich beruhige. Ich spüre, wie heftig mein Puls geht. Wie das Blut durch meinen Körper pumpt. *Warum bin ich so aufgeregt?*

Schließlich weiß Dr. Finn nichts von meinem Vorhaben. Er kann vielleicht ahnen, dass mich etwas beschäftigt. Aber in meinen Kopf hineinsehen, das kann er zum Glück nicht. Das kann nur ich selbst.

Plötzlich klopft es an meiner Tür. Sie geht einen Spalt auf, es ist einer der jüngeren Pfleger. »Besuch für dich«, sagt er.

»Oh«, antworte ich.

»Er wartet am Empfang.«

»Danke, Michi.«

Er nickt mir grinsend zu. Seine Wangenknochen sind scharf geschnitten, die Nase ist gerade. Seine hellen Augen wie immer aufmerksam.

Michi ist dienstags und donnerstags auf unserem Stock. Er ist einer der wenigen, die ich leiden kann, und einer der wenigen, die mich duzen. Wir reißen manchmal Witze über die leitende Schwester. Keiner kann sie so gut nachmachen wie er. Was habe ich mich deswegen schon schlappgelacht.

»Bis später.« Er winkt zum Abschied und verschwindet wieder. Ich schlüpfe in meine Hausschuhe, straffe meinen Pferdeschwanz und zupfe meine Kleidung zurecht. Nach unten nehme ich selten den Fahrstuhl, sondern eile wie jetzt auch die Marmortreppen bis ins Erdgeschoss hinunter. Die Kronleuchter brennen, obwohl das Tageslicht durch die hohen Fenster in die Eingangshalle scheint. Man kann Fingerabdrücke auf dem schwarzen Klavier erkennen. Als hätte gestern jemand nach dem Mittagessen seine Hände nicht richtig gewaschen und Fettflecken von den frittierten Kroketten darauf verteilt.

Ein paar Meter neben dem Empfangstresen auf dem karmesinroten Teppich steht mein Besucher. Der hochgewachsene Junge in der Lederjacke und mit den dichten schwarzen Haaren dreht sich jetzt um. Der Blick seiner blauen Augen findet mich.

Ich komme vor ihm zum Stehen. »Hallo, Mark.«

»Hallo, Irina.«

Wir geben uns die Hand. Eine seltsame Aufregung erfasst mich. Nicht wegen seiner Erscheinung. Nein, ich bin gespannt, was er zu berichten hat.

Neben uns klingelt das Telefon am Empfang. Mehrere Ärzte in Kitteln laufen an uns vorbei. Ein Aktenschrank wird schwungvoll aufgerissen und wieder zugeschoben, dabei flattern die grünen Blätter der Calathea, die in einem Topf auf dem Hocker danebensteht.

»Es ist schönes Wetter heute, wollen wir draußen ein Stück spazieren gehen?«, fragt er.

Ich werfe einen letzten Seitenblick auf die beschäftigte Dame am Empfang, die jetzt hektisch in einer Akte herumsucht.

»Ja, gehen wir raus.«

Mark blickt auf meine Hausschlappen, in denen ich barfuß bin. Die Korkränder an den Fersen drücken sich bereits nach außen, so abgetragen sind sie. »Willst du dir noch andere Schuhe anziehen?«

Ich hebe ungläubig die Brauen. »Keine Ahnung, wann mich

das letzte Mal festes Schuhwerk interessiert hat. Ich komme sowieso nicht weiter als bis zur Mauer des Geländes.«

»Klar, entschuldige«, sagt Mark und fährt sich durchs Haar.

Wir verlassen das Foyer. Die zwei großen Birken vor dem Hauptgebäude tragen Knospen. Früher habe ich mich über so was gefreut, da habe ich den Frühling geliebt, heute sind sie einfach da. Der Brunnen mit den zwei ineinandergeschlungenen Statuen plätschert vor sich hin. Wassertropfen spritzen aus dem Becken. Man will es uns in diesem Bau nett machen. Das dicke Eisentor, das ich in etwa zweihundert Meter Entfernung sehen kann, soll kaschiert werden.

Seien Sie nicht so zynisch, höre ich Dr. Finn sagen. Ja, er hat ja recht. Eine geschlossene Psychiatrie ist tatsächlich nicht so grauenvoll, wie ich es mir vorgestellt habe. Manchmal denke ich mir die Gitter weg, dann wirkt sie so normal wie jede andere Klinik auch. In der einen behandeln sie Magengeschwüre, in unserer eben die Köpfe. Trotzdem behagt mir dieser Ort nicht. Vor allem dann, wenn ich hinten bei den schweren Fällen auf Station 6 die Wachleute sehe, wie sie mit den muskulösen Dobermännern ihre Runde laufen. Für *Sicherheit* sorgen.

Ich steuere auf einen der äußeren Schotterwege zu. Nur vereinzelt sieht man grau gekleidete Patientinnen oder Patienten umherspazieren. Hin und wieder Angehörige. Sie sind schnell zu identifizieren. Fallen auf in ihrer Alltagskleidung.

Mark hat die Hände in den Taschen seiner Jeans vergraben. Wir gehen ein paar Schritte, bis wir außer Hörweite der anderen Spazierenden sind. Mein Puls ist inzwischen etwas runtergefahren.

Er kommt gleich zur Sache. »Hast du über meinen Vorschlag nachgedacht?«

Wir laufen an einem Gärtner am Wegesrand vorbei, der noch mehr von den weißen Krokusblumen in die Beete pflanzt. Ich halte kurz inne. »Das habe ich. Wie ich dir schon bei unserem letzten Treffen gesagt hab, bin ich bereit, dir zu helfen.«

»Gut, ich hatte kurz Angst, du würdest mir doch nicht mehr glauben und abspringen«, sagt er.

Natürlich musste ich das erst mal sacken lassen. Schließlich ist Mark für mich nach wie vor ein Fremder, der vor einigen Wochen einfach so bei mir aufgetaucht ist. Und ich merke auch, dass er mir nur das Nötigste erzählt hat.

Was ich verstanden habe, ist, dass Mark aus einer anderen Realität kommt. Und dass in dieser Realität Vanjo noch lebt. Er wird meinen Bruder herbringen, aber nur, wenn ich ihm im Gegenzug Schutz biete. Ich bin seine Tarnung, damit er sich weiterhin in dieser geschlossenen Klinik als Besucher bewegen kann. Natürlich habe ihm nicht sofort geglaubt.

Wenn Mark diese Story Dr. Finn erzählt hätte, hätte der ihn direkt eingewiesen. Aber irgendetwas hat diesen verrückten Wissenschaftler zu mir geführt und mir bestätigt, was ich die ganze Zeit über gefühlt habe: Mein Zwillingsbruder lebt.

Trotzdem wollte ich einen Beweis haben, und den hat Mark mir gebracht. Er hat mir Aufnahmen auf seinem Handy gezeigt. Videos von Vanjo. Auf dem einen sieht man meinen Bruder, wie er auf dem Sportplatz hinter dem Winkenburger Schwimmbad Runden auf dem roten Tartan läuft. Es ist er, ganz eindeutig. Ich würde seinen Gang und die Art, wie Vanjo sich bewegt, von Milliarden anderen Menschen unterscheiden können.

»Also bist du nun meine Kontaktperson?«, versichert sich Mark, während wir weiter übers Gelände schlendern.

»Solange du dich an dein Versprechen hältst und mir Vanjo bringst.«

Er kneift die Augen zusammen, sein Gesicht ist jetzt genau der Sonne zugewandt. »Deswegen bin ich hier.«

Da ist wieder das Kribbeln, das ich vorhin in der Therapiesitzung gespürt habe. Ich sehe erwartungsvoll in sein symmetrisches, ja, schönes Gesicht.

»Ich habe eine Möglichkeit gefunden, wie ich Vanjo hierherbringen kann. Zur Anstalt.«

»Wie?«, frage ich.

»Ein Schulprojekt.«

»Ein Schulprojekt?«

»Ja.« Mark sieht einmal über die Schulter, er zieht die Hände aus den Hosentaschen. Wir sind immer noch unbeobachtet. »Ich gebe mich als Biologiestudent aus und starte an Vanjos Schule ein Forschungsprojekt im Wald. Dann teile ich die Schülerinnen und Schüler in kleine Gruppen ein und führe sie auf eine vorbestimmte Route. Aber die Schilder für Vanjo werde ich manipulieren, sie werden ihn direkt zur Anstalt führen.«

In meiner Brust wird es eng. *Vanjo. Mein Vanjo wird hierherkommen.*

»Wann?«, frage ich und konzentriere mich wieder auf das Jetzt.

Mark fährt sich übers Kinn. »Ich brauche etwas Vorlaufzeit, um alles zu organisieren. Dann sind da noch die Sommerferien. Aber im Herbst, wenn das Projekt beginnt, wird es so weit sein. Bis dahin muss ich das Gelände genauer erforschen, um weitere Realitätsübergänge und deren Regelmäßigkeiten rauszufinden. Denn Vanjo wird dich nicht einfach so sehen können. Nur dort, wo deine und seine Welt zusammentreffen, verstehst du?«

»Schon«, sage ich gedehnt. Und dann steckt Mark seine Hände wieder in die Hosentaschen. Aus der rechten guckt ein kleines schwarzes Gerät mit einem Display heraus. Ich runzle die Stirn. »Was ist das?« Ich deute mit dem Finger auf das viereckige Ding, aus dem mehrere kleine Antennen herauszukommen scheinen.

Mark schiebt es hektisch in seine Jeans zurück. »Nichts.«

»Du weißt schon, dass ich dich auffliegen lassen kann, wenn du mir etwas verschweigst, das ich besser wissen sollte«, sage ich bissig und spüre meine pochenden Handballen.

»Ist nicht wichtig«, sagt er, doch seine angespannte Haltung entgeht mir nicht. Erneut scannt Mark die Umgebung. Wir sind noch immer außer Hörweite. Wobei einige Meter von uns entfernt ein Patient auf einer Holzbank am Wegesrand sitzt. Artur, ich kenne ihn. Ein älterer Mann mit irgendwelchen Lungenproblemen. Er ist nicht zu überhören, wenn er in einem der Gänge hinter mir läuft. Sein Keuchen sitzt mir dann jedes Mal im Nacken.

»Ich muss jetzt los«, sagt Mark. Seinen Daumen hat er immer noch in der Hosentasche mit dem Gerät eingehakt und verbirgt mir somit die Sicht darauf. Ob das die besondere Technologie ist, von der er mal gesprochen hat? Kommt er damit von seiner in unsere Welt und zurück?

»Na gut«, sage ich schließlich. »Dann haben wir einen Deal?«

Der groß gewachsene Kerl nickt aufrichtig.

Ich habe gar nicht gemerkt, dass wir angehalten haben. Mark und ich gehen eilig weiter über den Hof, an Artur vorbei, der seine altersbefleckte Hand zum Gruß hebt. Ich grüße mit nervösem Lächeln zurück, schaue dann zum Hauptgebäude der Klinik.

Herbst. Etliche Sitzungen werden dort drinnen bis zum Herbst auf mich warten. Sitzungen, in denen ich mein Vorhaben geheim halten und Mark vertrauen muss. Es fühlt sich noch ewig an bis dahin. *Aber für Vanjo schaffe ich das. Für Ivana schaffe ich das.*

Sechs Monate vor Tag 0, 18:47 Uhr, Geschlossene Psychiatrische Anstalt am Winkenberg, Gemeinschaftsraum.

Spielabende sind lächerlich. Nur eine weitere Maßnahme, um uns zu beschäftigen. Ich weiß, dass der aus Zimmer 108 genauso darüber denkt. Und trotzdem ist er jedes Mal anwesend. Wahrscheinlich, weil er sein ganz eigenes, persönliches Spiel daraus macht.

Sein Name ist Gerald. Er sitzt mir am Holztisch gegenüber, auf dem das Monopoly-Spielbrett aufgebaut ist. Er zieht das Papiergeld unserer Mitspielerin Lina über das Feld zu sich, während sich sein hageres Gesicht zu einer Fratze verzerrt. Eins meiner Plastikhäuschen verrutscht dabei auf der ergatterten Schillerstraße, das ich dort auf dem gelben Balken platziert habe.

Lina rückt es wieder zurecht. Ihre Finger zittern leicht. Die Narben in Geralds Gesicht, die seltsame Symbole ergeben, verschrecken so manche Patienten hier.

Mich auch. Es waren damals sicher tiefe Schnitte in seiner Haut. Die Wunden scheinen nie richtig abgeheilt zu sein. Sie sind nicht weiß, so wie die paar Narben der Verletzungen, die ich mir damals beim Turnen zugezogen habe. Nein, sie sind leicht rötlich, teilweise lila. Als würden sie noch immer von innen bluten.

Ich zwinge mich, woanders hinzusehen. An den stucküberzogenen Außenwänden des Gemeinschaftsraums sitzen Pflegerinnen und Pfleger in weißer Kleidung, die die Spielabende leiten. Sie beobachten uns. Wenn ein Spiel ausartet – und es ist durchaus schon passiert, dass einer der Patienten handgreiflich wurde –, drücken sie den roten Knopf auf den kleinen schwarzen Pagern, die sie bei sich tragen. Dann kommt Verstärkung. Sie packen die Patienten mit gelernten Griffen und bringen sie raus. Was danach passiert, weiß ich nicht.

Ich habe bisher nur ein Mal ein starkes Beruhigungsmittel verabreicht bekommen. Es war nach einem der lebhaften Träume, die von Vanjo handeln. Ich habe um mich geschlagen und geschrien, dass er mich braucht, dass ich hier raus und zu ihm muss. Nichts half, ich konnte mich einfach nicht beruhigen, bevor ich dann durch das verabreichte Mittel in einen benebelten Schlaf gesunken bin. Mein rechtes Augenlid zuckt, als ich daran zurückdenke. Das nervt. Es zuckt öfter mal. Da hilft auch das Magnesium nicht, das sie mir morgens in einem Glas Wasser auflösen.

Artur, unser vierter und letzter Mitspieler, ist an der Reihe. Erst vorhin haben wir uns draußen im Hof gesehen. Mit einer beeindruckenden Ruhe rückt er vier Felder vor und landet auf seiner eigenen Straße. Nichts passiert.

Gerald dreht den Kopf und fixiert mich. »Du bist dran.«

Bei seinen Worten jagt eine Gänsehaut meine Arme hinauf. Gerald selbst bezeichnet seine Narben als ein Kunstwerk. Andere glauben, die Symbole stehen für seine Opfer. Für jeden Mord eines. Man munkelt viel. Aber worüber soll man auch sonst reden, wenn man von der Außenwelt abgeschottet ist und diese Klinik das Einzige ist, was für einen existiert. Und dass Gerald früher auf Station 6 war, ist auch kein Geheimnis.

Diese Station liegt ein gutes Stück von den restlichen Gebäuden entfernt. Ich glaube, dort gibt es nicht mehr als zwanzig Betten. Doch die Patienten in dem Teil der Klinik sind wirklich unzurechnungsfähig. Sie sind vom Gericht eingewiesen worden, weil sie eine Gefahr für sich selbst oder andere darstellen. *Unberechenbar, gewalttätig, psychotisch.*

Der Trakt ist durch Stacheldrahtzaun, massive Türen und strengere Sicherheitsvorkehrungen abgeriegelt. Ich glaube nicht, dass Gerald wirklich Morde begangen hat, sonst hätte man ihn kaum wegen guter Führung dort entlassen und wieder hier zu uns anderen verlegt. Die Ärzte sprechen bei ihm von Autoaggression. Ich kann mir vorstellen, dass er einfach nur gelernt hat, seine gegen andere gerichteten Gewalttendenzen zu verbergen. Aber nur weil er länger unauffällig geblieben ist, muss das nicht heißen, dass er nicht trotzdem gefährlich ist.

Mir fällt ein kleiner roter Rand auf, der sich durch Geralds Hemd durchdrückt. Ob es frisches Blut ist? Ein Symbol, das er sich neu zugefügt hat? Er muss ein Messer geklaut haben, wie sonst …? Ich sollte nicht zu lange dort hinstarren, nehme die Würfel in die Hand, schüttle, werfe. Sie rollen nicht weit.

»Fünf«, sagt Gerald, der laut für mich zusammengezählt hat.

Ich rücke die Felder vor und komme auf eine Straße, die noch niemandem gehört. Ein kurzer Blick auf mein vorhandenes Spielgeld reicht, um zu realisieren, dass ich sie mir nicht leisten kann.

Das Monopoly-Spiel habe ich so gut wie verloren. Aber das juckt mich nicht. Ich bin in Gedanken noch bei dem Spaziergang mit Mark.

»Schlechter Tag heute, was?« Gerald starrt mich an. Seine Augen sind mit roten Äderchen übersät.

Auf seine Bemerkung gehe ich nicht weiter ein und reiche die Würfel an Lina weiter.

Da beginnt Gerald plötzlich zu lachen, entblößt gelbe Zähne. »Ich kenne dich, Kleine«, sagt er und malt mit seinem Zeigefinger Kreise in die Luft, genau auf der Höhe meiner Stirn. »Da arbeitet was in deinem hübschen Köpfchen.«

»Können wir einfach dieses Spiel zu Ende spielen?«, sage ich nüchtern, unterdrücke dabei jedoch ein immer stärker werdendes Unbehagen in mir. Aus dem Augenwinkel beobachte ich, wie Lina tiefer in ihren Stuhl sinkt.

»Aber natürlich, natürlich«, sagt Gerald amüsiert, und sein Kopf zuckt schließlich zu Artur.

Von Nahem wirkt dieser noch älter. Den tief liegenden Augen und den Falten nach zu urteilen, würde ich ihn auf mindestens siebzig schätzen. Etwa so alt, wie Opa geworden ist.

Er ist der Einzige, der noch eine Chance hat, Gerald in dieser Monopoly-Runde zu schlagen. Ich freue mich über die Ereigniskarte, die er gezogen hat und die ihm nun zu weiterem Spielgeld verhilft.

Die nächsten Runden verlaufen unspektakulär. Es kostet mich Mühe, mich überhaupt auf das Geschehen zu konzentrieren. Die klackernden Würfel, das Stimmengewusel von den anderen Tischen, irgendwo dazwischen das Trällern eines Radios – das alles strengt an. Ich schweife wieder ab. Gehe in Gedanken das Gespräch mit Mark durch.

Wie auch immer er diese Sache mit dem Schulprojekt hinkriegen will, ist mir egal. Er wird sein Versprechen halten, das zählt. Vanjo wiederzusehen, ist alles, was zählt. Ich habe gespürt, wie sehr Mark für seine Sache brennt. Diese Anstalt hat es ihm angetan.

»Du. Bist. Wieder. Dran.« Geralds raue Stimme dröhnt in meinen Ohren. *Das gefällt mir nicht.* Mit einem entspannten Spieleabend hat das nichts zu tun. Aus dem Augenwinkel sehe ich, dass bereits einer der Pfleger auf unseren Tisch aufmerksam geworden ist.

»Ist gut«, sage ich und will das hier nur hinter mich bringen, um mich einfach in mein Bett legen zu können. Meine Finger fühlen sich noch steif an von der Sitzung heute Morgen, ich habe Mühe, nach den Würfeln zu fassen.

Eine Zehn.

Nur knapp vor der Schlossallee von Gerald stoppe ich.

»Elf!«, sagt er spitz. »Eine Elf! Kannst du etwa nicht richtig zählen?« Verärgert schnappt er meine Figur und setzt sie lautstark ein Feld weiter auf seiner Straße ab. *Mist. Ich muss besser aufpassen.*

»Das macht tausendvierhundert, Schwindlerin.« Er streckt mir seine geöffnete Handfläche entgegen.

»Es war keine Absicht«, sage ich und suche meine letzten Scheine zusammen. Gerald schnappt sie mir gierig aus der Hand, er leckt sich mit der Zunge über die Oberlippe, als er die Noten nachzählt. »Ausrede«, murmelt er und sortiert das Papiergeld sorgfältig zu seinem Haufen.

»Es war wirklich keine Absicht. Ich habe nicht richtig aufgepasst.«

Er hat den Kopf noch über das Spielfeld gebeugt, schielt zu mir hoch. Das Funkeln in seinen Augen ist irre. *Ich traue ihm alles zu.* »Dann solltest du in Zukunft besser aufpassen.«

»Lass gut sein, Gerald.« Es ist nun Artur, der das Wort ergreift. Bisher hat er still, aber konzentriert dagesessen.

Gerald dreht den Kopf langsam zu ihm, fährt sich dabei noch mal mit der Zunge über die Lippen. »Das ist eine Sache zwischen mir und Irina, alter Mann.«

Artur röchelt. »Es ist nur ein Spiel.«

»So, ist es das?« Gerald scheint erst richtig in Fahrt zu kommen, die Angriffslust in seinen Worten ist kaum zu überhören. »Nur ein Spiel also. Wie interessant.«

Der Pfleger, der uns vorher noch beobachtet hat, ist jetzt abgelenkt und in ein Gespräch vertieft. *Mist.* Ich versuche dem Drang zu widerstehen, meine Fingernägel fest in meine Handballen zu drücken. *Ruhig bleiben, dableiben, Irina.*

Gerald gluckst, fixiert wieder mich. »Also, wenn das nur ein Spiel ist, dann ist es ja nicht so schlimm, wenn du nicht aufgepasst hast, richtig?«

»Hör auf«, ermahnt Artur ihn erneut.

»Schon gut«, sage ich und lege meine Hand kurz auf die Schulter des alten Herrn, sie bewegt sich unter seinem Keuchen mit.

Gerald beobachtet meine Geste mit einer hochgezogenen Augenbraue. »Also.« Er zieht das Wort in die Länge. »Passt du besser auf, wenn es um Dinge außerhalb dieses Spiels geht?«

Mein Herz klopft. *Was soll das heißen?*

Am besten, ich gehe gar nicht erst auf ihn ein, greife nach den Würfeln. »Lasst uns fertig spielen.«

»Na, na, na. Du hast sowieso verloren, Schwindlerin. Zuerst aber sollst du noch meine Frage beantworten.« Er verengt die Augen zu schmalen Schlitzen, ich schaffe es kaum, ihn anzusehen. »Denkst du, ich habe nicht bemerkt, dass du so abwesend bist, seit dich dein neuer netter Freund besucht hat?«

Ich lasse die Würfel erschrocken los. *Verdammt.* Seine Worte treffen mich wie ein Schlag. Woher weiß er von Mark? *Beobachtet er mich etwa?*

»Ihr solltet euer kleines Geheimnis hüten, wisst ihr.« Gerald grinst amüsiert. Er umklammert nun mit seinen langen, verkrusteten Fingern die Tischkante, sie erinnern mich an Tentakel, die sich festsaugen wollen. Und jetzt drückt er sich ganz hoch und beugt sich gefährlich nah zu mir rüber. Sein übel riechender Atem kommt mir dicht unter die Nase. Ich weiche ein Stück zurück. Mein Herzklopfen spüre ich nun bis in den Kopf. *Wage es nicht, mir noch näher zu kommen. Fass mich nur ein Mal mit deinen ekligen Fingern an, und ich schlage Alarm.*

»Es reicht!« Artur haut mit der Faust so kräftig auf unseren Tisch, dass die kleinen Plastikhäuschen umfallen und auf den Boden purzeln.

Lina zuckt heftig zusammen. Sogar das Stimmengewusel im Raum ist mit einem Mal versiegt. Alle Köpfe drehen sich zu uns um. Nur noch das Radio dudelt unbeirrt weiter. Aber selbst ich bin überrascht von dieser unerwarteten Wucht in dem Schlag des alten Mannes.

Er keucht, seine Brust unter dem Hemd hebt und senkt sich, die Faust immer noch geballt.

Gerald scheint unbeeindruckt, denn er zeigt nun mit dem Finger auf mich. »Du!«

Er will auf mich losgehen, schießt es mir durch den Kopf. *Er will auf mich losgehen.* Ich drücke die Fingernägel in meine Handballen, der Schmerz flutet bis hoch in meinen Arm. Doch dann eilt der Pfleger an unseren Tisch. »Was ist denn hier los?«, fragt er aufgebracht.

Gerald dreht den Kopf genervt zu ihm. »Was soll denn los sein?«

»Sie setzen sich jetzt erst mal wieder hin!«, fordert der Pfleger ihn auf und hält den Finger bereits warnend über den roten Knopf des Pagers.

Auffällig langsam lässt sich Gerald wieder auf seinen Stuhl nieder, lächelt brav. »Aber ich mache doch gar nichts, wir haben nur gespielt, nur gespielt.«

»Er denkt, ich hätte geschummelt, aber es war keine Absicht«, erkläre ich. Der Pfleger nickt mir zu.

»Schwindlerin! Schwindlerin!« Spucke tröpfelt aus Geralds Mund in meine Richtung.

Der junge Mann lässt jetzt nicht mehr mit sich verhandeln, er greift Gerald von hinten unter die Arme, hievt ihn hoch.

»Ist ja gut, ist ja gut. Ich hab mich doch nur über das Spiel geärgert«, sagt er kurz an den Pfleger gewandt, lässt sich dann jedoch ohne weiteren Widerstand abführen. »Ich weiß, was ihr vorhabt«, flüstert er noch in meine Richtung.

Mir schnürt es die Kehle zu. *Was? Was hat er gesagt?*

»Ich weiß, was ihr vorhabt«, raunt Gerald ein weiteres Mal zu mir. »Ich weiß es!«

Der Blick seiner weit aufgerissenen Augen klebt an mir, den ganzen Weg, den er durch den Aufenthaltsraum geführt wird, bis die Türen vor seinem irren Gesicht zuschwingen. Ich friere am ganzen Körper.

Der Tag vor Tag 0, 14:20 Uhr, Geschlossene Psychiatrische Anstalt am Winkenberg, draußen.

Ich lege den Kopf in den Nacken und sehe hoch. Der Himmel ist bedeckt. Die Wipfel der Bäume haben ihr Grün verloren. Ein paar Laubblätter tänzeln knisternd über den Asphalt.

Endlich Herbst.

Es kribbelt in mir. Morgen, hat Mark gesagt, wird er Vanjo für mich herholen. Morgen um siebzehn Uhr wird er da sein und mich zu ihm bringen. *Endlich ist es so weit.*

Im vergangenen halben Jahr hat er mich in unregelmäßigen Abständen besucht. Ich habe ihn bei einigen seiner Streifzüge durch die Anstalt begleitet, viel sprach Mark dabei nicht mit mir. Aber ich habe den Teil meiner Abmachung eingehalten. Nun ist er an der Reihe.

Der Hof ist leer. Die meisten Patientinnen und Patienten haben sich in die nach Heizungsluft stinkenden Zimmer verkrochen. Ich ziehe draußen noch eine Runde und lasse mich von diesem kribbelnden Gefühl der Aufregung leiten. So viel Freude habe ich ewig nicht verspürt.

Das Drama mit Gerald am Spieleabend war schnell vergessen. Die leitende Schwester hat verordnet, dass er keinen Tisch mehr mit mir teilen darf. Vermutlich haben sie ihm auch ein Mittel verabreicht. An den ersten Tagen nach seinem kleinen Auftritt war Gerald nämlich besonders ruhig, mied die Nähe zu anderen Patienten. Aber natürlich würde er nichts tun, das ihn womöglich zurück auf Station 6 bringen könnte. So dumm würde er nicht sein.

Die Angst, dass Gerald jedoch wirklich etwas von meinem Geheimnis mit Mark wissen könnte, ist geblieben. Ich bin vorsichtiger geworden, habe mich brav dem System angepasst, um ihm kein weiteres Verdachtsmoment zu liefern.

Dr. Finn lobt mich. Tatsächlich ist auch der Tick mit meinen Handballen besser geworden. Nur heute, da fällt es mir wieder etwas schwerer. Aber sicherlich ist das nur die Aufregung. Ich laufe den Hinterhof in einem Bogen ab, aber dann wird es selbst mir zu frisch. Ich habe die Schultern wegen der niedrigen Temperaturen weit hochgezogen. Auch Artur ist zu einem kleinen Spaziergang hier draußen unterwegs. In letzter Zeit laufen wir uns öfter über den Weg. Ob er mich seit dem Monopoly beobachtet? Will er mich vor Gerald schützen?

Ich kann mich selbst verteidigen. Wir grüßen uns, ich höre sein Keuchen bis hier. Es schüttelt mich. Etwas zu schnell biege ich um die Ecke. Jetzt ist mir fast schwindelig. Mir wird das doch nicht alles über den Kopf wachsen?

Nein.

Atmen, Irina. Ich werde Vanjo wiedersehen, und darauf werde ich vorbereitet sein.

Ich steuere auf den Steinbrunnen zu, immer noch etwas unsicher auf den Beinen. Aber der Schwindel wird schon gleich vergehen. Vielleicht habe ich heute nur etwas zu wenig Wasser getrunken. Doch dann geht ein fieser Ruck durch mich hindurch. Alles flimmert. Das ist kein gutes Zeichen. Und jetzt verschiebt sich eins der Gesichter der umschlungenen Statuen. Vanjos Augen sehen mich daraus an. *Fuck!*

Ich presse die Lider fest zusammen, wische mir übers Gesicht. Als ich sie wieder öffne, ist Vanjos Antlitz verschwunden. Die Brunnenstatue sieht aus wie immer. Ein markanter, ausgemeißelter Gesichtsausdruck mit lockiger Frisur, wie man sie aus Geschichtsbüchern über die Renaissance kennt. Ich lasse die Schultern erleichtert sinken.

Das Morphen habe ich hinter mir. *Dachte ich.* So nenne ich es, wenn sich Gesichter plötzlich zu Vanjos verwandeln. Manchmal ist es kaum vorhersehbar. Erst wird mir komisch, dann beginnt alles leicht zu flimmern. So, wie wenn das Bild im Fernsehen für einen Moment hinterherhängt, bis es sich wieder neu zusammenfügt.

Hastig laufe ich zum Treppeneingang und drücke die breite Tür ins Innere des Gebäudes auf, werfe keinen Blick mehr zurück.

Drinnen fühle ich mich etwas sicherer. Wenn ich ehrlich bin, habe ich mir so eine geschlossene Psychiatrie ganz anders vorgestellt. Hier laufen keine Menschen herum, die merkwürdige Sätze vor sich hin murmeln, rumschreien oder an die Apokalypse glauben.

In der Regel sind die Patienten sehr, sehr liebe, einsame und ruhige Menschen. Eigentlich sind sie nur gebrochen vom Leben, Opfer vieler Schicksalsschläge und vom Leid gezeichnet.

Natürlich gibt es ein paar Ausnahmen. Dazu würde ich eindeutig Gerald zählen. Und manchmal … manchmal, wenn so was passiert wie gerade, wenn mein Sichtfeld flimmert und Gesichter morphen, dann frage ich mich, ob ich nicht auch zu den Ausnahmen gehöre. Man betrachtet mich vielleicht wie eine gewöhnliche Patientin. *Doch bin ich von Station 6 überhaupt weit entfernt?*

Ich bin mir da nicht mehr so sicher. Das Morphen ist wie ein fremder, alter Besucher, der sich hin und wieder bei mir einnistet. Meistens kann ich ihn irgendwo in einem hinteren Zimmer meines Gehirns wegsperren. Aber allein die Erinnerungen an seine Besuche jagen mir schon Angst ein. Anfangs klopft er nur an, dann stemme ich mich gegen die Tür, halte ihn mit aller Kraft zurück. Doch manchmal, da bricht er einfach unkontrolliert aus, ich kann gar nichts tun. Dann kommt er einfach rein und verformt die Gesichter der Menschen zu Vanjos. Einmal war sogar der ganze Speisesaal voll von Vanjos Gesicht. Es drückt mir die Kehle zu, wenn ich daran denke. Ich falle immer wieder drauf rein.

Dr. Finn sagt, das sind dissoziative Schübe. Die ersten Monate nach dem Unfall waren sie richtig schlimm. Erst mit den Neuroleptika sind sie über die Zeit weniger geworden. Der letzte schlimme Schub ist sicher drei Monate her. Das eben am Brunnen, das war nur minimal.

Ich habe mir versprochen, nicht mehr so viel an das Morphen zu denken, das gibt dem nur Macht. Je öfter ich daran denke, desto schneller sucht es mich wieder heim.

Im Foyer trete ich meine Schuhe am Läufer ab. Man hat das Laub bereits bis zum roten Teppich hereingetragen. Hier drinnen staut sich die Wärme, sogar die Ränder der hohen Fenster sind beschlagen.

»Schönen Tag.« Die Dame am Empfangstresen lächelt mir zu. Es ist ihre antrainierte Höflichkeitsstimme. Die hat sie auch, wenn sie ans Telefon geht, normalerweise nervt sie mich, doch gerade bin ich einfach nur froh, dass dieser vertraute Klang mir wieder das Gefühl von Kontrolle gibt. Und die Gedanken an meine Schübe verdrängen.

»Gleichfalls«, sage ich in derselben freundlichen Stimmlage zurück. Sie lächelt irritiert.

Ich blicke auf die Wanduhr mit den römischen Zahlen hinter ihr, gleich fängt die nächste Gruppensitzung an. Mit dem Aufzug fahre ich in den zweiten Stock. Ich will mich noch mal umziehen. Im Flur werde ich plötzlich langsamer, halte schließlich an.

Da.

Gerald steht mit dem Rücken zu mir vor einem der vergitterten Fenster am Ende des Korridors. Der hat mir jetzt gerade noch gefehlt. Vertieft blickt er nach draußen und murmelt etwas vor sich hin. *Ich will es hören.*

Vorsichtig schleiche ich mich näher. Mein Atem geht flach, ich zucke zusammen, als sich eine der Zimmertüren neben mir öffnet. Doch das Mädchen, das herauskommt, beachtet mich gar nicht. Dann ist der Flur bis auf Gerald und mich wieder leer. Es sind vielleicht drei Meter, die mich von ihm trennen, noch dicht genug an meinem Zimmer, sodass ich notfalls schnell darin verschwinden kann.

Ich spitze die Ohren. Ich muss einfach wissen, wie ernst ich seine Worte vom Monopoly-Spiel nehmen soll. Gerald könnte lange genug Patient hier sein, um so eine Schwelle entdeckt zu haben, von der Mark erzählt hat. Auffallen würde er mit einem solchen Geheimnis hier niemandem. Er wäre dann einfach schizophren. Wie Onkel Arno. Die Spaltung der Wahrnehmung in eine zweite Realität, so sagen es die Ärzte. Doch was, wenn beide Wirklichkeiten real sind?

Mein rechtes Augenlid zuckt. Tatsächlich kann ich Worte verstehen, ich bleibe dicht an der Wand.

»Schschschschsch«, macht Gerald. »Bald wird alles gut sein … ich spüre es in meinen Narben wie einen Wetterumsturz über dem Monsterauge. Morgen werde ich wieder rübergehen …«

Ich beuge mich noch ein kleines Stück weiter vor. *Morgen rübergehen?* Was meint er damit?

»… diese Spinner glauben mir alles, tsss. Diese hirnrissigen Marionetten. Aber ich brauche sie noch, ja.« Gerald hebt seinen Kopf etwas an. Ich zucke zurück, aber er hat mich nicht bemerkt, er hat lediglich sein Gesicht etwas weiter dem Himmel zugeneigt. »… sie helfen mir bei meiner Kunst. Unter dem Blutmond, ich sehe es vor mir, da werde ich es vollenden, ich muss alles vollenden. Dann wird sie nicht mehr traurig sein, nie wieder wird sie das sein. Am besten morgen schon, ja, wenn es wieder summt morgen …«

Jetzt schüttle ich den Kopf. *Was tue ich denn da?*

Ich kann diesen Blödsinn doch nicht ernst nehmen. Er ist hochgradig gestört. Das ist alles.

Ich beiße mir auf die Lippe, dann mache ich kehrt und verschwinde in meinem Zimmer. Die Tür lasse ich mit einem leisen Klicken ins Schloss fallen. Dieser Raum kommt mir noch kleiner vor als sonst. Hitze steigt mir in den Kopf, ich stütze mich mit einer Hand an der Wand ab. Kann es wirklich sein, dass Gerald mit rübergehen *rübergehen* in die andere Realität meint? In die, wo Vanjo auf mich wartet? Und warum *morgen*?

Morgen bringt Mark meinen Bruder zu mir. Mein Augenlid zuckt mehrmals hintereinander. Es muss ein Zufall sein. *Bitte,* das kann nur ein Zufall sein. Mir wird immer wärmer, meine Wangen glühen. Das ist nicht gut.

Tag 0, 17:17 Uhr, Geschlossene Psychiatrische Anstalt am Winkenberg, Patientenzimmer Nowikow, Raum 217.

Wo bleibt er nur?!

Es ist schon nach siebzehn Uhr, *verdammt, Mark.* Ich habe letzte Nacht kaum ein Auge zugemacht! Ungeduldig laufe ich die kurze Strecke zwischen Schrank und Bett vor und zurück. *Du bist zu spät. Du hast gesagt, du holst mich ab. Du hast mir versprochen, dich an die Abmachung zu halten. Du hast gesagt, du bringst meinen Bruder zu mir.* Ich blicke zu dem Bild von Vanjo auf meinem Nachttisch. Es war von seinem ersten Sieg bei einem Turnwettkampf. Mein Tick ist kaum mehr zu kontrollieren. *Scheiße, Mark, ich kann nicht länger warten.*

Ich kann schlecht atmen, reiße das Fenster auf und lasse frische Luft ins stickige Zimmer. Es hat seit Stunden in Strömen geregnet, gerade erst hat es etwas nachgelassen. Vanjo ist bestimmt ganz durchnässt. Hoffentlich friert er nicht. Hoffentlich fürchtet er sich nicht im Wald. *Aber ich bin ja schon bald da, Vanjisco.*

Es klopft an der Tür. Endlich!

Ich fahre augenblicklich herum. *Oh Gott,* ich bin so aufgeregt, reiße energisch die Tür auf, als mir vor Schreck das Wort im Hals stecken bleibt.

»... M-Mama? Papa?«

Das darf jetzt nicht wahr sein.

»Was macht ihr denn hier!?« Ich muss wohl ziemlich verdutzt in ihre Gesichter starren, denn Papas Stirn legt sich in Sorgenfalten. »Milaja, ist alles in Ordnung bei dir?«, fragt er auf Russisch, so reden sie meistens mit mir, und wie meistens, antworte ich dann auf Deutsch.

»Ich ...«, stottere ich und kämpfe gegen meinen Tick an. »Ich ... Ich habe einfach nur nicht mit euch gerechnet.«

Jetzt lächelt Papa wieder. Er tätschelt mir die Schulter. »Tut uns leid, dass wir dich so überfallen.«

Die beiden stehen immer noch im Türrahmen. Sie bringen etwas von diesem Zuhause-Duft mit. So riecht es, wenn man bei uns in den Eingangsflur reinkommt. Das macht mich irgendwie wehmütig.

Mamas Stimme klingt noch etwas zu hoch. »Möchtest du uns nicht hereinbitten?«

Ich zittere, als ich ihnen die Tür aufhalte. »Oh, na klar.«

Sie kommen rein. Mama drückt mir einen Kuss auf die Wange, bestimmt habe ich da jetzt etwas von ihrem rosa Lippenstift hängen, Papa erdrückt mich fast. Er streift sich die Steppjacke ab und setzt sich auf mein Bett.

Mama sieht sich erst noch prüfend im Raum um. Das ist ihr Ordnungsblick, den kenne ich. Aber dann nimmt auch sie Platz, schlägt die Beine übereinander.

Was, wenn Mark jeden Moment hier ist? Verdammt, ich muss das hier so schnell wie möglich hinter mich bringen.

»Wie kommt's denn zu eurem Besuch, bist du denn nicht in der Fabrik heute?«, frage ich an Papa gewandt und fummle am Saum meines grauen Pullovers herum.

»Ach, ich hatte Frühschicht, weißt du«, sagt er und kratzt sich an den grauen Schläfen. »Geht es dir wirklich gut?«

Ihm kann ich einfach nichts vormachen. »Die letzte Sitzung war anstrengend, das ist alles«, sage ich und stehe immer noch etwas unbeholfen im Raum, blicke auf die leere Flasche Wasser auf meinem Nachttisch. »Wollt ihr vielleicht was trinken oder so?«

»Wir haben eben Michi im Flur getroffen, der Gute meinte, dass er uns gleich einen Kaffee hochbringt«, sagt Mama. Sie sieht schön aus heute. Hat die dunklen Haare mit einer großen Spange hochgesteckt und trägt eine schwarze, transparente Strumpfhose unter dem Stiftrock. Sie hat noch schlankere Beine als ich. Aber meine sind auch durch das Turnen damals kräftiger geworden.

»Ach ja, der Michi«, sage ich und lächle zaghaft. Normalerweise freue ich mich über die Besuche meiner Eltern. Ich höre mir ihre langweiligen Erzählungen über den neuen Umbau im Garten, den letzten Stammtisch oder die Geschichten von Tante Dunja sogar gern an. Sie haben so etwas Friedliches zwischen all den schweren Themen in der Klinik. Die beiden geben sich so viel Mühe, mich trotz meiner psychischen Störung normal zu behandeln. Und natürlich vermissen sie mich auch. Seit Vanjos Tod und meiner Einweisung sind sie schließlich ganz allein im Haus. Es ist schlimm für mich, zu sehen, wie all das Spuren bei ihnen hinterlassen hat.

Papa hat fürchterlich zugenommen, er war schon immer ein Stressesser, und gut schlafen kann er auch nicht mehr, und das, obwohl er doch eh schon Probleme mit dem Blutdruck hat. Mama hingegen macht zu viele Überstunden, um ihre innere Leere zu füllen. Sie ist so blass geworden. Mit angespannt durchgedrücktem Rücken wirft sie einen Blick auf das Foto von Vanjo. »Also, wir sind heute hergefahren, weil wir neue Blumen zum Grab bringen wollen«, sagt sie und sieht mich dann wieder an. »Wir dachten, es wäre schön, wenn du vielleicht mitkommst.«

Ich stütze mich mit einer Hand an dem kleinen Tisch ab, klammere mich daran fest, um gegen meinen Tick anzukämpfen. *Vanjos Grab?*

Ich gehe nicht zu seinem Grab. Es reicht, einmal dort auf dem Friedhof gewesen zu sein, als sie seinen Sarg in diese rechteckige Grube gelassen haben und die ganzen Gesichter der Trauergemeinde sich vor meinen Augen verzerrt haben. Nein, da gehe ich sicher nicht hin. *Was soll das Ganze?!*

»Ihr wisst doch, dass das nicht so mein Ding ist. Das ist vielleicht eure Art zu trauern, aber nicht meine«, sage ich.

Außerdem ist Vanjo nicht tot. Mein Bruder ist nicht tot, er ist nicht tot. *Er ist nicht tot.*

Ich starre auf meinen Wecker. Die Zeiger sind erst unscharf, flimmern leicht. *Nicht abdriften, Irina.* Aber dann kann ich sie lesen. Schon gleich halb sechs. Mark könnte jede Sekunde hereinplatzen.

»Liebes, willst du es denn nicht ein Mal versuchen?« Papa gibt sich nun alle Mühe. »Wir haben so schöne Alpenveilchen bei Bernadette im Blumenladen geholt, ich soll dir auch noch liebe Grüße ausrichten, und sie meinte, dass die Veilchen robust sind für den Winter, dann überstehen sie sicherlich die Minusgrade und –«

»Es ist mir egal, welche Alpenveilchen ihr gekauft habt«, falle ich ihm ins Wort, um mich gleich darauf wieder schlecht zu fühlen, weil mich Papa jetzt so traurig ansieht. »Tut mir leid, ich –«

»Schon gut«, sagt er und macht eine abwinkende Handbewegung. »Uns tut es leid, hier einfach so reinzuplatzen, aber Dr. Finn meinte, es wäre vielleicht eine gute Idee, um dir bei deinem Verarbeitungsprozess zu helfen.«

»Dr. Finn?«

»Ja, wir haben gestern telefoniert, und … nun ja, wir dachten, wenn es dir helfen könnte, dann nehmen wir dich gerne mit auf den Friedhof«, sagt Papa unbeholfen, bis Mama übernimmt.

»Versteh das jetzt nicht falsch, Irina.«

Ich schnaube.

Es klopft an meiner Zimmertür. In mir zieht sich alles zusammen. *Oh nein.* Es klopft noch mal. *Nein, nein, nein.*

»Herein.« Meine Stimme bebt, die graue Fläche der Tür beginnt zu verschwimmen. *Was, wenn es Mark ist? Was, wenn …*

Mir ist schwindlig, alles flimmert. Dann kommt jemand herein.

Ein schmerzender Stich jagt durch meine Brust. Der Schreck lässt mich erstarren: Vanjo sieht mich direkt an.

Ich will weinen, schreien, alles gleichzeitig. Mark hat ihn geholt, er ist da. Mein Bruder ist da! Aber dann flimmert auch plötzlich sein Gesicht, es verschiebt sich, es, nein … *bleib bei mir.* Nein.

»Irina!«

»Irina?«

Die Stimmen meiner Eltern dringen wie von weit weg zu mir. Ich bin gelähmt.

Irgendwer kommt auf mich zu und stellt ein Tablett auf dem Tisch neben mir ab. »Sie hat einen Schub«, sagt das Gesicht, das grade noch Vanjo war. Warme Hände legen sich auf meine Schultern, ich komme langsam zurück. Und nun erkenne ich auch, wer da vor mir ist.

»Michi?«, krächze ich.

Er legt den Kopf schräg. »Hey, da bist du ja wieder!« Er grinst, hält mich immer noch fest.

Mein Papa muss vom Bett aufgesprungen sein, denn er steht jetzt auch neben mir und schaut besorgt, aber Michi bedeutet ihm, sich wieder zu setzen. »Alles gut, nur ein kurzes Abdriften, oder?«, sagt er und zwinkert in meine Richtung.

»Ja«, sage ich schließlich und nicke. Ich bin ihm so dankbar, dass er diese Situation hier auffängt.

»Ja, alles gut.« Ich wische mir übers Gesicht. »Danke für den Kaffee.« Ja, vielleicht holt ein heißer Schluck davon mich wieder komplett zurück. Ich will nach der Tasse auf dem Plastiktablett greifen, aber verfehle sie. Es klirrt, sie kippt um, und eine braune Kaffeepfütze sammelt sich auf der ovalen Fläche. »Oh, nein, Michi, das … ich …«, stammle ich.

Da steht meine Mutter schon auf, will helfen, fragt nach einem Lappen, Michi winkt ab. Jetzt sind da ganz viele Hände, und die Pfütze wird größer, es ist eine Riesensauerei und mir immer noch schwindlig.

»Schon gut, schon gut!«, sagt Michi und richtet sich auf, streicht seinen weißen Kittel mit den Händen glatt. »Ich glaube, es ist am besten, ihr lasst Irina allein. Tut mir leid. Vielleicht ist heute einfach kein guter Tag für einen Besuch.«

Doch, denke ich. Heute sollte eigentlich ein besonderer Tag für Besuch sein. Der Tag, an dem Vanjo herkommt.

Mein Kopf raucht. Deswegen ist es gut, dass meine Eltern jetzt gehen. Und das tun sie auch schon. Es bricht mir das Herz, als ich sehe, wie die schlanke Hand meiner Mama nach ihrem Mantel greift und sie ihn sich zaghaft anzieht. Noch schlimmer ist der Kuss auf die Stirn von meinem Papa und das Schimmern in seinen Augen. Ich will ihre Gesichter nicht mehr so besorgt sehen. Nicht schon wieder wegen mir.

Tag 0, 23:17 Uhr, Geschlossene Psychiatrische Anstalt am Winkenberg, Patientenzimmer Nowikow, Raum 217.

Mark hat mir Vanjo nicht gebracht. Bis jetzt nicht. Dann werde ich wohl selbst nach ihm suchen müssen. Entschlossen reiße ich meine Jacke vom Haken, schlüpfe in meine Schlappen. Ich muss raus. Sofort.

Die große Eingangstür schließen sie bei Nacht ab. Außerdem würde der Alarm ausgelöst werden. Aber es gibt noch einen anderen Weg. Mareike aus der Küche ist mal mit mir durch den Hintereingang gegangen. Dort werden Waren wie Kleidung, Handtücher und Lebensmittel reingetragen, da ist auch ein kleiner Stellplatz für den Transporter.

Ich husche den Korridor entlang. Auf den roten ausgelegten Teppichen sind meine Schritte wenigstens gedämpft. Im ersten Stock dringt aus einem der Patientenzimmer ein fürchterliches Wimmern ins Treppenhaus, weiter. Bis zu den Schiebetüren gehe ich also noch etwas schneller. Nur noch die Marmortreppen herunter, dann bin ich im Erdgeschoss. Die Lampen in den goldverchromten Halterungen sind bei Nacht etwas gedimmt. Da hat diese Anstalt für mich diesen leicht gruseligen, schlossähnlichen Charakter, wie sie es wohl ganz früher hatte. In der Empfangshalle Richtung Lager stoppe ich.

»Halt, wo willst du hin?« Die Stimme fährt mir durch alle Glieder, und ich drehe mich erschrocken um. Es ist ein Pfleger, der sich eben von einem Stuhl erhoben hat. In der Dunkelheit erkenne ich ihn erst nicht. Er hat den weißen Kittel unerlaubterweise offen gelassen und einen gemütlichen Hoodie drunter an. Zum Glück, es ist Michi. »Irina? Alles in Ordnung?«

»Ich kann nicht schlafen. Ich wollte nur kurz an die frische Luft«, sage ich und streiche mir eine Strähne hinters Ohr.

Er betrachtet mich skeptisch. »Ich weiß ja, das war alles ein bisschen viel heute. Mir tut's auch echt leid, dass ich deine Eltern wieder weggeschickt habe, aber nach so einem Schub ist es am besten, man hat ganz viel Ruhe und –«

»Du hast alles richtig gemacht, Michi«, unterbreche ich ihn. »Wirklich, du bist einer der Besten hier.«

Für einen Moment bleibt sein Ausdruck noch standhaft, dann grinsen wir beide.

»Du hast Nachtdienst?«, frage ich.

»Ja, leider. Ich musste kurzfristig für Vero einspringen.«

»Lässt du mich denn schnell an die frische Luft?«

Er rümpft die Nase. »Du weißt schon, dass du das nicht darfst? Dr. Finn würde mich killen.«

»Bitte, ich will nur kurz raus, das wird mir guttun. Kannst du nicht eine kleine Ausnahme machen?«

Michi fährt sich über die rasierten Haare, sieht aus einem der Fenster ins stille Dunkel draußen, denkt nach.

Mein Puls rast, ich ziehe eine freundliche Schnute. »Ich verspreche dir, dass ich gleich wieder zurück bin.«

»Na gut, aber das bleibt unter uns. Mach mir nur keinen Ärger.«

»Niemals.«

Ich warte noch kurz ab.

»Los, aber nimm die Hintertür zum Hof.« Er macht eine scheuchende Geste mit den Händen.

Ich nicke, dann gehe ich schnell weiter, bevor Michi es sich noch anders überlegt. Erst als mich die kalte Nachtluft empfängt, atme ich wieder aus.

Nieselregen fällt auf mich nieder. Ich muss daran denken, wie wir als Kinder bei Regen oder Schnee mit offenem Mund versucht haben, die Tropfen einzufangen. Ich spüre ein Ziehen in meiner

Brust. Die Erinnerungen an den Streit vor der Turnhalle sind heute so real und nah wie lange nicht mehr. Aber ich habe auch vergangene Nacht wieder davon geträumt. *Es tut mir alles so leid.*

Das Gelände ist stockfinster. Der Hof bleibt eine leere, dunkle Fläche. Nicht mal ein kleiner Bewegungsmelder springt an. Ich gehe rechts herum vor das Hauptgebäude. Der Brunnen ist bei Nacht ausgestellt.

Ob Vanjo gerade ganz in meiner Nähe ist?

Ich steuere die Garage an. Früher war das ein Lagerschuppen, und ein Verbindungsgang führte von dort bis zur Anstalt. Der Gang wurde beim Umbau abgerissen. Das erkennt man noch am Boden, wo kein neuer Beton gegossen wurde. Ich laufe den Schotter an dieser Stelle ab. Kies knirscht unter meinen Schlappen. Wo soll ich nur suchen?

Ich reibe mir die Arme, schwenke den Blick. Wie von selbst bleibt er an der Eisentür der Garage hängen. Irgendwas daran zieht mich in den Bann. Ich verlasse mich auf diesen Instinkt und steuere sie weiter an. *Was tue ich hier eigentlich?*

Mein Puls ist nicht langsamer geworden, ganz im Gegenteil. Ich sollte umdrehen. Doch plötzlich höre ich etwas. Ein Summen.

Wieder.

Nein, das ist keine Einbildung. Es kommt aus der Garage. Ich gehe etwas näher ran, und tatsächlich wird es lauter. *Das Summen.*

Ein Geräusch, wie ich es noch nie gehört habe. Es klingt weder mechanisch wie von einem technischen Gerät noch natürlich wie von einem Tier, sondern viel, viel fremder.

Und dann schlägt die Erkenntnis in mir ein wie ein Blitz. Genau so hat es Gerald gestern im Flur vor sich hin gemurmelt. *Morgen rübergehen, wenn es summt.* Die Haare in meinem Nacken stellen sich auf. Alles passt zusammen.

Ich bleibe dicht vor der Eisentür stehen. Vielleicht kann ich

Vanjos Stimme schon hören. Vielleicht trennen uns nur ein paar Meter.

Ich muss dort rein.

Nur wird mir auf einmal ganz komisch, nicht so, wie bei einem meiner Schübe, nein, es ist anders … es ist, als würde sich der Boden unter meinen Füßen bewegen. *Ist das die Schwelle? Der Übergang in die andere Realität?*

Das Summen hat sich in ein Vibrieren verwandelt. Ich fühle mich ganz leicht, und dann sackt mir der Magen nach unten. Wie auf einer Achterbahn, genau an der oberen Kante, bevor man in die Tiefe saust.

Ich habe die Augen weit aufgerissen.

Die alte Tür zieht mich scheinbar magisch an. Ich strecke meine zitternden Finger nach der eisernen Klinke aus, aber ich kann sie nicht greifen, fasse durch sie hindurch.

Kurz ist es, als würden sich um mich herum Wände aus dem Nichts bilden, und dann steht die Tür offen. Ich erschrecke mich vor der Gestalt, die vor mir steht.

Das Blut gefriert in meinen Adern.

Ich blinzle, in der Hoffnung, dass das, was ich sehe, nur ein Traum ist, nur ein weiterer Schub oder eine kurze Einbildung …

Aber dort steht jemand, der aussieht wie ich.

Das ist unmöglich. Das …?

Vor mir ist *mein* Körper. Das sind meine ausgeprägten Wangenknochen. Meine braunen Augen. Meine dunklen Haare.

Wer ist das? Mein zweites ICH?

Mein Kopf dröhnt. Es ist, als würde ich in einen Spiegel schauen, aber da ist kein Glas. Ich will diese identische Gestalt berühren, strecke meinen Finger nach ihr aus. Ich muss sie berühren, um zu wissen, ob sie wirklich echt ist. Uns trennen lediglich ein paar Zentimeter.

Das Summen wird lauter, es umhüllt mich, und ich spüre einen Sog, so als wolle mich etwas von hier wegziehen. *Nein, nicht.* Nur noch einen Zentimeter. Dann fühle ich was. Ich berühre *mich.*

Plötzlich geht ein heftiger Stoß durch mich hindurch. Er kommt mit solch einer Wucht, dass es mich auf den Boden schleudert.

Schwärze.

Scheiße, Scheiße. Unter mir vibriert es. *Was passiert hier, wo bin ich?*

Etwas drückt meine Kehle zu. Hilfe! Ich ringe nach Luft, fühle mich, als würde ich von innen zusammengequetscht werden, und dann beginnt mein Körper völlig unkontrolliert zu krampfen. Ich wälze mich auf dem Boden hin und her. *Hilfe, ich bekomme keine Luft mehr!*

Das Engegefühl wird immer stärker. *Ich bekomme keine Luft!*

»Michi!«, krächze ich, und dann kommen nur noch undeutliche Laute aus mir heraus.

Tag 1, 12:50 Uhr, Geschlossene Psychiatrische Anstalt am Winkenberg, Patientenzimmer Nowikow, Raum 217.

Ich habe eine übermäßige Wut im Bauch, als es an meiner Zimmertür klopft. Wenn das Mark ist, werde ich ihm an die Gurgel gehen. Denn falls er nicht sofort eine Erklärung dafür hat, was gestern Nacht passiert ist, dann – zur Hölle, ich bin bewusstlos geworden!

Als ich irgendwann draußen auf dem Boden vor der Garage wieder zu mir kam, stand ich völlig neben mir. Ich kann von dummem Glück reden, dass es Michi war, der mich gefunden hat. Sonst würde ich jetzt in einer Sondersitzung mit Dr. Finn festsitzen und müsste über meine Medikation sprechen. Michi und ich haben uns geschworen, niemandem von dem Vorfall zu erzählen, denn sowohl er als auch ich würden Riesenärger bekommen. Wir sind *partners in crime*, zwangsläufig.

Die ganze beschissene Nacht hat mich mein Gedankenchaos gequält. Denn wenn ich da gestern keinem Geist begegnet bin, kann es nur sein, dass Mark nicht nur Vanjo hierhergebracht hat, sondern auch mein zweites Ich! Es klopft noch mal.

»Reinkommen«, sage ich barsch.

Mark betritt den Raum. Das Geräusch der zufallenden Tür tut in meinen Ohren weh, verstärkt die unerträglichen Kopfschmerzen, die seit letzter Nacht nicht verschwinden.

Es fühlt sich falsch an, ihn hier in meinem Zimmer stehen zu sehen. Er kommt mir noch größer vor als sonst. Seine Schuhe sind verdreckt, auch die Jeans hat Flecken, und sein Gesichtsausdruck ist gehetzt. Ich kann nur hoffen, dass er in der Klinik keine merkwürdigen Blicke auf sich gezogen hat.

Mark öffnet den Mund, aber ich falle ihm direkt ins Wort. »WAS IST PASSIERT?!«

»Schhh!«, sagt er und legt mahnend seinen Zeigefinger vor den Mund. »Du musst leiser reden!«

Ich senke ein bisschen die Stimme, aber die Worte sprudeln trotzdem aus mir heraus. »Du hast gesagt, du bringst ihn her. Wo ist Vanjo? Und wo warst du? Du wolltest bereits gestern da sein!«

»Beruhige dich!«, ermahnt er mich erneut.

»Nein«, sage ich, und das Zimmer flackert vor meinen Augen, mir ist ganz schwummrig. Ich darf jetzt nur nicht die Kontrolle verlieren. »Ich war bereits dort, auf der anderen Seite, in der anderen Realität oder wie du es auch nennen magst, und weißt du, wen ich dort getroffen habe? Mein anderes Ich! Und dann bin ich auf den Boden gestürzt, ich habe keine Luft mehr bekommen, ich dachte, ich würde sterben!«

»Du hast was?!« Mark starrt mich erschrocken an. »Du warst auf der anderen Seite? Allein … wie –«

»*Wie* ist völlig egal. Mich interessiert eher, *was* dort passiert ist!«

Mark rauft sich verärgert die Haare, holt Luft. »Ist dir denn nicht bewusst, was für eine riesengroße Sache das ist? Es geht hier nicht nur um Vanjo!« Auch er redet sich nun vollkommen in Rage. »Scheiße, Mann, ich wollte dich ja besuchen, ich wollte ihn zu dir führen, aber es gab Probleme. Hättest du nicht ein klein wenig mehr Geduld haben können?!«

»Was für Probleme?«, frage ich.

»Es haben sich dank meiner manipulierten Schilder noch mehr Leute im Wald verlaufen, und zwar ganze acht Bootcamper. Ich musste mir erst mal einen Plan ausdenken, und dann hatte Ira in der Nacht einen Anfall. Irgendwas ist da passiert, und jetzt kommen wir plötzlich gar nicht mehr von diesem Ort weg und –« Mark stockt, seine Kiefermuskeln zucken.

Ich schüttle den Kopf. »Eine kleine Warnung, dass mein zweites Ich mitkommt, hätte ja schon genügt!«

»Wenn du nicht auf eigene Faust gehandelt hättest, hätte dich das gar nicht interessieren müssen. Wie sonst hätte ich Vanjo denn hierherbringen sollen? Außerdem –« Mark hält mitten im Satz inne, seine Augen weiten sich. »Moment«, sagt er leise, dreht sich kurz weg und denkt nach. Dann sieht er mir wieder alarmiert ins Gesicht. »Wann? Wann war das, als du die Schwelle übertreten hast?«

Ich zucke mit den Schultern. »Keine Ahnung. Vielleicht gegen Mitternacht?«

»Und du sagtest, dass du Ira begegnet bist?«

Ira? Er benennt sie nach meinem alten Spitznamen?

»Ja«, antworte ich scharf. »Ich war direkt vor ihr, ich habe sie berührt, dann war da dieser komische Sog, und plötzlich habe ich keine Luft mehr bekommen, mein ganzer Körper hat gekrampft, bis ich bewusstlos wurde.«

»Es war zur selben Zeit, zu der auch Ira den Anfall hatte«, sagt Mark. Es stößt mir auf, wenn er sie so nennt. Das hat er bestimmt von Vanjo übernommen. Er streicht sich nachdenklich über den Mund. Ich kann förmlich sehen, wie es hinter seiner Stirn arbeitet. »Ihr … Ihr hättet euch einander nicht nähern dürfen. Nicht so.«

»Warum nicht?« Aber er geht gar nicht auf mich ein. »Mark!«, dränge ich und packe ihn nun an der Schulter, um ihn aus seiner seltsamen Schockstarre zurückzuholen. »Verarsch mich jetzt nicht. Du musst mit mir reden! Sag mir, was das alles zu bedeuten hat!«

Er nimmt endlich die Hand vom Mund und hebt den Kopf. Ich sehe die Furcht in seinen Augen. »Ich glaube, es ist etwas sehr Schlimmes passiert.«

Nun lasse ich von ihm ab. »Weil ich ihr begegnet bin? Ist es deswegen?«

»Ich fürchte, ja.« Er nickt betreten. »Irina, hör mir zu. Ich werde

Vanjo zu dir zu bringen. Aber bitte lass mich erst versuchen herauszufinden, was hier vor sich geht, bevor alles zu spät ist.«

Ich presse die Lippen fest aufeinander. *Wehe, er spielt hier irgendein falsches Spiel mit mir.* »Okay«, sage ich nach kurzem Zögern. Doch was erwartet er von mir? Dass ich ruhig bleibe, obwohl er sein Versprechen nicht gehalten hat?

Mark fixiert den Wecker auf meinem Nachttisch. »Ich muss zurück. Den anderen wird auffallen, dass ich weg bin.« Er packt mich am Ellenbogen. »Versprich mir, dass du wartest, bis ich wieder da bin, und nichts unternimmst. Das ist eine große Sache, hörst du? Wir sind vielleicht die ersten Menschen, die das hier erleben.«

Ich reiße mich von ihm los, spüre seinen Händedruck noch. »Ich hab's verstanden.«

»Gut«, sagt er nachdrücklich.

»Aber dann gib mir das nächste Mal auch ein paar mehr Informationen.«

»Je weniger du weißt, desto besser, glaub mir.«

Ich stoße Luft aus der Nase. Seine bestimmende Art regt mich auf. Wir funkeln uns einen Augenblick weiter an, mir ist immer noch schwummrig. Dann wendet sich Mark zur Tür.

»Warte!«, sage ich.

»Was?«, fährt er mich harsch an und dreht sich noch mal um.

Ich hole tief Luft. Denn was ich ihm noch zu sagen habe, wird ihm nicht viel besser gefallen. »Ich … Ich glaube, wir sind nicht die Einzigen, die von diesem Geheimnis wissen … Es gibt da einen Patienten aus Zimmer 108. Alle halten ihn für einen Irren, er ist auch nicht ganz ungefährlich, und ich fürchte, er weiß von der anderen Welt.« Meine Nägel bohren sich in meine Handballen. »Und er weiß auch, dass ich es weiß.«

Tag 2, 15:20 Uhr, Lungenheilanstalt, draußen.

Sie hat mich längst in ihren Bann gezogen, die andere Welt. Ich habe versucht, auf Mark zu hören, aber es ging nicht. Es ist, als hätte mich etwas zu ihr geführt. Als gäbe es eine Kraft, die will, dass ich die Schwellen überquere. So, wie wenn das Morphen in meinen Kopf beginnt. Nur dass es nicht meine Krankheit war. Es war …? *Nun ja, was für eine Kraft war es?*

Die Gänge in dieser Klinik selbst scheinen mich wie ein fremder, mir zugetaner Instinkt zu dem Summen geleitet zu haben. Es ist bereits das dritte Mal.

Es fühlt sich verboten an, als würde ich durch eine kurze Leere laufen. Wie jetzt gerade auch, es vibriert und bebt, und dann bin ich auf einmal dort. Die Anstalt auf dieser Seite ist eine baufällige Ruine, dunkel und verlassen. Wie das hässliche Skelett eines ehemals prachtvollen Gebäudes.

Ich weiß, dass die Klinik auch in meiner Welt früher eine Lungenheilanstalt war. Die Stadt war bekannt für innovative Heilmethoden der Tuberkulose. Jahre später hat man sie aufgrund der abgelegenen Lage zu einer geschlossenen Psychiatrie umgebaut.

Ich ziehe die Nase hoch. Die Temperaturen an diesem Nachmittag sind niedrig. Ich wusste doch, dass Vanjo frieren würde. Er hat nur eine dünne Bomberjacke an. Ich habe ihn von Weitem gesehen, als ich aus einem Versteck an der Seite des Hauptgebäudes zu ihrem Lager gespäht habe. Sie haben dort Unterschlupf gefunden, was in meiner Realität die Garage für Dienstwagen ist. Genau da, wo ich auch vor der Eisentür stand.

Vanjo kommt jetzt aus dieser Richtung direkt auf den Innenhof zu, sieht mich aber nicht. Er scheint irgendein anderes Ziel vor Augen zu haben.

Mein Herz rast wie verrückt, und gleichzeitig kribbelt es überall vor Aufregung. Mein Atem kondensiert. Ich beobachte, wie er in der Kälte kleine Wölkchen bildet. Endlich bin ich bei Vanjo. Er lebt. *Mein Zwillingsbruder lebt.* Wie in meinen Träumen. Ich habe ihn zwar schon bei meinem letzten Ausflug in diese Realität beobachten können, aber da habe ich mich ihm nicht gezeigt. Gleich wird er dicht vor mir stehen, und nun, wo es so weit ist, fühle ich mich plötzlich doch nicht vorbereitet.

Als Bekleidung habe ich eine alte Jeans und eine dunkle Regenjacke gewählt, die ich in meinem Schrank gefunden habe. Schließlich trägt mein zweites Ich keine graue Kleidung, und ich darf mich nicht auffällig verhalten oder aussehen. Er muss mich bei unserem Aufeinandertreffen für seine andere Schwester halten.

Ich presse mich an die Hausmauer, um erst mal in Deckung zu bleiben. Ein Efeustrang kitzelt mich im Nacken, ich schlage ihn erschrocken von mir. Dieses Zeug krabbelt hier die ganze Fassade hinauf.

Marks Vermutung hat sich bestätigt, die Jugendlichen kommen nicht mehr von diesem Ort weg, das habe ich bei meinem vorherigen Besuch mitbekommen. Julian, Theo, Ricarda und wie sie alle heißen. Einen von ihnen kenne ich sogar. Paul. Der Junge mit dem bleichen Gesicht. Ich kenne ihn als Herrn Wendt. Nur flüchtig, aber er ist ebenfalls Patient in der Geschlossenen gewesen, in meiner Welt. Vor etwa zwei Monaten hat man ihn jedoch verlegt. Nun ja, wir leben in einer kleinen Stadt.

Aber eigentlich interessiert mich das auch gar nicht. Schlimmer ist es, *sie* zu sehen. Vanjos falsche Schwester.

Mein Magen krampft, wenn ich an sie denke. Das hat er schon, als Mark nur ihren Namen erwähnt hat. Da kommt ein Gefühl in mir hoch, das ich nicht einzuordnen weiß.

Ich musste Vanjo verlieren, und sie durfte ihn behalten. Wie kann es sein, dass sie *meinen* Bruder hat?

Vanjo gehört zu mir, und solange Ira ihn hat, ist sie meine Feindin. Ich beiße fest auf die Zähne. Wo bleibt er nur?

Gerade sah es noch so aus, als wäre er auf dem Weg zu mir in den Innenhof. Ich spähe noch mal zur Seite. Ich weiß nie genau, wann das Summen wiederkehrt. Denn sobald ich es höre, zieht es mich wieder in meine Realität zurück – ganz egal, wo ich mich dann gerade befinde. Aber noch hält die Schwelle und – endlich, ich höre Schritte!

Das ist er. Er läuft an der brüchigen Hausfassade der Anstalt entlang, den Kopf gesenkt. Ich sehe ihn. Seine Hände streifen über die orangeroten Backsteine. Er scheint etwas zu suchen, hebt wieder den Kopf. Kommt näher. Mein Zwillingsbruder kommt auf mich zu. Vanjo kommt direkt auf mich zu!

Ich drücke mich gerade noch ein Stück aus meiner Deckung heraus, dann bleibe ich wie angewurzelt stehen, spüre meinen Herzschlag.

Er hält vor mir an. »Ira?«, fragt er überrascht. Der Klang seiner Stimme löst etwas in mir. »Wo kommst du denn her?«

»Vanjo?«, sage ich mit kehliger Stimme. Immer noch zu keiner Regung fähig.

»Ja«, sagt er nun deutlich lauter und schließt den letzten Meter zwischen uns.

Er macht ein besorgtes Gesicht, es sieht etwas mitgenommen aus, ein Kratzer zieht sich von der Schläfe bis über seine Stirn. *Aber er ist es, er ist es wirklich.* Und alles an ihm ist genau so wie in meinen Erinnerungen. Das dichte braune Haar, seine markanten Züge, seine Mimik und die Art, wie er redet.

»Ira, geht es dir gut?«

»Vanjo«, sage ich wieder und starre ihn immer noch an. Das

hier ist kein Fremder, dessen Gesicht sich zu seinem verformt hat. *Das hier ist echt.*

Ich strecke meine steifen Hände nach ihm aus. Was tue ich da? Ich verwirre ihn, ich verwirre ihn komplett, *oh nein, oh nein* – aber jetzt legt er seine Arme einfach vorsichtig um mich.

Eine Wärme durchströmt mich, wie ich sie früher gefühlt habe, wenn wir zusammen waren. Alles in mir bricht auf. Ich muss mich bemühen, die Tränen zurückzuhalten. Aber da ist es schon zu spät, mir kullert eine aus dem Auge.

Sanft löst er sich von mir. »Ira, ohne Scheiß, rede mal mit mir. Wo kommst du her, und was ist los mit dir?«

Mir wird kurz schwindelig. *Das ist zu viel. Viel zu viel. Und ich muss ihm so viel sagen.* Aber ich schlucke nun den Kloß in meiner Kehle herunter. »Ach so, ich war nur … ich …«, stammele ich. »… ich habe mich nur umgesehen, und plötzlich habe ich die Orientierung verloren, und im nächsten Moment war ich schon hier und bin dir in die Arme gelaufen. Zum Glück.« *Verdammt, denk nach.* »Was machst du denn überhaupt hier?«, frage ich.

Er räuspert sich. »Ich habe nur … nach so Symbolen gesucht. Aber egal. Ich glaube, ich hab mir die von Anfang an nur eingebildet.«

»Symbole?«, frage ich. *Scheiße, was für Symbole?* Sollte ich davon wissen? Von was redet er? Doch dann wird mir ganz heiß und wieder kalt. Ich kenne nur eine Person, die sich für seltsame Symbole interessiert. *Gerald.* Er war also auch schon hier? *Bei Vanjo?*

»Ist egal, wirklich«, sagt er dann.

»Na gut.«

Ich atme leise aus. Das war knapp. Meine Tarnung darf nicht auffliegen. Für einen Moment herrscht Stille. Ich sehe aufgeregt zu Boden, zur Seite, dann wieder zu ihm, kann mich kaum konzentrieren.

»Ach so. Ach ja«, sage ich und spinne mir schnell eine Lüge zurecht. »Mark und ich wollten noch den Bereich auf der anderen Seite erkunden. Ja, ach, jetzt weiß ich wieder. Ich … war wohl ein ziemlicher Aussetzer von mir.« Ich drehe mich etwas zu hektisch um und blicke in den leeren Hof, tue so, als ob dort irgendwo Mark stehen würde. »Ja, ach, schau mal, dahinten wartet er schon. Wir sehen uns, Vanjo, okay?«

Ein letzter Blick in sein Gesicht, dann verschwinde ich. Und zwar schnell, bevor das Ganze noch aus dem Ruder läuft. Endlich ums Eck der Hausmauer, halte ich an. Blut rauscht in meinen Ohren, ich kann kaum atmen, habe die Hände auf meine Knie gestützt.

Alles dreht sich, bis ein unkontrolliertes Lachen in mir emporsteigt.

Ich gehöre zu dir, Vanjisco.

Tag 6, 08:30 Uhr, Lungenheilanstalt, draußen.

Ich habe diesen Schmerz nun schon so lange mit mir rumgetragen, bald ist nicht mehr viel von mir übrig. Letzte Nacht, da habe ich wieder von Vanjos Tod geträumt. Das Auto vor der Turnhalle hat ihn überfahren. Ich drücke meine Nägel in die Handballen. Es tut so weh.

Dabei sollte alles so viel einfacher sein, seit Vanjo und ich uns umarmt haben. Ich dachte, alles würde so viel besser werden, nachdem wir uns begegnet sind. Doch stattdessen wird die Sehnsucht immer schlimmer. Es ist kaum auszuhalten.

Dieses zweite Ich ist im Weg. *Es ist im Weg, es ist im Weg.* Ich muss wieder ein Gleichgewicht herstellen, das ist die einzige Lösung.

Ich reibe mir die brennenden Augen, seit etwa einer halben Stunde sitze ich hinter einem Busch. Neben dem Matschloch zu meinen Füßen wuchert stachliges Gestrüpp. Es verbreitet sich hier auf dem ganzen Gelände. Dort, wo sonst die angelegten Spazierwege und Beete sind, ist hier nichts weiter als Dreckpfützen, Schotter und Unkraut.

Es ist ein grässlicher Morgen auf der anderen Seite. An den immer lichter werdenden Bäumen hinter den backsteinroten Anstaltsmauern hängen Nebelschwaden und machen diesen Ort noch düsterer, als er ohnehin ist.

Außerdem wird es schwieriger, unbemerkt in Vanjos Realität überzugehen. Ich habe sogar Artur einmal hier gesehen. Jetzt bin ich mir sicher. Er beobachtet mich. Und auch Gerald ist mir auf den Fersen. Sie wissen von dem Geheimnis des Summens. Deswegen muss ich handeln.

Ich drücke meine Nägel noch fester in die Handballen, die Haut spannt. Ich habe aufgegeben, mich gegen den Tick zu wehren. Dr. Finn hat schon ganz auffällig hingestarrt. Er darf nichts merken. Nicht das auch noch.

Durch das Geäst sehe ich zum Versteck der Jugendlichen im Schuppen. Vermutlich schlafen sie. Oder suchen erneut nach einem Ausweg im Wald. Oder nach Antworten in der Anstalt.

Ich weiß es nicht. Es interessiert mich auch nicht. Mich interessiert nur, wo Ira ist. Sie muss weg. Nur wenn ich allein, ohne Ira da bin, wird Vanjo mich einfach für seine Zwillingsschwester halten. So wie immer, so wie früher.

Das ist die einzige Lösung, sonst hätte mich die Anstalt nicht hierhergeschickt. Sie hat mich auf diesen Weg gebracht.

Tim, der Große mit den Muskeln, kommt aus dem Schuppen, schürt mit einem Stock das Lagerfeuer und wirft ein paar neue Zweige hinein. Schwarzer Rauch steigt auf. *Komm schon, Ira. Wo bist du?*

Meine Beine schmerzen von der unbequemen Haltung. Die Kälte des nassen Bodens dringt in meine Schuhe.

Ich muss öfter blinzeln. Das ganze Spionieren und Verstecken vor Artur und Gerald war anstrengend, dazu so wenig Schlaf und die langwierigen Therapiesitzungen. Da werden die Augen einfach müde.

Langsam, Irina, höre ich Michis Stimme vom Frühstück heute Morgen in meinem Kopf. Ich habe mir den Quark mit Haferflocken so schnell heruntergezwungen, dass ich Bauchschmerzen bekommen habe. Aber ich musste unbedingt noch mal über die Schwelle. *Das hier ist doch kein Wettlauf*, hat er gesagt. Wenn er wüsste. Diese Chance, aus der geschlossenen Klinik zu entkommen und dann für immer mit Vanjo zusammen zu sein, die ist einmalig. Das versteht er nicht, auch wenn er fast so was wie mein Freund ist.

Ich bleibe in Deckung. Tim ist immer noch am Feuer zugange.

Seine Gestalt verschwimmt mit den Flammen. Ich schließe für eine Weile die trockenen Augen, um sie etwas zu entspannen.

Ich sehe Dr. Finn. Er hat die Beine übereinandergeschlagen und schnipst mit den Fingern seiner rechten Hand. *Dableiben, Irina.*

Dann schlage ich die Augen wieder auf. Es muss doch okay sein, wenn ich eine andere Version meiner Selbst töte, um mich selbst zu retten. Ich bringe nur die Dinge in Ordnung.

Mir ist komisch. Es flimmert, dann steht sie plötzlich da. Ich recke den Kopf etwas vor. *Da bist du, Ira.* Nur wenige Meter von mir entfernt.

Sie steht mit dem Rücken zu mir vor dem Eingang der Anstalt. Ich sehe nur sie. Ihr dunkelbrauner Pferdeschwanz flattert im Wind.

Ich drücke mich mit den Armen hoch und verlasse mein Versteck, mein Blick huscht zu allen Seiten. Ein Stein. Dort am Boden liegt ein großer Stein. Gehe hin, hebe ihn auf, wische grob Dreck ab.

Es passiert jetzt wie von selbst. Ich bin schon fast da, Ira hat mich nicht bemerkt. Überall Flimmern, direkt hinter ihr bleibe ich stehen. Ich muss jetzt handeln. Ist es nicht so?

Ich stocke.

Immer mehr Hitze flutet in meinen Kopf, er dröhnt. Ira wird sich umdrehen, sie wird mich gleich bemerken, und dann könnte alles zu spät sein. Endlich wird es aufhören, ich muss jetzt, ich muss –

Ich spüre einen dumpfen Aufprall. Blutspritzer fliegen lautlos durch die Luft. Das Nächste, das ich höre, ist, wie der schlaffe Körper zu Boden sackt, der Kopf knickt seltsam zur Seite ab. Tote Augen starren mich an. Mein Atem stockt.

Das ist nicht Ira.

Es hat aufgehört zu flimmern. Erst jetzt bemerke ich das

schwere Gewicht des Steins in meiner rechten, zitternden Hand. Erst jetzt bemerke ich, dass ich es war, die ihn auf Ricardas Hinterkopf gedonnert hat. Ricarda. Der leblose Mädchenkörper zu meinen Füßen gehört Ricarda. Ich lasse den Stein fallen, weil mich die Kraft verlässt. *Ich habe Ricarda getötet.*

Jetzt drücke ich meine Nägel so fest in die Handballen, dass sie eigentlich bluten müssten. Aber ich muss etwas spüren. Ich muss etwas spüren, denn das ist real. Ich bemerke den Schmerz in meiner Haut. Er ist da, es tut weh. *Was habe ich getan?*

Der Schub ist vorbei. Ich taumle einen Schritt zurück, blicke auf meine blutbespritzten Handinnenflächen, dann wieder auf den Stein und den Mädchenkörper. Ich muss hier weg.

Eine rote Pfütze hat sich um Ricardas Kopf gebildet, sie wird immer größer. *Was habe ich nur getan?!*

Tag 8, 11:55 Uhr, Geschlossene Psychiatrische Anstalt am Winkenberg, Behandlungszimmer.

»Hören Sie mir überhaupt zu?« Dr. Finns Stimme reißt mich aus meinen Gedanken. Er schnipst mit den Fingern. »Irina, Sie sind schon seit mehreren Tagen abwesend. Ich mache mir Sorgen.«

»Ich bin nur müde. Ich schlafe sehr schlecht«, antworte ich mechanisch. Das, was vor zwei Tagen passiert ist, kann so nicht passiert sein. Dennoch ist ein grässliches Gefühl zurückgeblieben.

Ich hasse diese Schübe. Ich wollte Ricarda nicht umbringen, das war ein Versehen. Aber vielleicht habe ich mir auch dies nur eingebildet, es war mein überreizter Verstand. Ira hat mich getäuscht. *Du musst mir das auch gar nicht verzeihen, Vanjo, denn du weißt, dass ich niemals zu so etwas fähig wäre.*

»Wenn Sie wollen, kann ich mir Ihre Medikation noch mal ansehen. Vielleicht brauchen Sie übergangsweise etwas Stärkeres? Es ist nicht gut, wenn die dissoziativen Schübe wieder zunehmen. Ich dachte, es würde Ihnen besser gehen?«

Ich sehe Dr. Finn mit zusammengekniffenen Augen an. »Darf ich Sie etwas fragen?«

Er öffnet seine gefalteten Hände. »Natürlich. Fragen Sie.«

»Haben Sie Kinder?«

Seine untere Lippe schiebt sich kurz nach oben. »Leider nicht, aber vielleicht irgendwann. Wieso?«

»Gibt es jemanden, der Ihnen ganz viel bedeutet? Für den Sie alles tun würden?«

Dr. Finn nickt. »Sicher, ja. So jemanden gibt es.«

Ich kralle mich in die gepolsterten Lehnen. »Würden Sie sogar Ihr eigenes Leben für den anderen aufgeben?«

»Das kommt auf die Situation an, Irina. Wieso fragen Sie mich das?«

Kurze Stille.

»Ich weiß nicht«, antworte ich. »Ich frage mich nur manchmal, ob andere Menschen in Situationen, die ich erlebt habe, genauso handeln würden wie ich.«

»Wollen Sie darauf hinaus, dass Sie damals vor der Turnhalle lieber Ihr eigenes Leben hergegeben hätten, um das Ihres Bruders zu retten?«

Nicht ganz. Meine Finger krampfen. »Vielleicht kann man es so sehen.«

Dr. Finn mustert mich. Sein Gesicht ist wieder so ausdruckslos wie ein leeres Blatt Papier, dann wechselt er das rechte übereinandergeschlagene Bein mit dem linken.

»Es gibt gleich Essen«, sage ich und bemühe mich um ein freundliches Lächeln. »Können wir nicht beim nächsten Mal darüber reden?«

Er schiebt den Ärmel seines Hemdes ein Stück nach oben, um auf die Zeiger seiner Armbanduhr zu blicken. »Ist gut, gehen Sie schon.«

Ohne ein weiteres Wort verlasse ich das Behandlungszimmer. Diese Sitzungen sind einfach nur anstrengend.

Ich versuche mich auf den Weg zu konzentrieren, husche durch die Schiebetür ins Treppenhaus Richtung Speisesaal. Die anderen müssen denken, ich bin paranoid geworden, so oft, wie ich mittlerweile meine Umgebung absuche. Aber ich kann nie wissen, wo Artur oder Gerald sich aufhalten.

In den Gängen ist es wuselig. Einige Patienten kommen aus einem der Gruppenräume. Ich erhasche noch einen Blick ins Innere, sie müssen wohl Ergotherapie gehabt haben. Auf den mit Zeitungspapier ausgelegten Tischen stehen ausgehöhlte Kürbisse, die mich mit verschiedensten orangen Fratzen angrinsen. Für einen Moment bleibe ich an dem Anblick hängen. An dem Patientenstrom, der an mir vorbeikommt, haftet noch etwas von diesem Kürbisduft.

»In zwei Tagen ist Halloween«, ertönt eine kehlige Stimme hinter mir.

Ich fahre erschrocken herum. Es ist Artur, der mich aus kleinen, grauen Augen heraus anschaut. *Mist, ich wollte aufmerksamer sein.*

»Folgst du mir etwa wieder?«, frage ich leise.

»Ich … Ich wollte zum Mittagstisch, du nicht auch?« Seine Stimme ist belegt, sodass ich jetzt das Bedürfnis unterdrücke, mich zu räuspern.

»Doch«, sage ich. Wir stehen immer noch inmitten des Flurs. Ich verlagere das Gewicht von einem Bein auf das andere.

Artur zieht mich am Ärmel meines Pullis etwas zur Seite. »Hör zu.« Er presst die Worte geradezu hervor. Ich habe Probleme ihn zu verstehen. Ein letztes Mal prüft er die Umgebung, um sicherzugehen, dass wir außer Hörweite sind. Dann fixiert er wieder mich. Ich kann nicht anders, als auf die unzähligen, tiefen Falten in seinem Gesicht zu starren. Sie haben sich wie ein nie mehr veränderbarer Ausdruck in seine Haut gegraben. »Der große Junge mit den schwarzen Haaren … ich weiß, dass er dir von dem Geheimnis der anderen Anstalt erzählt hat.« Er röchelt, holt Luft. »Ich war auch dort. Was ich gesehen habe, ist nicht schön … Sektenanhänger haben jemanden von den Verlorenen in der Kapelle im Wald eingesperrt. Ich … Ich wollte helfen, aber dann …« Weiteres Röcheln, er verhaspelt sich. »… es, es … hat mich zurückgezogen.«

Ich beuge mich noch etwas dichter zu ihm. »Wen haben sie gefangen genommen?«

Artur zuckt mit den Schultern.

»Und von welchen Sektenanhängern redest du?«, hake ich nach.

Er malt mit zitternden Händen Formen in die Luft. »Die mit den Symbolen.«

»Solche, wie Gerald hat?«

»Schhhh«, macht er, hustet in die Hand und deutet mit dem Kopf nach rechts. Eine der Ärztinnen kommt den Korridor entlang und schiebt die Hände in die weißen Kitteltaschen, nickt uns freundlich zu.

Mein Herz hämmert, ich nicke zurück.

»Muss los«, sagt Artur und lässt mich jetzt einfach stehen.

Verdammt. Der alte Mann weiß mehr, als mir lieb ist. Ich blicke seinen schlurfenden Schritten den Gang hinterher. Höre sein Keuchen so laut, als würde er noch neben mir stehen. Sollte ich dem nachgehen, wenn ich nächstes Mal über die Schwelle trete? Was, wenn die Person, von der er gesprochen hat, Ira ist? Ich schlage die Hand vor den Mund. *Oder noch schlimmer, Vanjo.*

Aber noch weiß ich nichts Genaueres, ich muss ruhig bleiben, dableiben. Die Wahrscheinlichkeit ist sehr gering, dass es sich um Vanjo handelt. Mein Magen meldet sich mit einem knurrenden Geräusch. Ich sollte nun auch zum Mittagessen, bevor nur noch die matschigen Nudeln übrig sind und man mich vermisst. Es wäre womöglich das Beste, noch einmal in Ruhe mit Artur zu sprechen.

Im ersten Stock angekommen, gehe ich auf den Speisesaal zu. Schon von Weitem sieht man die Kronleuchter durch die Glastüren strahlen. Auch wenn ich zurzeit nicht viel runterbekomme, könnte mich ein Happen Essen etwas beruhigen.

Der Duft von aufgewärmtem Gemüse und Bratensoße schlägt mir entgegen, als ich die Türen zum belebten Saal aufschwinge.

Als Erstes suche ich die Tische nach Gerald ab, reine Vorsicht. Dann erstarre ich.

Dort sitzt noch wer anders neben dem aus Zimmer 108, jemand, den ich kenne.

Paul.

Aber nicht *unser* Paul. Es ist der Paul aus der anderen Welt. Der, dessen Freundin ich getötet habe. *Was tut er hier?*

Mein Puls schießt in die Höhe. Ich blinzle, doch er ist kaum zu übersehen. Er fällt regelrecht auf, da er der Einzige in diesem Raum ist, der keine graue Kleidung trägt, sondern eine der Bootcamp-Jacken. Die dunkelblaue Farbe sticht mir alarmierend ins Auge. *Wie ist er hierhergekommen? Wie verdammt ist er hierhergekommen?!*

Scheiße, Scheiße, Scheiße. Gerald scheint auf Paul einzureden. Das ist nicht gut, was haben die beiden miteinander zu tun?

Sollte ich handeln? Sollte ich einen von beiden hier rausschaffen, bevor es eskaliert?

Aber Paul würde mich wiedererkennen. Noch schlimmer, er würde mich für Ira halten, er würde auf mich losgehen. Mein Herz setzt einen Schlag aus.

Ob Artur ihn auch schon entdeckt und wiedererkannt hat? Wo ist der eigentlich hin?

Mein Blick huscht unruhig durch den vollen Saal, dann wieder zu Geralds Tisch. Genau in dieser Sekunde hat auch er mich entdeckt. Ein selbstgefälliges Grinsen liegt auf seinem Gesicht, das die Narbe auf seiner Wange verzerrt. Eine Kälte greift nach mir. Ich muss schleunigst hier weg. Diese Chance wurde mir nicht ohne Grund gegeben. Ich muss mir meinen Bruder zurückholen, und zwar bevor noch irgendjemand anderes diese Sache vermasselt.

Tag 9, 22:40 Uhr, Lungenheilanstalt, Foyer.

»Nicht!«, schreit Henrike. »Ira, er wird dich erschießen!« Gerald hat Vanjo in den dunklen Korridor gezerrt. Das Letzte, was ich sehe, ist das glänzende Metall der Pistole, die auf uns gerichtet ist, ehe die Dunkelheit der Anstalt sie vollkommen verschluckt. Er wird ihn umbringen, ich muss etwas tun! Ich muss ihn retten, setze einen Fuß vor – aber dann halte ich doch inne.

Henrike hat recht. Gerald ist zu allem fähig. Und jetzt breche ich zusammen, knalle mit den Knien auf die harten Marmorplatten des Foyers.

Es ist alles verloren. Dabei war alles zum Greifen nah. Die Wicca hatten Ira in ihrer Gewalt, und ich, ich war bei Vanjo.

Es war wie ein Geschenk der Anstalt. Es fügte sich. Dass ich Alva aus der Kapelle befreit hatte, hat dazu geführt, dass die Sektenanhänger Ira opfern wollten. Ich musste die Gruppe der Camper nur noch durch den Wald führen, meine Tarnung beibehalten, ihr Vertrauen gewinnen, indem ich Marks Geheimnis offenbart habe. Den ganzen Weg war Vanjo so froh, dass seine Ira – dass *ich* noch lebe und wir vereint sind. Fast wären wir durch die Schwelle geflohen, aber er ist geblieben und musste die Pelzfrau besiegen. All das, nur damit mein Zwillingsbruder jetzt von Gerald getötet wird?

Beim Monopoly-Spiel hatte er mich noch gewarnt. Ich solle besser aufpassen. *Ja, ich hätte besser aufpassen müssen, Vanjo.*

Mit letzter Kraft starre ich in den Korridor, in den sie verschwunden sind. Es ist das dunkelste Schwarz, das ich je gesehen habe, und es zerrt mich in die Tiefe eines nie endenden, verschlingenden Lochs. Ich will das nicht mehr fühlen müssen. Ich verliere meinen Bruder. Erneut.

»Ira, sieh doch!«

Ich kann die Stimme nicht zuordnen, bin noch gelähmt von dem Schmerz, der nach mir greift. Aber dann höre ich Schritte, jemand schnappt nach Luft. Es ist was passiert. Irgendwie erhebe ich mich vom Marmorboden des Foyers und nehme die Hände von meinem Gesicht. Ich fürchte mich davor, ein weiteres Mal in die Dunkelheit zu schauen, aber stattdessen erblicke ich meinen Zwillingsbruder.

Da ist kein Flimmern, er ist es wirklich. Er tritt aus dem Korridor heraus, in den Gerald ihn eben noch gezerrt hat.

Vanjos Augen sind weit aufgerissen, er schaut zuerst mich, dann das Mädchen neben ihm an. »I… Ira?«, fragt er.

»Ja«, sagt mein zweites Ich und lächelt. Sie trägt ein langes weißes Kleid unter der Jacke, es schleift über den Boden. Oh nein, die Pelzfrau hatte noch von dem misslungenen Ritual gesprochen … Wie hat Ira das nur geschafft?

Die Blicke von Vanjos falscher Schwester und mir treffen sich jetzt. Wie von einer fremden Macht gesteuert, gehe ich auf sie zu. Sie tut dasselbe.

»Nein!«, schreit Mark, aber ich höre nicht auf ihn, blende alles aus. »Ihr müsst anhalten!«

Ich bleibe erst stehen, als ich ganz dicht vor ihr bin, immer noch erfüllt von der Dunkelheit, die eben über mir eingebrochen ist. Sie brodelt regelrecht in mir.

»Wer … Wer bist du?«, flüstert sie.

Ira hebt die Hand, das Gesicht voller Entsetzen, sie streckt sie nach mir aus, als wolle sie testen, ob ich wirklich existiere, aber ich schlage ihre Hand im letzten Moment weg. Die Berührung durchzuckt mich wie ein Stromschlag. »Du hast etwas, das mir gehört«, brechen die Worte voller Verachtung aus mir heraus.

Stimmen, Geräusche werden um mich herum laut, aber ich nehme sie gar nicht wahr. Ich will nur noch, dass sie verschwindet, dass sie mich und meinen Bruder in Ruhe lässt. Das Adrenalin flutet durch meine Adern, dann packt Vanjo uns an den Schultern, reißt uns grob herum. »Was ist das hier?! Was hat das verdammt noch mal zu bedeuten?!«

Seine braunen Augen funkeln. *Nein, nicht böse sein. Wir haben es doch fast geschafft, ich flehe dich an …*

»Vanjo …«, sagen Ira und ich gleichzeitig. Der Klang unserer identischen Stimmen jagt eine Gänsehaut über meine Arme.

Ich bin es doch.

EPISODE 2
Die Wahrheit

Ira

Tag 9, 22:48 Uhr, Lungenheilanstalt, Foyer.

Ich lag die ganze Zeit über richtig mit meinem Gefühl. Bei dem Anfall ist etwas in meinem Kopf kaputtgegangen. Ich *bin* verrückt geworden.

Es war schon immer in mir drin. Mit mir passiert dasselbe wie mit Onkel Arno. Ich sehe Dinge, die nicht existieren. Bald wird Papa traurig sein und mit mir reden wollen. Er will das gar nicht, das wollte er auch bei Arno nicht, aber wir packen meine Tasche, und er wird mich in die Klinik einweisen müssen.

»Was –« Vanjos Stimme holt mich ins Jetzt zurück. Er weicht einen Schritt zurück und starrt mich – starrt uns mit weit aufgerissenen Augen an. »Was passiert hier?!«

Er dreht seinen Kopf abwechselnd von mir zu der Gestalt und wieder zu mir. Ich höre jemanden schluchzen. Spüre, wie jeder in diesem Raum gerade die Luft anhält.

Sie sehen es auch.

Ich bilde mir das nicht ein.

Es *gibt* mich zweimal.

Meine Tränen versiegen. Vorsichtig gehe ich einen Schritt auf die Gestalt zu, die aussieht wie ich. Alles. Jedes noch so kleine Detail. Wir sind identisch.

»Wer ist das?«, flüstere ich, reiße meinen Blick jetzt nur schwer von ihr los, um Mark zu fixieren.

Doch er regt sich nicht.

»WER IST DAS?!«, schreie ich jetzt.

Für einen Augenblick stehen wir uns wie Schachfiguren auf einem Brett gegenüber, jeder wartend auf den nächsten Zug. Vanjo, Alva, Benny, Henrike und Theo. Dann diese Gestalt. Und Mark. Mark, der kurz vor dem Schachmatt steht.

Das grün leuchtende Feuer der Fackeln prasselt im Hintergrund, wirft verzerrte Schatten um uns. Die Zeit dehnt sich.

Und die Gestalt, die aussieht wie ich, macht nun einen Schritt zur Seite, schiebt sich dicht neben Vanjo, sodass Mark und ich uns über dieses Spielfeld hinweg ansehen können.

Endlich löst sich etwas in seinem Gesicht. Er schaut betreten nach unten, sammelt sich, dann blickt er wieder auf. Doch der sonst so beherrschte Ausdruck in seinen Augen kehrt nicht zurück. »Sie ist deine Doppelgängerin. Sie … Sie kommt aus einer anderen Realität zu uns. Ich habe sie gesucht und dich zu ihr gebracht. Ich musste es tun, weil …«

Vanjo geht einen entschiedenen Schritt nach vorn. Seine Kiefermuskeln zucken unter den klaffenden Wunden auf seinen Wangen. Dann hat er seine Hand schon in Marks Pulli unterhalb seiner Kehle gegraben. Er zieht ihn kräftig zu sich, sodass ein Ruck durch Mark hindurchgeht. »Du sagst uns jetzt sofort, was hier los ist!« Mark wehrt sich nicht, lässt es einfach geschehen, dass sich Vanjos Hand fester in den Stoff seines Pullis gräbt. Die Gesichter der beiden sind dicht voreinander. »Du –«, knurrt Vanjo zwischen zusammengebissenen Zähnen.

»Hör auf! Das bringt doch jetzt nichts.« Ich drücke meinen Zwillingsbruder entschieden von Mark weg. »Ich würde gern die Wahrheit aus seinem Mund hören, bevor du ihm eine reinhaust!«

Vanjo zögert, ihm rinnen frische Blutstropfen aus dem Riss an seiner Wange. Er schnaubt, dann lässt er Mark los.

»Es sollte alles nach Plan laufen«, sagt Mark und keucht. Er rückt seinen Pulli zurecht, die Worte klingen etwas gewählter als eben noch. »Ich wollte das nicht. Du musst mir glauben, Ira.« Er sieht erst mich und dann Alva, Benny, Theo und Henrike, die immer noch stumm am Rand des Saals stehen, flehend an. »Ihr müsst mir alle glauben, dass ich das nicht gewollt habe! Es war nie meine Absicht, dass es so aus dem Ruder läuft. Ich wollte eigentlich nur etwas wiedergutmachen.«

Ich presse meinen Kiefer fest zusammen. Strenge mich an, meinen bebenden Körper unter Kontrolle zu halten und ihn nicht zu unterbrechen.

»Ich bin kein Biologiestudent. Und ich hatte nie ernsthaft vor, ein Schulprojekt zu leiten. Es war kein Zufall, dass ihr euch verlaufen habt und dass wir in dieser Anstalt gelandet sind. Es war alles Teil eines Plans. Ich wollte, dass –« Mark stoppt plötzlich, sein Blick bleibt erschrocken an einer Stelle hinter mir hängen. Seine Augen werden groß. »Sie flieht!«, brüllt er. »SIE DARF NICHT FLIEHEN!«

Bevor ich mich überhaupt umdrehen kann, stößt Mark mich zur Seite und stürmt los. Die Doppelgängerin! Wie konnten wir sie aus den Augen verlieren?

Ich sehe noch ihren Schemen, wie er in dem finsteren Korridor verschwindet, der ins Innere der Anstalt führt. Und dann Mark, wie er ihr hinterherjagt.

Vanjo und ich reagieren sofort. Wir schnappen jeweils nach einer der Fackeln am Boden des Schlachtfelds und rennen ebenfalls los. Noch können wir sie einholen.

Marks Warnung klang dringend. Auch wenn er uns noch keine Erklärung bieten konnte – es wird einen Grund haben, warum sie vor uns abhaut.

Das Feuer der Fackeln zischt bei unseren schnellen Schritten, ich halte meine mit sicherem Abstand von mir gestreckt. Der Flur kommt mir ewig lang vor. Wir rennen hinein wie in einen nie endenden schwarzen Tunnel. Aber dann gabelt sich der Korridor endlich ins Treppenhaus auf. Wir werden unwillkürlich langsamer. Da ist Mark, wir haben ihn eingeholt, stoppen kurz.

»Hier hab ich sie aus den Augen verloren.« Mark deutet schwer atmend mit den Fingern in die jeweiligen Richtungen. »Vanjo, du suchst hier unten weiter, wir gehen hoch! Sie darf nicht entkommen!«

Vanjo nickt, jagt sofort weiter nach links, während Mark und ich die Treppen nach oben nehmen. Ich bin schnell. Hole noch mal alle Kraft aus meinen Muskeln, während ich mich gleichzeitig am Geländer hochziehe. Über die letzte Stufe stolpere ich fast. Sie ist voller Schutt. Es kracht unter meinen Schuhen. Ich ziehe kräftig Sauerstoff in meine Lungen, in denen nun auch der aufwirbelnde Staub brennt. Egal, weiter.

Ein nächster Gang erstreckt sich vor uns. Ich schwenke die Fackel in die Düsternis. Nichts. Nur Leere. Weit kann die Doppelgängerin doch nicht gekommen sein?

Mark und ich rennen in den Flur. Vielleicht hat sie sich versteckt? In der Wandnische, in einem der Nebenräume?

Wir rütteln an den Türen der Zimmer, die an den Seiten abzweigen. Mark auf der linken, ich auf der rechten Seite. Wo sie auch sein mag, wir müssen sie finden!

Ich zerre an einer Klinke. An noch einer, noch einer. Die nächste reiße ich dabei fast aus der Metallfassung. Doch die Türen sind verschlossen. Jede Einzelne von ihnen.

Und die Erkenntnis trifft mich jetzt wie ein Schlag. Ich erinnere mich an diesen Flur. Hier bin ich damals vor dem Keuchenden Mann weggerannt. Mein Herz hämmert dumpf in meiner Brust. *Es ist eine Sackgasse.*

»Mark!«, schreie ich. Aber der hat es soeben selbst bemerkt und vor der Wand am Ende des Flurs angehalten. »Es geht hier nicht weiter!« Ich schließe zu ihm auf, stemme eine Hand in die Hüfte. Mit bebenden Körpern stehen wir uns gegenüber.

»Scheiße!«, flucht er und rauft sich grob die Haare. Die Panik in seinem Gesicht trifft mich noch härter als die Tatsache, dass wir eben in eine Sackgasse gelaufen sind. Mark dreht sich jetzt weg, um mit der bloßen Faust gegen die Wand zu seiner rechten zu hauen. »Verdammte Scheiße!«, flucht er erneut.

Ich zucke erschrocken zusammen. Putz bröckelt von der eingeschlagenen Stelle zu Boden, und die Flamme der Wicca-Fackel wird mit einem Mal größer, als hätte seine Wut ihr Feuer geschürt.

Marks breiter Brustkorb hebt und senkt sich immer noch heftig. Sein ganzes Gesicht ist nass geschwitzt. Er wirkt auf einmal so fremd.

»Nun komm!«, sage ich und reiße an seinem Ärmel, will weiter, aber Mark hört nicht auf mich, macht überhaupt keine Anstalten, die Jagd wieder aufzunehmen.

»Das hat keinen Sinn«, sagt er, seine Hand immer noch zu einer Faust geballt. »Wenn Vanjo sie unten nicht aufgegabelt hat, ist sie bestimmt längst über die Schwelle.«

»Welche Schwelle?«

Doch ich frage erst gar nicht weiter nach. Spüre nur das Misstrauen diesem Kerl gegenüber, wie ich es bereits gespürt habe, als er dort unten im Foyer stand und sagte, *es sollte alles nach Plan laufen.*

»Das war's.« Er blickt zu mir auf, wischt sich mit dem Handrücken Schweiß von der Schläfe.

Meine Kehle schnürt sich zusammen. Rauch steigt von der Flamme empor, um sich sogleich wieder im Schwarz des Korridors zu verlieren. *Was hast du nur getan, Mark?*

Tag 9, 23:11 Uhr, Lungenheilanstalt, Foyer.

Zurück im Foyer der Anstalt, sehe ich meinen Bruder, wie er auf dem Marmor hockt. Henrike versucht, mit einem von ihrem Shirt abgerissenen Stück Stoff die blutenden Spuren unter den Kratzern abzutupfen. Vanjos Schultern bewegen sich mit seiner Atmung. Er hat Mühe, stillzuhalten. Offensichtlich konnte auch er meine *Doppelgängerin* nicht mehr einfangen.

Theo sitzt nur wenige Schritte entfernt von den beiden auf dem Boden. Aus seinem Gesicht ist sämtliche Farbe gewichen, die Wangen sind gruselig eingefallen. Alva hat ihren Kopf an seiner Schulter vergraben. Er starrt auf etwas nicht weit von der Eingangstür entfernt. Etwas Schlimmes, das spüre ich. Dann folge ich Theos Blick.

Der Schreck packt mich eiskalt im Nacken. Das kann nicht … *nein.* Ich traue meinen Augen nicht. *Nein.* Aber dann höre ich Alvas Schluchzer, die mir bestätigen, was ich dort sehe. Ich habe sie in meinem Schockzustand vorher gar nicht bemerkt. Die reglosen Körper von Julian und Tim. Sie … Sie sind *tot*?!

Die Schluchzer, die immer wieder Alvas Körper durchzucken, fühlen sich wie Schmerzen in meinen Ohren an.

Nein.

Benny schreitet nun über die große Fläche des Foyers. Im Gehen streift er sich seine Jacke von den Schultern. Dann zieht er seinen dunkelblauen Hoodie über den Kopf. Er tritt ganz nah an den leblosen Körper von Julian, in dessen Stirn ein Loch ist, so groß wie eine Murmel. Wie die roten Murmeln von Tante Dunja in den Dekoschalen. Vanjo und ich haben sie dort oft rausgenommen und mit ihnen gespielt. Aber Dunja hat immer gesagt, das sind nicht solche zum Spielen.

Benny streicht sanft mit den Fingern über Julians Augen,

schließt seine Lider. Dann legt er den Hoodie über das starre Gesicht. *Was ist geschehen?*

Stumm tritt Benny an die zweite leblose Gestalt am Boden und geht in die Hocke. Ich bin froh, dass ich Tims Gesicht von hier nicht sehen kann, dass ich nicht sehen kann, wie Benny auch ihm die Augen schließt und ihn mit der Jacke bedeckt.

Ich kann jetzt nicht mehr an mich halten. Beim Anblick von Bennys rührender Geste verliere ich das Gleichgewicht, taumle ein Stück vor. Vanjo hebt den Kopf und sieht mich. In seinen Augen schimmern Tränen. Mein Bruder weint. Ich weiß nicht, wann ich meinen Bruder je weinen gesehen habe. Er richtet sich auf, ungeachtet von Henrike, die immer noch das blutverschmierte Stück Stoff in der Hand hält.

»Sie ist entwischt«, sagt Mark durch die bittere Stille des Foyers.

Doch Vanjo beachtet ihn gar nicht. Auch ich nicht mehr. Meine Doppelgängerin mag zwar entkommen sein, aber Vanjo ist noch da. Wir steuern aufeinander zu, dann schlingen wir gleichzeitig die Arme um den anderen. Ich presse die Augen zu.

»Meine Ira«, flüstert er und drückt mich mit dem letzten bisschen Kraft, das er noch zu haben scheint, fester.

Spätestens jetzt fließen auch mir die Tränen über die Wangen. Ich weiß nicht, wie lange wir so dastehen, doch diese Umarmung ist das Einzige, das mich gerade davon abhält, nicht augenblicklich zusammenzubrechen.

Erst jetzt realisiere ich, dass ich Vanjo das Leben gerettet habe, als ich ihn aus diesem dunklen Korridor gezogen habe. Sonst hätte der Narbenmann sein Kunstwerk zu Ende gebracht. Er hätte auch ihn getötet.

Das ist alles zu viel.

»Wo warst du?« Vanjo löst sich sanft von mir, lässt seine Hände jedoch noch auf meinen Schultern liegen. »In der Kapelle, da lag dein Handy, und ich dachte, es wäre alles vorbei, doch dann standest du auf einmal vor uns, aber du warst die ganze Zeit so komisch … ich, ich hab mich schon gewundert und … und … Ira, wo kommst du her?« Er redet wirr und schnell, und ich verstehe nur die Hälfte.

»Der Keuchende Mann hat mich gerettet«, sage ich.

»Der Keuchende Mann?« Vanjos Hände rutschen jetzt von mir. Verwirrt runzelt er die Stirn.

»Die Wicca hatten mich schon an den Pfahl gebunden, sie wollten mich opfern. Da ist er wie aus dem Nichts auf der Lichtung aufgetaucht. Sie müssen ihn für einen Botschafter ihrer Götter oder so gehalten haben, so ähnlich wie den Narbenmann. Das hat gereicht, damit er mich losbinden und mit mir abhauen konnte. Wir sind über ein paar Umwege zurück zur Anstalt und kamen wohl gerade noch rechtzeitig.« Ich hole Luft. »Es war auch der Keuchende Mann, der den Narbenmann mit sich in die Tiefe des Kellerlochs gerissen hat.«

Ich beobachte die letzte Tränenflüssigkeit, die sich an Vanjos unterem Lid gesammelt hat und in dem seltsam grünen Licht schimmert. »Aber …«, stammelt er.

Auf einmal ist Benny neben mir, oben herum nur noch mit seinem Shirt bekleidet. Ich habe kaum etwas um uns herum wahrgenommen. Er fasst vorsichtig nach meinem Oberarm. »Ich weiß, dass wir gerade alle aufgelöst und vollkommen durch sind, aber wir sollten hier weg.« Seine Worte klingen fest, und ich bin so froh, dass durch ihn die Realität allmählich zu mir dringt.

»Wir müssen uns in Sicherheit bringen«, sagt er. »Wer weiß, ob der Keuchende Mann diesen Irren wirklich aufhalten konnte, oder wie lange noch. Wir müssen uns zusammenreißen. Und von hier verschwinden. Sofort.«

Henrike kommt nun auch einen Schritt auf uns zu, richtet sich erschöpft das bunte Stirnband. Ein weiterer Stich jagt durch meine Brust, als ich sie bewusst wahrnehme. Ich bin so erleichtert, sie unversehrt zu sehen – wenn auch blass und fahl. »Benny hat recht. Wir werden gleich alles klären müssen, aber nicht hier.«

Ich nicke.

»Wir gehen in den Bunker«, sagt Benny und nimmt dann drohend Mark ins Visier. »Du auch.«

Mark erhebt keinen Einspruch. Die Flammen der Fackeln werfen unruhige Muster über sein Gesicht. Die Ader an seiner Schläfe hebt sich deutlich hervor. »Ich hatte nicht vor, euch noch einmal allein zu lassen.«

Benny zieht die Nase hoch. »Das hoffe ich für dich.«

Tag 9, 23:43 Uhr, Lungenheilanstalt, Bunker.

Ich habe keine Ahnung, wie viel Zeit vergangen ist, seit wir die Luke des Bunkers über uns geschlossen haben. Die Luft hier unten ist verbraucht, und die gewölbten Decken drücken auf uns nieder. Die Taschenlampe, die wir aufgehängt haben, baumelt hin und her. Das schaukelnde Licht lässt diese ganze Situation noch surrealer erscheinen.

Die Gruppe hat kein einziges Wort gesprochen, als wir das in Dunkelheit getauchte Anstaltsgelände überquert haben. Die Wachsamkeit jedes Einzelnen von uns war alles, was gezählt hat. Vorher haben wir unsere Waffen von dem blutbefleckten Boden aufgesammelt und sie den ganzen Weg über dicht bei uns getragen – der erbeutete Speer und Dolch, die Eisenstangen und Knüppel. Die Wicca haben ihre restlichen Waffen alle mit sich genommen. Und die Pistole hat der Narbenmann.

Ich senke betreten die Lider. Es hat sich falsch angefühlt, so falsch, unsere toten Freunde dort im Foyer zurückzulassen. Zumindest erst mal.

Noch seltsamer fühlt es sich an, dass wir jetzt zu siebt sind. Die ganze Zeit habe ich darauf gewartet, dass noch jemand die Leiter von oben herunterklettert, aber das tut niemand.

Es kommt mir vor, als wäre es Jahre her, dass wir diesen Bunker mit den Essensvorräten entdeckt haben. Dass ich mit Theo hier nach dem Brunnen gesucht habe, Vanjo im Wundfieber auf der Pritsche lag und Henrike mir von dem geheilten Krebs ihrer Mutter erzählt hat.

Mein Blick huscht über die verstörten Gesichter der übrigen Camper. Sooft ich uns auch zähle: Ich komme immer wieder auf sieben.

Alva hat sich dicht neben Henrike auf den Boden vor die Pritschen gesetzt. Sie pult den Dreck unter ihren Nägeln hervor. Das macht sie schon eine ganze Weile. Sie pult und pult, ohne zu merken, dass der schwarze Rand unter ihrem Ringfingernagel längst verschwunden ist.

Theo sitzt den beiden gegenüber. Er hat die Knie angewinkelt und wirkt, als hätte man ihn in Trance versetzt, als würde er durch Alva und Henrike hindurchsehen. Vanjo und ich sind direkt neben ihm. Auch wir haben uns eng aneinandergedrängt, rücken keine Sekunde voneinander weg. Ich habe bereits viel mit diesen Campern durchgemacht. Aber so habe ich sie noch nie gesehen.

Als mein Blick auf den Schürfwunden im Gesicht meines Bruders haften bleibt, drückt er meinen Oberarm. Doch es fühlt sich nach mehr an, als nach einem Ivana-Ritual aus alten Zeiten. Das war das Zeichen eines Kampfes ums Überleben.

Mark hat sich die paar Meter, die es in diesem Bunker möglich ist, entfernt und sich in eine Ecke gestellt. Sein Gesicht wird dort vom Schatten verschluckt. Benny lehnt mit verschränkten Armen neben den gesammelten Waffen an der Leiter.

Ein ernstes Schweigen hängt zwischen uns. Diese Menschen wiederzusehen, nachdem ich so lange in den Fängen der Wicca war, hat dennoch etwas von Heimkehren. Und wie absurd es doch ist, dass ich an einem so verdammten Ort wie diesem und in einer so dunklen Stunde jemals an so etwas wie Heimkehren denke. Gänsehaut breitet sich auf meinen Armen aus. Noch habe ich mich nicht getraut, die Frage zu stellen, was mit Julian und Tim geschehen ist. Ich darf nicht mal zulassen, daran zu denken, dass wir sie in der Anstalt zurücklassen mussten. Dass sie gerade allein in diesem Ungeheuer von einem Gebäude liegen.

»Kann es nicht aufhören?« Ein Wimmern dringt von Alva zu mir herüber. Sie hält ihre Finger für einen Moment still und sieht zu mir auf. Ihr Gesicht hat sämtlichen Glanz verloren. »Kann nicht alles einfach aufhören?«

Auch sie war in den Fängen der Wicca. Und beim Gemetzel im Foyer. Ich mag mir gar nicht vorstellen, welche Bilder sie verfolgen müssen. *Schluss jetzt.*

Der Keuchende Mann soll mich nicht umsonst gerettet haben. Ich schalte nun um, beuge mich vor, um meine Hand auf die von Alva zu legen. Sie ist eiskalt.

»Es muss aufhören, Ira«, sagt sie erneut. Ihre ängstlichen Worte beflügeln mich plötzlich regelrecht. Ich will stark sein. Für jeden von ihnen und alles, was sie in diesem Kampf durchgemacht haben. Schließlich löse ich die Schulter von meinem Bruder und erhebe mich. Meine Stimme ist fest. »Ich muss wissen, was passiert ist.«

»Oh, ich kann dir sagen, was passiert ist!«, schaltet Benny sich augenblicklich ein und drückt sich von der Leiter weg. »Wegen deinem tollen Helden Mark wären wir im Kampf gegen die Wicca und diesen Narbenspinner alle fast draufgegangen!« Er schleudert wütend eine Eisenstange zu Boden. Ihr lautes Klirren lässt Alva und Henrike zusammenzucken. »Dein Zwillingsbruder musste einen verfickten Zweikampf mit der Pelzfrau für den Spinner vorführen, und zwar direkt nachdem der, mit Marks Waffe, Julian und Tim erschossen hatte! Ich habe dich noch gewarnt, Ira. Ich hatte verdammt noch mal recht damit, dass er ein Verräter ist!« Die Worte sprudeln hasserfüllt aus Bennys Mund. »Bald hat er uns alle auf dem Gewissen!«

»Du hast keine Ahnung, wovon du da redest, Benny!« Mark tritt aus seiner Ecke hervor. Das spärliche Licht der Taschenlampe erreicht nun sein Gesicht und zeichnet eine scharfe Furche zwischen seinen Brauen. »Ich konnte nicht wissen, dass es so weit kommt, ich habe immer alles versucht, um uns zu retten!«

»Retten?!«, schnaubt Benny. »Etwa mit den Pistolenkugeln, die Julian und Tim getötet haben?«

»Das reicht!«, brüllt Vanjo, der sich jetzt ebenfalls erhoben hat. »Wollen wir uns grade allen Ernstes schon wieder streiten? Habt ihr immer noch nicht kapiert, dass wir im selben Boot sitzen? Auch ich würde Mark jetzt am liebsten für all das fertigmachen. Aber vielleicht sollten wir ihn erst mal ausreden lassen.«

»Danke«, sagt Henrike, die immer noch neben Alva das Schauspiel betrachtet. Sie hat die Hand fest um den Anhänger ihrer Kette geschlungen.

»Also«, sage ich und wende mich wieder an Mark. »Wer ist diese Doppelgängerin? Und woher kennst du sie?«

Er sieht mich genau an. Das Blau in seinen Augen glänzt wie gefrorenes Eis. Schließlich öffnet Mark den Mund. »Now I am become death, the destroyer of worlds.«

Ich spüre meinen Herzschlag. Sekunden verstreichen in diesem seltsamen Gelähmtheitsgefühl.

»Du erinnerst dich an unser Gespräch in der Menschenfalle?«, fragt er mich. »Oppenheimer hat das gesagt, nachdem die erste Atombombe detoniert ist. Und ich, ich habe es meiner Mutter immer wieder gesagt. Ich habe ihr gesagt, dass ihre Erfindung nur den Tod bringen wird. Aber sie hat mir nicht zugehört.«

Die Taschenlampe an der Decke des Bunkers hat sich nun endlich ausgependelt und wirft einen klaren Kreis auf den grauen Betonboden. Für einen Moment bleibt es still. Ich reibe mir über die Arme. *Ja, ich erinnere mich nur zu gut an diese Worte.*

Benny zischt verächtlich. »Mann, wovon verdammt noch mal redest du da?«

»Lass ihn einfach sprechen«, sage ich leise, fast flüsternd.

Mark nimmt einen tiefen Atemzug, sein Brustkorb bewegt sich mit. Keiner wagt es, Einwand zu erheben.

»Das Foto, das Ira und Theo im unteren Brunnenraum des Bunkers gefunden haben, es zeigt meine Mutter. Ich … Ich muss es dort verloren haben, keine Ahnung, wann genau. Vielleicht schon an dem Tag, an dem ich sie nicht weit entfernt von diesen Mauern beerdigt habe.«

»Das Grab im Wald«, schiebt Henrike ein. Gedankenversunken drückt sie weiter den Anhänger ihrer Kette. Auch sie hat nun die Puzzleteile zusammengesetzt.

Wir standen also vor *ihrem* Grab. Die ganze Zeit haben wir uns gefragt, wer eine Leiche mitten im Wald verbuddelt. Dabei war es seine Mutter, die er dort eigenhändig beerdigt hat. Meine Brust zieht sich eng zusammen.

Mark nickt uns zu, spricht weiter: »Meine Mutter war früher eine renommierte theoretische Physikerin. Sie wurde von ihren Kolleginnen und Kollegen geschätzt, ja, sie steuerte wichtige Erkenntnisse für die Überlegungen zur Quantenfeldtheorie bei, die auch allgemein anerkannt wurden. Sie schien eine vielversprechende Zukunft vor sich zu haben, und ich – ich auch.

Zwar war meine Mutter schon immer irgendwie eine getriebene Frau – wovon genau, das weiß ich nicht –, aber wir hatten ein Leben, das mir gefiel. Sie schenkte mir viel Zeit und Aufmerksamkeit, ließ mich an ihren Forschungen teilhaben, bald wurde ich sogar zu einem wichtigen Mitarbeiter für sie, und das, obwohl ich gerade mal ein Teenager war. Aber so ist das mit Hochbegabten. Ich lernte schnell, und das, was andere Jugendliche in meinem Alter spannend fanden, interessierte mich kaum. In der Schule saß ich meine Zeit ab, dachte an den Nachmittag, denn da würden meine Mutter und ich es uns unten im Wohnkeller gemütlich machen. Unsere kleine Familie aus zwei Menschen und die endlosen Formeln auf Whiteboards, das Rascheln des Papiers, wenn meine Mutter in den alten Aufzeichnungen suchte. Es war gut. Bis zu dem Wochenend-Symposium und dem, was sie davon mitbrachte.

Das Prinzip der vielen Welten ist in der theoretischen Physik kein Unbekanntes, und auch meiner Mutter war es natürlich geläufig. Nun ja, wie für die meisten ist es für sie immer nur ein abstraktes Konstrukt gewesen, nicht im praktischen Sinne relevant für uns. Doch als sie von dem Symposium zurückkehrte, hielt sie es plötzlich für eine ganz reale Möglichkeit, für einen Weg, den sie der Welt eröffnen könnte. Sie war sich sicher, sie könnte als erste Physikerin der Welt die Stringtheorie und die allgemeine Relativitätstheorie zu einem sinnvollen System kombinieren, und das eben genau dadurch, dass sie die vielen Welten integriert und erschließbar macht. Ich habe mich oft gefragt, was an diesem Wochenende wirklich passiert ist, was diesen brennenden Gedanken in ihr entzündet hat. Doch er war da.

Seitdem waren unsere gemeinsamen Tage nicht mehr die gleichen, meine Mutter wurde hektischer, reizbarer, schlief immer weniger, aber … sie kam voran. In erschreckend kurzer Zeit hatte sie ein System aufgestellt, das für uns beide in sich stimmig erschien. Ein System, das nicht nur die tatsächliche Existenz einer endlosen Anzahl an weiteren Realitäten beweisen sollte, sondern das auch die Basis dafür schaffen würde, diese zu betreten. Ja, ich weiß, wie das klingt. Und wenn ihr nicht mit mir die letzten zwei Wochen an diesem Ort verbracht hättet, würdet ihr jetzt das Gleiche tun, was ihre Kollegen mit ihr getan haben: Sie haben sie belächelt, verspottet, für verrückt erklärt. Innerhalb kürzester Zeit verlor sie das Ansehen ihrer doch so geschätzten Partnerinnen und Partner, und trotzdem: Sie machte weiter. Sie konnte gar nicht anders.

Und ich? Ich half ihr. Denn auch wenn ich sie so oft vor den Gefahren ihrer Forschungen warnte: Ich zweifelte genauso wenig wie sie an der Theorie. Ich war gegen das, was sie tat, aber ich hielt es nicht für ein Hirngespinst.«

»Warum hast du ihr dann weiter geholfen?«, fragt Henrike und sieht mit zusammengekniffenen Augen zu ihm auf.

Selbst in dem fahlen Licht kann ich erkennen, dass es Mark den Schweiß auf die Stirn getrieben hat. Er seufzt schwer. »Sie war meine Mutter. Ich … Ich hätte es nicht über mich gebracht, sie damit alleinzulassen. Ich konnte es einfach nicht.« Er lässt seine eben noch gestikulierenden Hände fallen. Die Arme hängen nun schlaff an ihm herab. Mark sieht weg, sammelt sich. Und ohne uns wieder anzuschauen, redet er weiter. »Ich habe meine Mutter also bedingungslos in dem Unterfangen unterstützt, das ihr dann später den Tod bringen sollte. Es ist nun acht Monate her, dass sie auf eigene Faust versucht hat, zwei Realitäten in Kontakt miteinander zu bringen. Und was soll ich sagen: Es ist ihr gelungen. Hier an diesem Ort hat sie das Unmögliche möglich gemacht. Die technischen Details werde ich euch ersparen, aber sie hat es geschafft, mithilfe einer von uns entworfenen und gebauten Apparatur eine neue Art der Anziehungskraft zu erzeugen. Eine Anziehungskraft, die zwischen den Realitäten wirkt. Auf der Quantenebene wird eine abgewandelte Form der Gravitation zwischen identischen Teilchen unterschiedlicher Realitäten erzeugt. Diese Anziehung auf der kleinsten Ebene hat eine umfassende Wirkung auf größter Skalierung – Mikrokosmos, Makrokosmos –, die Realitäten nähern sich einander an. Genau das sollte passieren, als meine Mutter die Apparatur in Gang brachte.

Doch auch wenn die Apparatur, der *Verbinder*, funktionierte – sie muss einige Variablen falsch berechnet haben. Unsere Welt und eine zweite Welt haben sich nicht nur einander angenähert, nein, die Anziehungskraft war zu groß. Die Apparatur hat dafür gesorgt, dass sie kollidierten. Ihr erinnert euch an den Stromausfall in Winkenburg im Januar? Das war der Moment, als die beiden Realitäten hier an diesem Ort aufeinandertrafen. Die Apparatur ist explodiert, bevor meine Mutter sich in Sicherheit bringen konnte. Ich ... Ich konnte nichts mehr für sie tun.« Mark dreht den Kopf zurück zu uns. Sein Blick ist leer. »Eigentlich wollte ich danach nur noch weg. Ich wollte rennen und mich nicht mehr umdrehen, nie mehr. Das sind nicht meine Forschungen gewesen, das war nicht mein Werk. Aber ich war noch nie gut darin, mich selbst zu belügen. Mir war klar, dass ich herausfinden musste, was denn nun das Ergebnis des Experiments war.

Es dauerte nicht lange, bis ich das erste Mal auf einen der Übergänge stieß. Meine Mutter hatte ein Gerät für die Messung der jeweils *fremden* Realitätsteilchen entwickelt, und entgegen der eigentlichen Voraussagen waren die Messwerte ständig unterschiedlich, selbst wenn ich genau am selben Punkt blieb. Und so konnte ich auch keinen dauerhaften Übergang zwischen den Welten finden. Etwas ist bei der Kollision geschehen. Die Welten sind nicht konstant aneinander angedockt. Es ist, als würden sie sich hin und her bewegen, man kann es sich vielleicht vorstellen wie tektonische Platten. Und nur manchmal überlappen sich diese Platten. Ich wünschte so sehr, meine Mutter hätte es sehen können. Es entstanden tatsächlich Schwellen, durch die man die andere fremde Welt betreten konnte. Allerdings gab es die Schwellen nur hier an diesem Ort, auf dem Gelände der Anstalt. Also auch genau hier, wo die Welten aufeinandertrafen. Irgendwann haben sich diese Überlappungen vermehrt. Und die Übergänge wurden immer stabiler. Bald konnte ich an einigen wenigen Orten sogar eine zeitliche Regelmäßigkeit ausmachen. Ich habe das alles genau beobachtet, es wurde langsam, aber sicher mehr. Und es machte mir eine Scheißangst. Etwas Schlimmeres hätte nicht geschehen können. Und mit jedem weiteren Tag, den ich diesem Mysterium auf den Grund ging, wurde es mir klarer: Die Öffentlichkeit durfte auf keinen Fall davon erfahren! Die Grundtheorien meiner Mutter sind einsehbar. Sollte jemand herausfinden, dass sie nicht völlig abwegig sind, könnte er auf dieser Basis eine weitaus größere, weitaus stärkere Apparatur bauen. Und wenn schon das allererste, *kleine* Experiment solche Folgen hatte, dann könnte diese Technologie in den falschen Händen nicht nur unsere Welt, nein, sie könnte gleich mehrere Welten in die Zerstörung reißen. Ich musste dieses gefährliche Geheimnis vor der Menschheit verstecken.« Mark spricht immer schneller und hektischer. »Ich war tief genug in der Materie, um selbst weiterzuforschen. Allerdings tat ich es eben mit dem Ziel, die zwei überlappenden Welten wieder voneinander zu trennen, und zwar für immer. Also habe ich versucht herauszufinden, warum es unter Tausenden Realitäten ausgerechnet *diese* war, die mit unserer Heimatwelt kollidierte. Dazu habe ich mich in der fremden Welt bewegt. Monatelang habe ich beobachtet und gerätselt. Dann wurde mir klar, dass meine Mutter einen grundlegenden Fehler gemacht hatte. Es waren nicht allein die identischen Teilchen unterschiedlicher Realitäten, die dieser neuen Form der Gravitation unterlagen. Es zählten nicht nur die Dinge, die genau gleich waren, denn dann wäre diejenige Welt angezogen worden, die aus allen möglichen Welten unserer am ähnlichsten ist. Aber sicher gab es eine andere Realität, in der die Lungenheilanstalt ebenfalls eine Ruine war. Doch in der Realität, die sich mit der unseren verbunden hat, war das nicht der Fall. Es musste noch einen anderen, zusätzlichen Parameter geben, der den entscheidenden Unterschied machte. Eine Art Fehler im System. Es musste irgendwo eine Anomalie geben. Eine Anomalie, die für die Anziehung verantwortlich war. Ja, das Gesetz der Anziehung, über das wir gesprochen haben, schien hier tatsächlich eine praktische Relevanz zu bekommen. Das war die einzig logische Erklärung, die ich dafür hatte. Und wenn ich diese Anomalie zerstören oder aufheben könnte, könnte ich damit die Welten wieder voneinander trennen. Und ... ich sollte recht behalten.«

Mark stockt. Alle kleben an seinen Lippen. Dann wandert sein Blick zu mir.

»Was ist?«, frage ich, und mir wird plötzlich ganz anders. »Mark, was ist denn?«

Er scheint die nächsten Worte kaum herauszubekommen. »Die Anomalie liegt bei dir, Ira.«

Ich schüttle verständnislos den Kopf. »Bei mir? Wieso bei mir?«

»Die Doppelgängerin, deshalb musste ich dich überhaupt hierherbringen, verstehst du?«, sagt er.

Nein, ich verstehe gar nichts. Ich spüre nur, wie es hinter meiner Stirn zu rauschen beginnt und ich allmählich Kopfschmerzen von all dem hier bekomme.

Mark beugt sich näher zu mir. »Ich habe deine Doppelgängerin kennengelernt, als ich in der anderen Welt geforscht habe.«

»Daher also? Sie war die ganze Zeit in deine Pläne verwickelt?« Jetzt mischt sich auch noch Vanjo ein. »Deshalb meintest du zu mir, ich solle ihr nicht trauen, du wusstest, dass das gar nicht meine Ira ist.«

»Ja«, gesteht Mark mit einem kurzen Seitenblick.

»Aber warum ich?«, frage ich über die beiden hinweg. »Warum ausgerechnet *ich* und meine Doppelgängerin?«

In Marks Stirn graben sich Sorgenfalten. Was gleich kommen wird, ist nicht gut. Das sehe ich ihm an. Das sehe ich doch!

»Es tut mir so leid«, flüstert er.

»Was tut dir leid?«, fragt Vanjo aufgebracht und macht einen Schritt vor.

Mark lässt sich davon jedoch nicht beirren, hat mich immer noch genau im Blick. »Deine Doppelgängerin, Ira. Sie … Sie ist nicht wie du. Etwas Entscheidendes in ihrem Leben ist anders gelaufen als in deinem. Deswegen wurde sie dort auch in eine geschlossene Psychiatrie eingewiesen. In unserer Welt ist die Anstalt ein verlassenes, heruntergekommenes Gebäude, wie Theo erzählt hat, seit dreißig Jahren leer, weil der Stadtrat einen Umbau abgelehnt hat. Aber in der anderen, angedockten Welt hat man die alte Lungenheilanstalt in eine geschlossene psychiatrische Klinik umfunktioniert, in der deine Doppelgängerin Irina Patientin ist. Sie hat eine schwere psychische Störung, die ausgebrochen ist, weil sie ein traumatisches Erlebnis erlitt. Irina wird dort wegen eines schweren Verlusts behandelt.« Mark schließt betreten die Augen, um sie dann gleich wieder zu öffnen. »Ira, dein Zwillingsbruder ist in der anderen Welt bei einem Autounfall gestorben. Du … sie, also, Irina hat den Tod von Vanjo nie überwunden. Mehr noch, sie gibt sich selbst die Schuld daran. Die Anomalie ist Vanjos Tod. Die Welt wurde nur aufgrund von Irinas überpräsenten und emotionalen Gedanken an Vanjo angedockt. Mikrokosmos, eine einzige, besonders starke neuronale Repräsentation in ihrem Gehirn zu genau dem Zeitpunkt, als meine Mutter das Experiment begann. Ein mikroskopischer Impuls in ihrem Nervensystem, der nach dem lebenden Vanjo *gesucht* hat, und so wurde genau diese Welt unter allen unendlichen Welten in Bewegung gesetzt. Wenn du so willst, war es der *butterfly effect* im Parallelwelt-Style. Aber wenn du es runterbrichst, dann war es: das Gesetz der Anziehung.«

Mein Herz schlägt bis in den Hals. »Ein Autounfall, sagst du?«

»Ja.«

»Weißt du mehr über den Unfall?«

»Ja, wieso?«

»Ich glaube, ich habe den Unfall gesehen.«

»*Was?*«, sagen Mark und Vanjo gleichzeitig. Sie starren mich entgeistert an. Und auch alle anderen haben die Augen nun auf mich gerichtet.

»Ira, hä, was meinst du damit?« Es ist Vanjo, der mich an der Schulter rüttelt. Ich blicke auf seine grüne Bomberjacke. Die Bilder des Traums sind immer noch so lebendig in meiner Erinnerung. »Du hast die getragen, als das Auto dich überfahren hat«, sage ich und streiche abwesend über den glatten Stoff.

»Du machst mir Angst«, sagt Vanjo.

»Ich … Ich habe es dir nicht erzählt, weil ich genau das nicht wollte, dir Angst machen. Du hättest mich vielleicht auch gar nicht ernst genommen, aber an dem Morgen, bevor das Schulprojekt losging, bin ich schweißnass aufgewacht. Ich habe von unserem Streit vor der Turnhalle geträumt, weißt du, der eine große Streit vor ein paar Jahren, als ich so sauer war, weil du nicht bei meinem Wettkampf zusehen wolltest.«

Vanjo nickt ein paarmal hintereinander. »Ja, ja, ich erinnere mich daran.«

»In meinem Traum bist du nicht mit reingegangen und hast mir zugesehen, sondern du bist umgedreht und über die Straße gelaufen, wo das Auto angefahren kam. Ich habe deinen toten Körper am Boden liegen sehen. Dieser Traum hat sich so verdammt echt angefühlt, er hat mich noch die ganzen Tage hier verfolgt.« Ich halte die Luft an. Selbst jetzt, wenn ich daran denke, fühlt es sich an, als würde jemand die komplette Lebensenergie aus mir heraussaugen.

»Fuck. Das ist einfach nur noch unheimlich!« Alva schüttelt mechanisch den Kopf. Sogar Theo scheint aus seiner Trance erwacht zu sein und richtet sich etwas auf.

»Was hat das zu bedeuten, Mark?«, fragt Vanjo. Etwas in seinem Gesicht wirkt plötzlich seltsam verhärtet. »Kann ich zugleich in einer Welt leben und in einer anderen tot sein?«

»Ich fürchte, ja«, antwortet er und nickt meinem Bruder mit ernster Miene zu. »Es ist der eindeutige Beweis dafür, dass es manchmal nur ein winziges entscheidendes Detail sein kann, das ein System durcheinanderbringt. Ich habe es mir schließlich nur so zusammenreimen können: Die Lösung musste bei Ira liegen. Ich dachte, die Welten würden sich nur für immer voneinander lösen, wenn sich die Doppelgänger begegnen. Wenn also Irina und Ira aufeinandertreffen und dadurch das Gesetz der Anziehung durch ein Gesetz der Abstoßung umkehren. Das war mein Plan und die einzig logische Dynamik, die sich aus den Theorien meiner Mutter ergeben hat. Deswegen habe ich mich als Biologiestudent ausgegeben, deswegen habe ich die Schilder im Wald manipuliert. Ihr solltet hier landen, nur dann –« Er hält kurz inne, sucht nach den richtigen Worten. »Nur dann ist alles schiefgelaufen. Die Bootcamper haben sich durch die Schilder ebenfalls verirrt. Plötzlich steckten wir zu elft hier fest, und ich konnte das Aufeinandertreffen nicht genau planen und –«

»Hör auf!«, fahre ich dazwischen.

Mark verstummt. Die Kopfschmerzen haben sich nun bis ins Unermessliche gesteigert, sie hämmern gegen meine Schädeldecke und machen mich ganz benommen.

»Das ist zu viel! Ich kann das nicht mehr hören, ich kann das alles nicht mehr hören!« Sogar der Boden unter meinen Füßen beginnt zu schwanken. Der ganze Bunker dreht sich, und ich taumle, kippe zu der Seite, an der die Pritschen sind. Henrike bekommt gerade noch meinen Ärmel zu fassen. Sie hält mich jetzt an beiden Armen, weitere Hände stützen meinen Rücken, während sich immer noch alles dreht.

»Setz dich erst mal«, dringt ihre sanfte Stimme zu mir. Ich

kneife die Augen zusammen, damit der Raum aufhört, sich zu bewegen. Aber auch das hilft nicht.

»Es tut mir so leid, Ira«, sagt Mark.

Henrike funkelt ihn empört an. »Ich glaube, du solltest ihr erst mal einen Moment geben, um alles sacken zu lassen.« Dann sagt auch Benny etwas und Theo und Alva. Ein Stimmengewirr entsteht, aber es dringt nichts mehr richtig zu mir durch. Ich kann mir nicht noch mehr von all dem anhören. Will nur, dass das aufhört. Mein Magen dreht sich um.

Dann ist es wieder Marks tiefe Stimme, die ich unter den anderen herausfiltere. »Ira, ich hatte keine Ahnung, wie es sein würde. Hätte ich gewusst, was für ein Mensch du bist, dann –«

»Bitte, hör auf!«, sage ich und atme schwer. »Bitte!«

Mark weicht jetzt ganz von allein zurück und stellt sich wieder ans andere Ende des Bunkers. Und gegen tausend mögliche Gedanken über Parallelwelten und Doppelgängerinnen gewinnt nun ein ganz anderer: Er hat mich belogen. Mark hat mich die ganze Zeit nur benutzt. Ich war Teil eines Plans. Das Blatt, das er mir im Wald geschenkt hat, die Umarmungen, die Küsse. Das war alles nicht echt. Mark hat mich die ganze Zeit nur belogen.

Mir ist übel. Kotzübel, und alle sehen mich an. Ein Schwall Magensäure kommt mir den Hals hoch, ich würge, kann ihn grade noch mal runterdrücken. Ich muss hier raus.

»Ira.«

Keine Ahnung, wer es jetzt ist, der meinen Namen sagt. Mit letzter Kraft stolpere ich vor. »Mir ist schlecht. Ich muss hier raus«, sage ich gepresst.

»Warte, ich will es dir zu Ende erklären, Ira!«, fleht Mark.

Aber ich schirme mich nur noch mit einer ausgestreckten Hand vor ihm ab. Auf wackligen Beinen trete ich zur Leiter, die Benny breitbeinig versperrt. »Lass mich vorbei«, sage ich, doch er macht keine Anstalten, sich zu rühren. Mein Magen dreht sich erneut um. »Ich kotze dir gleich vor die Füße, wenn du nicht Platz machst!«, fauche ich ihn an.

»Ich gehe mit ihr mit«, sagt Vanjo. »Du kannst sie vorbeilassen.« Ich spüre meinen Zwillingsbruder dicht hinter mir. Keiner protestiert.

Wie ich es die Sprossen hochgeschafft habe, weiß ich nicht mehr. Nur, dass es draußen immer noch Nacht ist. Und der eine Gedanke, der alles übertönt: *Mark hat mich die ganze Zeit belogen.*

Tag 10, 00:09 Uhr, Lungenheilanstalt, draußen.

Ich habe mich zweimal übergeben. Hektisch wische ich einen Rest Erbrochenes weg, das mir auf den weißen Stoff des Wicca-Kleids gekommen ist. Ich bin mir nicht sicher, wie viel von diesem unruhigen Magen noch an der widerlichen Rehleber lag und wie viel an dem Schock dort unten im Bunker. Jetzt ist da wieder die übliche Leere in meinem Bauch. Ich muss noch ein paarmal würgen. Dann husten. Ich lasse die eisige Nachtluft in meine Lunge strömen. Hier draußen und ohne die Übelkeit kehrt endlich wieder etwas Kraft in meinen Körper zurück. Der Schwindel, selbst das Rauschen in meinem Kopf lässt allmählich nach.

Vanjo hat mich in den Schutz zweier dicht aneinander stehender Bäume gezogen. Während ich mich übergeben habe, hat er die Umgebung gescannt. Zumindest scheinen wir unbeobachtet zu sein.

»Und?« Er verzieht sein Gesicht.

Ich weiß, dass Vanjo den Geruch von Erbrochenem so gar nicht abkann. Als wir einmal von einer Geburtstagsfeier betrunken nach Hause gelaufen sind und ich mich übergeben habe, musste er das daraufhin auch. Dann haben wir in unserer Betrunkenheit angefangen, darüber zu lachen. Es hat lange gedauert, bis wir uns wieder eingekriegt haben. Mit Alkohol im Blut konnten wir so albern sein. Es hat uns amüsiert, dass wir den anderen in diesem Zustand unglaublich damit auf die Nerven gehen konnten, weil sie unsere Ivana-Witze nicht verstanden.

Wie bescheuert, dass ich nun ausgerechnet daran denken muss.

»Besser«, antworte ich schließlich und erhebe mich. Vor völliger Überforderung entweicht mir sogar ein kurzes Lachen.

Die Wurzeln am Boden des Baums drücken sich so kräftig aus

der Erde, dass ich mich auf sie setzen kann. Mit dem Rücken lehne ich mich gegen den Stamm. »So vieles erscheint plötzlich so lächerlich und unwichtig, wenn man bedenkt, wie schnell sich hier alles ändert. Vor ein paar Tagen noch war ich traurig, als ich erfahren habe, dass Marius mich betrogen hat.«

Vanjo geht vor mir in die Hocke. »Und auch irgendwie fast ironisch und unwichtig, dass das Mädchen, mit dem er dich betrogen hat, Bennys Freundin war«, sagt er betont locker, jedoch höre ich das Zittern in seiner Stimme genau heraus.

»Und jetzt sind wir Teil eines Geheimnisses, das vielleicht die ganze Welt verändern könnte.« Ich sehe in die unruhig flackernden Augen meines Bruders. »Wie sind wir hier nur gelandet, Vanjo?«

»Na ja, ich hab ja von Anfang an gesagt, Bioprojekte sind scheiße.« Er grinst, wird dann aber schnell wieder ernst und setzt sich doch neben mich. Ich lehne meinen Kopf an seine Schulter, er lehnt den Kopf an meinen, und so starren wir für einen Moment einfach nur geradeaus. Die Nächte hier kommen mir so viel dunkler vor, als sie es unten in der Stadt je getan haben. Ich schlinge meine Finger um eine der herausstehenden Wurzeln am Boden. Das Moos, das sie überzieht, ist weich und glitschig.

»Die ganze Zeit konnten wir uns so viele Dinge nicht erklären. Ich dachte sogar, dass ich verrückt werde.« Die Worte sprudeln jetzt einfach aus mir heraus. »Der Anfall, die Aussetzer. Man hat mich sogar für eine Mörderin gehalten. Beinahe hätten mich diese Hexen in einem Ritual geopfert, auch du wärst fast gestorben. Und zu guter Letzt erfahre ich, dass einer der wichtigsten Menschen hier für mich, jemand, dem ich endlich vertraut und mein Herz geöffnet habe, mich die ganze Zeit nur ausgenutzt hat! Für einen Plan, der sowieso nicht aufgegangen ist.«

»Ich hasse ihn mindestens genauso sehr wie du, für das, was er getan hat, glaub mir. Das Problem ist nur, dass Mark gerade der Einzige ist, der irgendeine Ahnung hat von all dem, was hier vor sich geht.« Vanjo hebt seinen Kopf wieder von meinem, atmet schwer. »Wir sind auf ihn angewiesen, Ira, und wahrscheinlich sollten wir auch wieder reingehen.«

»Ich weiß«, sage ich und schließe beschämt die Augen. Die Kälte hat sich nun fast ganz durch den dünnen Stoff des Kleids gefressen. »Gib mir nur eine Minute, okay?«

»Okay«, sagt Vanjo.

Wir schweigen kurz. Doch der Blick auf die Anstalt, nur hundert Meter weit weg, lässt mein Unbehagen steigen. Als ich meine verkrampften Finger von der Wurzel am Boden löse, spricht Vanjo weiter: »Du darfst dich da jetzt nicht reinsteigern. Du musst dir deine Kräfte aufsparen. Ich brauche dich, hörst du?«

Seine Worte rütteln mich tatsächlich etwas wach. Ich drehe den Kopf zu ihm. Sein Gesicht sieht erschöpft aus und noch voller Wunden, trotzdem gibt es mir irgendwie Trost. »Ich brauche dich doch auch.«

»Dann scheiß jetzt auf diesen Mark«, sagt er.

»Ich hatte ihn nur wirklich gern, weißt du?«

»Ich weiß.«

»Mehr, als ich es Marius je hatte.«

»Ich weiß«, sagt Vanjo wieder.

»Wie konnte ich das nicht merken? Wie konnte er mich so täuschen?«

»Er hat uns alle getäuscht.«

Ich muss an die Umarmung mit Mark im Wald denken, den wilden ersten Kuss. Wie wir den Schlafsack geteilt haben und den vibrierenden Klang seiner Stimme, als ich meinen Kopf dabei auf seine Brust gelegt habe. Die Sätze, die er zu mir gesagt hat, als wir im Netz der Wicca gefangen waren. Sein Denken über die Welt.

Sein Eigengeruch. Die Art, mich anzusehen und mit mir zu reden. Das Blau in seinen Augen. Er kann doch nicht alles nur vorgespielt haben?

Benny hat mich noch gewarnt. Spätestens, als er das Antibiotikum für Vanjo gefunden hat, hätte ich misstrauisch werden müssen.

Ich war so blind.

Mein Hals schwillt an. Nein, ich darf jetzt bloß nicht anfangen zu weinen. Vanjo hat recht. Es ist nicht der richtige Zeitpunkt, um mich da reinzusteigern.

Ich blicke zum Bunkereingang rüber. Aber wieso hat Mark uns dann nicht direkt zu den Essensvorräten gebracht? Wenn er diesen Ort doch kannte. Wieso hat er uns in der Anstalt überhaupt nach einem Funkgerät suchen lassen? Alles nur, um seine Tarnung zu wahren?

»Fuck. Mir schießt gerade so viel durch den Kopf, Ira«, sagt Vanjo. Auch er war für eine Weile völlig in seinen Gedanken abgedriftet. »Deine ganzen Filmrisse. Jedes Mal, wenn du dich nicht daran erinnern konntest, dass dich andere gesehen haben. Was, wenn das vorhin im Wald und in der Anstalt nicht das erste Mal war, dass sich deine Doppelgängerin als du ausgegeben hat?«

»Oh nein.« Mein Herz pocht schneller. Auf einmal passt alles zusammen. Immer dann, wenn die anderen behauptet haben, dass sie mich gesehen haben. Immer dann, wenn ich dachte, dass ich hier meinen Verstand verliere.

»Deswegen warst du auch so komisch drauf, als ich dich damals hinter der Anstalt getroffen habe. Das warst gar nicht du. Das war *sie*!« Vanjos Pupillen haben sich zu großen schwarzen Kreisen geweitet. »Fuck, fuck, fuck! Und der Mord an Ricarda auch!«

Wir starren uns mit offenen Mündern an. Und die Panik, die

mich erfasst hat, breitet sich zeitgleich in seinem Gesicht aus. *Das alles ist viel zu verrückt.*

Vanjo findet seine Stimme zuerst. »Mark ist nicht der Einzige, der uns getäuscht hat.«

»Nein«, sage ich.

»Wir müssen wieder rein«, drängt Vanjo und drückt sich vom Boden hoch, aber ich halte ihn einen letzten Moment zurück.

»Was ist mit dir?«, frage ich. »Was du da drinnen gerade alles erfahren hast, muss doch auch für dich ein totaler Schock sein?«

Er beißt sich auf die Lippe, seine Gesichtszüge bleiben unverändert hart, als er an mir vorbei Richtung Bunker sieht. Doch das Schimmern in seinen Augen verrät die Furcht, die er mit aller Kraft zu unterdrücken versucht. »Das muss warten.«

Tag 10, 00:21 Uhr, Lungenheilanstalt, Bunker.

»Da seid ihr ja«, sagt Alva, als Vanjo und ich wieder die Leiter in den stickigen Bunker herunterklettern. »Wir haben jetzt keine Zeit mehr für irgendwelche Dramen.«

»Tut mir leid, ich musste mich übergeben«, sage ich, unten angekommen, und bin sogar irgendwie froh, unter ihren verquollenen Augen wieder etwas von der temperamentvollen Alva zu erkennen.

Sie rümpft die Nase, legt mir jedoch gleichzeitig eine Hand besänftigend auf die Schulter. »Und geht es dir besser?«

»Ja.«

»Gut, wir wollen nämlich endlich wissen, was hier los ist. Und scheinbar funktioniert das ohne dich ja nicht.« Alva muss wohl wirklich in den paar Minuten, in denen ich draußen war, ihre Fassung wiedergefunden haben. Mir ist es tatsächlich lieber, wenn sie so drauf ist, als sie noch einmal so schluchzen zu hören wie vorhin.

Ich suche nach Mark. Er steht noch immer in der dunklen Ecke und hat die Hände hinter dem Rücken verschränkt.

Auch wenn ich ihn jetzt am liebsten anschreien, auf ihn einprügeln und ihm unendlich viele Vorwürfe um den Kopf hauen würde – ich stelle meine Gefühle ab. Zumindest für den Moment und zumindest vor der Gruppe.

Ich konzentriere mich darauf, nicht dem wackligen Gefühl meiner Knie nachzugeben, und stelle mich zu den anderen.

Die Luke ist geschlossen. Benny bewacht den Ausgang. Er hält die Eisenstange wie einen Stock umklammert. »Gut, denn keiner verlässt mehr diesen Raum oder tut sonst was, bevor wir nicht einen Plan haben, wie wir hier lebend wieder rauskommen.«

»Danke, Benny.« Vanjo nickt ihm fast brüderlich zu. Dennoch

macht es mich nervös, zu sehen, wie die Knöchel um Bennys Finger an der Waffe weiß hervortreten.

»Ira«, beginnt Mark. »Ich werde dir alles genauer erklären, wenn du das möchtest, alles und –«

»Rede einfach weiter«, unterbreche ich ihn kühl. »Was hattest du mit meiner Doppelgängerin geplant?«

Fahrig streicht er sich mit der Hand durchs Haar, wartet noch einen Augenblick ab. Dann fährt er mit fester Stimme fort: »Ich hatte ein Abkommen mit Irina getroffen. Sie hat geschworen, mir zu helfen, wenn ich ihr Vanjo bringe. Aber das wollte ich natürlich nicht wirklich tun. Vanjo war nur da, um sie für das Doppelgänger-Aufeinandertreffen anzulocken. Also habe ich euch hergebracht, Vanjo und dich. Nur ist dabei schon alles schiefgegangen, weil die Bootcamper ebenfalls hier waren, und ich konnte euch nicht unbeobachtet aufeinander zuführen. Irina musste mir versprechen zu warten, bis ich ihr Vanjo bringe. Aber sie hat nicht auf mich gehört, sie ist auf eigene Faust in unsere Welt gekommen. Und sie ist dabei dir begegnet, Ira.«

Ich runzle die Stirn. »Wann? Wo ist sie mir begegnet?«

»Es war in der Nacht, als du den Anfall hattest. Sie war das bei der Eisentür. Sie hatte dieselben Krämpfe wie du.«

Die Eisentür. Bei der Erinnerung zieht sich alles in mir zusammen. Ich wusste doch, dass ich Schritte gehört habe! Ich habe mir das nicht eingebildet. Ja, und ich hatte darauf einen Schatten gesehen. Ich dachte, ich würde in mein eigenes Spiegelbild schauen, nur war das nicht ich. Ich stand mitten in einer dieser *Schwellen*, und wen ich dort gesehen habe, war sie. Mir bleibt die Luft weg. Es war *sie*.

Ich wende mich wieder an Mark. »Aber wenn wir uns schon begegnet sind, warum sind die Welten dann nicht voneinander getrennt?«

»Das ist genau das, was ich euch die ganze Zeit schon sagen wollte. Warum ich überhaupt so weit ausgeholt habe. Denn aus irgendeinem Grund hat es nicht funktioniert. Ich war mir so sicher, dass die Doppelgängerinnen und die von ihnen erzeugte Abstoßungsenergie die Lösung sind. Aber in dem Moment, als ihr euch berührt habt, ist stattdessen etwas anderes passiert.« Mark hält plötzlich inne.

Mein Herz pocht kräftig. »Was?«, frage ich. »Mark, was ist passiert?!«

Sein Gesicht ist wie erstarrt. »Na ja«, sagt er dann endlich. Aber er spricht jetzt langsamer, beinahe vorsichtig, und das macht das Pochen in meiner Brust nur noch schlimmer. Mein ganzer Körper ist davon erfüllt.

Er holt zittrig Luft. »Niemand findet uns. Keine zufälligen Wanderer, keine Suchtrupps, keine Spürhunde. Nicht mal einen Hubschrauber haben wir über unseren Köpfen gesehen, geschweige denn irgendein Flugzeug am Himmel. Es kommt keine Rettung. Das kann also nur bedeuten, dass …« Mark stockt. »Dass wir uns momentan weder in unserer normalen Welt noch in der von Irina befinden.«

Die Worte dringen nur langsam zu mir durch. Keiner regt sich auch nur einen Millimeter. Als hätten unsere Herzen in diesem Bunker für einen gemeinsamen Moment aufgehört zu schlagen.

Benny ist der Erste, der die Stille bricht. »Aber wo sind wir dann?« Er hat die Augen zu schmalen Schlitzen verengt. »WO SIND WIR?!«

Mark wischt sich abermals mit dem Handrücken Schweiß von der Stirn, versucht, uns weiter anzusehen. »Es ist, als wäre dieser Ort hier weggebrochen, als würde er als allein stehender Realitätsfetzen nur noch an Irinas Welt kleben, hin und wieder mit ihr überlappen. Ich kann es mir selbst kaum erklären. Die Überlappungen sind das Einzige, das uns überhaupt noch halbwegs mit einer anderen Realität verbunden hält. Es muss eine Art Weltenbruch gegeben haben, als Irina und Ira aufeinander zugegangen sind. Es ist, als …« Er formt mit seinen Händen einen Kreis in die Luft, blickt wie hypnotisiert hindurch. »Als wären wir auf einer eigenen kleinen Weltkugel, auf der sich nur dieses Waldstück und die Anstalt befinden.«

»Moment«, sage ich. »Soll das heißen, dass wir hier in so was wie einer Blase gefangen sind?«

Mark lässt seine Hände beinahe grausam langsam sinken. Die Wände des Bunkers rücken näher und näher, und es kommt mir vor, als wäre mit dieser Erkenntnis plötzlich der letzte Rest Sauerstoff hier unten aufgebraucht worden. Ich kann sogar sehen, wie sich weitere Schweißtropfen innerhalb dieser kurzen Stille auf Marks Gesicht gebildet haben. »Es tut mir so leid«, flüstert er kaum hörbar. »Es ist die einzige Erklärung, die ich habe. Das ist der Grund, warum alle Wege zurück zur Anstalt führen. Nur deshalb sind wir immer wieder im Kreis gelaufen.« Er schluckt. »Außer diesem Ort ist nichts mehr um uns herum.«

EPISODE 3
Die Jagd

Vanjo

Tag 10, 01:24 Uhr, Lungenheilanstalt, vor dem Bunker.

Ich bin tot.

Regen prasselt auf mich nieder, während ich die Eisenstange in den Boden ramme, um feuchte Erde zu lösen und aufzuschaufeln. Natürlich ist die Eisenstange dafür völlig ungeeignet, aber das ist mir egal. Alles ist mir egal, ich stoße wieder und wieder in die Erde.

Ich bin tot. In einer anderen Realität, in der ich genau der war, der ich hier bin, hat ein Auto mich gerammt und meinen Körper zerschmettert. In einer anderen Welt, der wir anscheinend gerade näher sind als unserer Heimat, verrottet mein lebloses Fleisch in einem dunklen Sarg.

Meine Arme brennen, die Erde ist schwer. So ein Mindfuck. Das kann doch einfach alles nicht real sein.

Aber das ist es. Marks Geschichte klingt zwar abgedreht, doch sie fügt immerhin all die seltsamen Dinge, die hier seit unserer Ankunft passiert sind, zu einem Gesamtbild zusammen.

Die Hunde, der Lastwagen auf dem schmalen Pfad, die gelben Lichter, die uns durch den Wald geführt haben – das waren Wachhunde, Warenlieferungen und ein Kerzenmarsch zur Waldkapelle. Das waren keine Einbildungen, sondern die Überlappungen zur anderen Realität. Dort handelte es sich bloß um ganz normale Vorgänge. Aber das ist nicht alles. Einige der Patienten haben wohl die Verbindungen entdeckt. Sie sind von selbst auf das stumme Summen gestoßen, das meine falsche Schwester mir später im Foyer gezeigt hat, und sie haben die zufällig auftretenden Portale genutzt. Die andere Ira, der Keuchende Mann … und der Narbenmann. Seine Zeichen haben dann wiederum die Wicca auf den Plan gerufen, die dachten, das hier sei der Ort ihrer Gottheiten. Dabei haben sie nur zu einem Irren gesprochen, der einen Faible für die Symbole hat. Und das alles … das alles, weil wir in einem unbestimmten Realitätsfetzen des *Multiversums* hängen – what the fuck!

Fahrig wische ich mir über die Stirn, sehe mich zu allen Seiten um. Die Konturen der Anstalt, der Mauer, des Waldes verschwimmen im Regenfilm. Aber soweit ich es erkennen kann, ist hier niemand anderes außer mir.

Ich mache weiter. Vielleicht müsste mein Kopf explodieren von all den neuen Informationen, aber das tut er nicht. Das alles macht für mich auf verquere Weise sogar Sinn. Es ordnet.

Aber nicht, dass ich tot bin. Das … darauf komme ich nicht klar. Ich komme darauf genauso wenig klar wie auf die Tatsache, dass ich hier im strömenden Regen stehe und mit einer Eisenstange als behelfsmäßige Schaufel zwei Gräber aushebe.

Julian und Tim hatten mit all dem hier nichts zu tun. Ich lasse das Rohr niedersausen. Tränen drängen mir plötzlich und unkontrolliert aus den Augen. Sie vermischen sich mit den prasselnden Regentropfen, während ich weiterarbeite. Diese beiden Menschen wollten in einem Bootcamp mitmachen, nichts weiter. Ein bisschen Fitness. Und nun kommen sie nie wieder nach Hause.

»Vanjo.«

Ich drehe erschöpft den Kopf zur Seite und bin dann doch überrascht.

Alva hat mich angesprochen, aber sie steht nicht allein da. Henrike ist bei ihr. Sie hält eine geöffnete Jacke halb über sich, halb über Alva, was den Regen aber kaum aufhält.

»Wir wollten nach dir sehen«, sagt Alva. »Also eigentlich ich. Aber sie auch. Und bevor wir uns streiten, sind wir einfach zusammen rausgekommen.«

Ich sehe die beiden eine Weile schweigend an. Ihre Kleidung ist verdreckt, das Wasser läuft die Jacke hinunter, lässt ihre Haare noch dünner erscheinen. Ein braunes und ein blaues Augenpaar, beide wirken nur noch matt und farblos. Die zwei Camperinnen sind auch völlig fertig. Und trotzdem sind sie rausgekommen, um nach mir zu sehen.

»Danke«, sage ich. »Bei mir ist alles in Ordnung. So weit.«

»Vanjo. Komm wieder rein«, meint Henrike.

»Nein.«

»Vanjo. Du kannst doch nicht hier draußen bleiben. Was … machst du denn hier überhaupt?«, fragt Henrike und starrt auf das flache Loch, das ich bislang ausgehoben habe. Sie braucht nur einen kurzen Moment. Ihre Augen weiten sich, als sie versteht. Alva fasst nach Henrikes Hand und starrt ebenfalls auf die feuchte Erde, die sich neben mir aufhäuft.

»Ich mache das hier fertig«, sage ich mit trockener Kehle.

Ich hebe die Eisenstange – sie wirkt noch schwerer als eben – und ramme sie in den Boden. Mit einem Ruck schaufle ich eine neue Fuhre Erde hinaus. Weitermachen, immer weiter.

Wortlos verschwinden Alva und Henrike. Wenig später sind sie wieder da, jede von ihnen hält ein Eisenrohr in der Hand. Gemeinsam heben wir die Gräber unserer toten Freunde aus. Der Regen schlägt auf uns nieder.

Tag 10, 02:29 Uhr, Lungenheilanstalt, Bunker.

Ich habe noch nie so viel Verachtung für einen Menschen verspürt.

Mark sitzt zusammengekauert am hinteren Ende des Bunkers vor den leeren Regalen. Die Hände haben wir ihm fest hinter dem Rücken zusammengebunden, um auf Nummer sicher zu gehen. Er schaut zu Boden, und seine verfilzten schwarzen Haare fallen ihm weit in die Stirn.

Dieser Bastard. Dieser dreckige Bastard. Ich sollte ihm mein Knie ins Gesicht rammen, ich sollte …

Halt.

Das bringt alles nichts. Draußen durfte ich meine Emotionen rauslassen, und ich bin dankbar, dass ich dabei nicht allein war. Hier unten muss ich funktionieren.

Ich ziehe die Nase hoch, meine Klamotten sind durch, und ich habe natürlich nichts zum Wechseln. Es war eine dumme Idee mit den Gräbern, aber es war eine dumme, nötige Idee. Ich wische den Gedanken weg, wie wir die beiden toten Körper getragen und in die Erde gelassen haben. Ich darf einfach nicht mehr daran denken. Die Gefahr, dass die Gefühle mich überwältigen, ist viel zu groß, denn dann kann ich nicht mehr weitermachen. *Und das müssen wir. Damit wir nicht das gleiche Ende nehmen.*

»Es sind noch ein paar Fragen offen«, sage ich nüchtern.

»Sicher«, gibt Mark zurück. Er klingt gefasster, als er aussieht.

»Die andere Ira hat von einem Gerät gesprochen, das du besitzt und mit dem wir wieder von hier wegkommen können. Was hat es damit auf sich?«

Mark atmet tief aus. »Leider nicht das, was Irina denkt. Ich habe ihr erzählt, dass ich in der Lage bin, die Übergänge zur anderen Realität mit meiner Technologie zu öffnen. Aber das war eine Lüge, damit sie nicht auf die Idee kommt, eigenständig nach den Schwellen zu suchen. Sie muss meinen Zähler gesehen und sich zusammengereimt haben, dass ich damit zwischen den Realitäten reise. Dabei bin ich genauso darauf angewiesen, die Überlappungen zu finden, wie die anderen. Der einzige Unterschied ist, dass ich mit dem Zähler die Präsenz der anderen Realität grob messen kann. Somit habe ich eine Orientierung und konnte einige Regelmäßigkeiten feststellen.«

»Du kannst wirklich keine Verbindungen selbst generieren?«, frage ich.

»Nein. Wirklich nicht. Beim … letzten Experiment meiner Mutter ist die Technologie dafür komplett zerstört worden. Klar, ich habe ihre gesamten Aufzeichnungen, und ich kenne ihre Theorien in- und auswendig, aber es würde Jahre dauern, wieder einen *Verbinder* zu bauen. Das Einzige, was ich noch habe, ist eine Art *Geigerzähler*. Er misst die momentane Energiedichte einer möglichen Fremdrealität. So kann man Übergänge besser erkennen und ist nicht auf die subjektive Wahrnehmung angewiesen.«

Ich sehe ihn skeptisch an. Theo verschränkt demonstrativ die Arme, als wolle er der ganzen Gruppe zu verstehen geben, was er von Marks Vertrauenswürdigkeit hält.

»Wirklich, das ist die Wahrheit. Warum sollte ich euch jetzt noch anlügen?«

»Keine Ahnung. Sag du es mir«, gebe ich zurück.

»Ihr findet das Gerät in einem kleinen Kabuff, nahe dem Hinterhof. Etwa dort, wo Paul sein Essen versteckt hatte, ist ein Schlüssel hinter einem losen Backstein verborgen, der die Tür zum Kabuff öffnet. Darin befinden sich auch die Aufzeichnungen meiner Mutter. Es stimmt, was ich sage, das *müsst* ihr mir einfach glauben.«

In Marks letzte Worte hat sich ein flehender Unterton gelegt. Seine Augen hat er weit geöffnet, und er sucht jetzt meinen Blick. Er schaut mich direkt an, wie um mir zu zeigen, dass er rein gar nichts mehr zu verbergen hat. Und was soll ich sagen: Tatsächlich *wirkt* er ehrlich. Aber kann man so jemandem noch irgendetwas glauben?

Mark räuspert sich trocken. Dann redet er zögerlich weiter: »Es ... Es wäre von großem Vorteil, wenn ihr mich die Sachen holen lassen würdet. Seit wir hier gestrandet sind, zerbreche ich mir den Kopf darüber, was schiefgelaufen ist. Die theoretischen Konzepte meiner Mutter waren in sich stimmig. Ich verstehe einfach nicht, warum das Zusammentreffen von Ira und Irina nicht den gewünschten Effekt nach sich zog. Doch nun sind so viele neue Ereignisse und damit Beobachtungsdaten dazugekommen, und ich *muss* das mit den Aufzeichnungen abgleichen. Ich weiß, wie das klingt, aber meiner Mutter könnte ein recht simpler Fehler unterlaufen sein. Und wenn ich das beweise, gäbe uns das eine Chance, hier wirklich wieder wegzukommen.«

Ein schriller Lacher aus der zweiten Reihe. Benny schüttelt den Kopf und lächelt. Doch seine Augen sind eiskalt. »Ist klar. Wir müssen dich also nur losbinden und aus diesem Bunker lassen, und dann wird schon alles gut werden?«

»Mann, wohin sollte ich denn abhauen?«, gibt Mark zurück. »Ich hätte euch doch schon hundert Mal im Stich lassen können. Auf einer anderen Ebene habe ich das, das ist mir klar. Aber wir wollen das Gleiche: Wir wollen nach Hause.«

Benny verschränkt die Arme. »Wir werden dich hier auf gar keinen Fall rauslassen.«

»Und wenn er wirklich die Wahrheit sagt?«, wirft Henrike ein, ihre feuchten Haare kleben auf ihren Schultern. »Immerhin könnte das unser Ausweg sein.«

»Dann holen *wir* die Sachen«, erwidere ich. »Mark, beschreib uns noch mal ganz genau, wo. Dann kriegst du deine Unterlagen.«

»Okay.« Er scheint tatsächlich dankbar darüber zu sein. »Ihr tut das Richtige. Wirklich.«

Tag 10, 02:49 Uhr, Lungenheilanstalt, draußen.

Benny und ich suchen direkt den Schutz der Steinwand des Lagerschuppens. Es ist zwar nicht so, dass ich jeden Moment einen Angreifer erwarte, aber mit dem Ausheben der zwei Gräber habe ich mein Glück schon genug strapaziert.

Ich sehe mich um. Es hat aufgehört zu regnen, und die Anstalt glänzt feucht.

Ob … Ob der Narbenmann doch noch irgendwo hier ist? Ich hing selbst dort unten am Abgrund zum Kellerloch. Es schien bodenlos, und ich kann mir nicht vorstellen, dass man einen solchen Sturz überlebt … aber was hat das schon zu bedeuten. Auch wenn Mark uns jetzt so eine Art physikalische Erklärung geliefert hat – alles ist für mich damit nicht offenbart. Die Dunkelheit, die diesen Ort umgibt, ist geblieben. Es gibt viele Gründe, warum der Narbenmann den Sturz überlebt haben könnte. Und wenn er das hat, dann wird er die Jagd auf uns früher oder später wieder aufnehmen.

Langsam kriecht Kälte meinen Rücken hinauf, während wir die hintere Ecke des Lagerschuppens erreichen. Ich bin vorne und spähe um die Ecke auf den Innenhof des Hauptgebäudes. Er wirkt genauso ausgestorben wie das restliche Gelände. Nichts regt sich, nicht einmal Wind zerrt an den morschen Brettern der Anstaltsrückseite oder lässt das wilde Gras zittern. Wahrscheinlich sind wir im Moment wirklich allein.

»Was siehst du?«, fragt Benny hinter mir, der mit den Augen den Bereich absucht, von dem wir gekommen sind.

»Nichts los«, sage ich. »Lass uns am besten schnell machen.«

»Gut.«

Gemeinsam eilen wir über die offene Fläche hin zur Rückwand

der Anstalt. Irgendwo hier muss das kleine Kabuff sein, von dem Mark erzählt hat.

»Dass er hier die ganze Zeit noch so ein Versteck hatte«, sage ich. »Er muss hier ja mehrmals hin sein, ohne dass wir etwas gemerkt haben.«

»Soll ich den dümmsten Spruch der Welt noch mal bringen, oder reicht es dir schon so?«, gibt Benny zurück.

»Ja, ich weiß, du hast es uns ja gesagt.« Ich gehe in die Hocke und beginne, an der von Mark beschriebenen Stelle, die Backsteine der Anstalt abzutasten. Hinter einem von ihnen wird der Schlüssel sein.

»Ja, habe ich«, meint Benny. »Eigentlich ist es sogar irre, dass wir das hier machen. Der Typ ist der einzige Grund, warum wir hier sind, und wir tun sogar jetzt noch, was er sagt.«

»Nicht der einzige Grund.«

»Wie meinst du das?«

»Ich und Ira. Wir sind der Ursprung von all dem hier.«

Benny spuckt zur Seite aus. »Was du immer für eine Scheiße redest. Habt ihr irgendwelche Wahrnehmungsstörungen, was den Typen angeht? Jetzt macht er einen auf Ich-wollte-immer-nur-das-Beste. Jetzt sagt er, er will den Untergang von gleich zwei Welten verhindern. Aber das ist genau wie mit Dr. Jekyll und Mr Hyde. Da heißt es auch immer, ja, der arme Jekyll kann ja nichts dafür, dass ihm das mit Mr Hyde passiert ist und er den nicht mehr loswird. Bullshit. Dr. Jekyll wusste ganz genau, was er da tut mit seinen Experimenten. Und wenn Mark wirklich gewollt hätte, dann hätte er seine Mutter aufgehalten.« Benny redet sich richtig in Rage. »Und wenn Mark sagt, er will ja nur das Beste, dann ist das sogar gelogen, wenn er es ernst meint. Wenn er es denn ernst meint und das hier nicht schon wieder eine scheiß List ist!« Ich muss nichts sagen, Benny merkt anscheinend selbst, dass er zu laut geworden ist. Er hält kurz inne und spricht dann mit gesenkter Stimme weiter: »Hauptsache, deine Schwester lässt sich von der Weltrettermasche nicht wieder rumkriegen.«

»Sie ist ja nicht dumm.«

»Aber verletzt. Das ist noch gefährlicher«, sagt Benny.

Ich verzichte auf eine Antwort und ziehe an dem Backstein, den ich gerade überprüft habe. Tatsächlich, dahinter ist ein kleiner Schlüssel deponiert. Ich hole ihn hervor und zeige ihn Benny.

Der deutet wortlos auf eine schmale Tür, die sich etwas weiter hinten befindet und den Zugang zu einem kleinen Holzschuppen bildet. Der Schuppen wird von schwarzen, blätterlosen Efeuranken umhüllt, sodass er darin fast zu verschwinden scheint. Das muss das Kabuff sein, von dem Mark gesprochen hat!

Ich nicke, und wir eilen rüber. Ohne noch lange zu fackeln, öffnen wir die Tür mithilfe des Schlüssels und betreten einen kleinen, staubigen Raum. Der Geruch von Rost mischt sich mit dem von altem Gummi, der wahrscheinlich von den porösen Fahrzeugreifen am Boden vor mir ausgeht. An der hinteren Wand steht die kaputte Schubkarre, schnell steige ich über die Reifen und die morschen Holzbretter, um zu ihr zu kommen, und gehe in die Knie.

Meine Hände tasten blind unter der Schubkarre, treffen aber nur auf rauen, kalten Boden. Sind da unten wirklich Marks Geheimnisse versteckt, oder … Jetzt berühren meine Finger etwas! Sofort umgreife ich den Gegenstand und ziehe ihn hervor. Tatsächlich: Ich halte einen großen silbernen Metallkoffer hoch.

»Das gibt's ja nicht«, murmelt Benny, während er sich neben mich stellt. Ich löse die Schnallen und klappe den Koffer auf. Kneife die Augen zusammen.

Das Mondlicht, das durch die Tür fällt, reicht gerade so aus, um genug zu erkennen. Ein kleines rechteckiges Ding mit Plastikumhüllung liegt mittig platziert. An jeder Ecke des Geräts geht ein langer, dünner Antennendraht ab, sodass es wirkt wie ein seltsames Insekt. Das muss der Zähler sein, von dem Mark gesprochen hat.

Unter dem Gerät liegt ein simpler Schnellhefter, in dem dann wahrscheinlich Marks Unterlagen sind. Fast absurd, wie unspektakulär das aussieht. Und dann entdecke ich da noch etwas. Ich greife danach und halte es näher vor mein Gesicht. Zwar kann ich die Bezeichnungen im schwachen Licht nicht entziffern, aber es ist doch ziemlich eindeutig: Das sind Medikamentenstreifen.

Ich schnaube. In all dem Durcheinander und den Vorwürfen gegenüber Mark habe ich ein Detail einfach mal komplett vergessen. Die Medikamente, die mich von diesem grässlichen Fieber befreit haben, hat er natürlich auch nicht zufällig gefunden.

Einen Moment halte ich inne und starre auf den kleinen silbernen Tablettenstreifen.

»Ist irgendwas?«, fragt Benny.

Ich werfe die Blisterpackung zurück zu den anderen und streiche mir über die Brust. Nein, ich will keine Dankbarkeit dafür empfinden, dass er mir vielleicht das Leben gerettet hat. Keins seiner Medikamente kann Ricarda, Tim oder Julian zurückbringen.

»Alles gut«, sage ich, klappe den Koffer zu und lasse die Schnallen zuschnappen.

Schnelle, tapsende Schritte hinter uns. Jemand rennt. Wir fahren in der kleinen Kammer herum, starren auf die Mauerwand, die zur Anstalt gehört. Sie kommen von dort. Da drinnen läuft jemand. Sie werden lauter, dann leiser. Weg sind sie.

Benny und ich bleiben noch einen Moment wie erstarrt stehen. Das ging schnell. Wir lauschen, beide den Blick stur auf die Mauerwand gerichtet, als könnten wir auf diese Weise hindurchsehen. Es ist so still wie eben noch, da sind bloß alte Steine, die Kälte ausstrahlen.

»Bestimmt nur eine von diesen komischen Überlappungen«, sagt Benny nach einer Weile.

»Ja, bestimmt.«

Wir schweigen trotzdem auf dem Weg zurück. Die Augen die ganze Zeit offen, so als hätten wir uns gerade erst erschreckt.

Tag 10, 03:37 Uhr, Lungenheilanstalt, Bunker.

Ich weiß nicht, wohin mit mir.

Seit einer ganzen Weile guckt Mark durch den großen Stapel Unterlagen, den wir ihm zusammen mit seinem Metallkoffer gebracht haben. Wir haben dafür seine Handfesseln gelöst, aber er wirkt ohnehin im Moment nicht, als würde er an einen Fluchtversuch denken. Seine Stirn ist konzentriert in Falten gelegt, und man kann es geradezu in seinem Kopf arbeiten sehen.

Wie klug muss der Typ sein, wenn er mit nicht mal zwanzig Jahren die experimentellen Forschungen einer Physikprofessorin kapiert?

Und wie dumme und kurzsichtige Entscheidungen kann man treffen, obwohl man anscheinend einen IQ wie Stephen Hawking hat.

Ich betrachte das Gerät in meiner Hand. Das etwas klobige, von schwarzem Plastik umhüllte Ding wirkt eigentlich viel zu retro für das, was es angeblich kann. Na ja, vielleicht passt das ja dazu, dass wir in einem alten Bunker sitzen, dessen harter Betonboden nur von dem Lichtkegel einer herunterhängenden Taschenlampe aufgehellt wird.

Julian wäre trotzdem völlig aus dem Häuschen gewesen bei so einem Sci-Fi-Kram.

In der anderen Ecke des Raums direkt an der Bunkerwand sitzt Ira. Sie ist mit dem Po auf den Boden gesunken und hat ihre Arme um die angewinkelten Beine geschlungen. Ihr Blick ist glasig. Was meiner Schwester wohl durch den Kopf geht?

»Shit«, sagt Mark da plötzlich. »Das ergibt so keinen Sinn.«

»Was ergibt keinen Sinn?«, fragt Alva alarmiert. »Du meintest doch … du meintest, es könnte wirklich einen Ausweg für uns geben.«

Benny schnaubt nur verächtlich. »Klar, meinte er das.«

Mark schaut nicht mal hoch, sein Blick bewegt sich schnell über die Unterlagen. »Irgendetwas übersehe ich. Wahrscheinlich etwas sehr Simples.«

»Vielleicht können wir helfen«, sagt Henrike. »Immerhin haben wir hier auch schon über eine Woche verbracht und waren an ganz verschiedenen Orten unterwegs.«

»Das glaube ich kaum«, gibt Mark abwesend zurück, hält dann aber inne und sieht endlich nach oben. Er schüttelt leicht den Kopf. »Entschuldigt. Seit über einem halben Jahr bin ich allein hier dran. Und davor waren es nur ich und meine Mutter. Aber ja, vielleicht hat jemand von euch etwas gehört oder gesehen, was ihm oder ihr relevant erscheinen könnte?«

Schweigen setzt wieder ein. Jeder scheint jetzt angestrengt nachzudenken. Auch ich versuche, in meinem Kopf die Ereignisse der letzten Tage nach etwas Auffälligem abzusuchen. Aber was war denn bitte *nicht* auffällig? Außerdem kann ich mich gar nicht an alles zurückerinnern, ja, ich will es nicht. Geht es den anderen genauso? Jedenfalls sagt immer noch keiner von ihnen ein Wort.

Mark schaut in die Runde, tauscht sogar noch einen Blick mit Henrike. Er zieht entschuldigend die Schultern hoch und wendet sich dann wieder seinen Unterlagen zu.

»Es waren noch andere drüben.« Die Stimme meiner Schwester ist brüchig. Statt Mark anzusehen, schaut sie auf einen unbestimmten Punkt an der Bunkerwand neben ihm. »Als der Weltenbruch passiert ist, sind noch andere außer meiner Doppelgängerin in unsere Realität gekommen.«

»Was? Woher weißt du das?«, fragt Mark überrascht und sucht ihren Blick.

Ira redet nur monoton weiter: »Der Keuchende Mann, er hat

mit mir gesprochen, nachdem er mich auf der Lichtung von den Wicca befreit hat. Ich war noch völlig panisch, als wir durch den dunklen Wald geflohen sind. Zuerst meinte er, dass ich mir keine Sorgen machen brauche, weil er nicht verschwindet. Er hat gesagt: ›Ich bleib bei dir, keine Angst. Es zerrt nicht mehr so an mir wie in der ersten Nacht. Es zerrt überhaupt nicht mehr so wie in der Nacht, als sich alles geändert hat.‹«

»Was hat er damit gemeint?«, fragt nun Theo an Mark gerichtet. Er befindet sich direkt neben der Bunkerleiter und hat sich bis eben komplett rausgehalten.

»Na ja«, gibt Mark zurück. »Ihr erinnert auch doch noch daran, dass die Personen aus der anderen Welt ab und zu einfach von jetzt auf gleich verschwunden sind. Es ist so, dass man eigentlich noch immer mit seiner eigenen Realität verbunden ist. Und sobald die jeweilige Überlappung wieder weniger wurde, zog es die Personen quasi wieder in die eigene Realität zurück. Ich sage *zog*, weil sich das seit dem Realitätenbruch mehr und mehr geändert zu haben scheint. Man kann länger in der anderen Welt bleiben, ohne dass etwas passiert, viel länger. Wie auch immer. Was hat der Keuchende Mann noch gesagt, Ira?«

»Er hat gesagt, dass er die Wicca schon beobachtet hat, seit er das erste Mal über die Schwelle gegangen ist.« Ich merke, dass selbst diese wichtigen Infos eine Überwindung für Ira sind, weil sie sie mehr oder weniger an Mark richten muss. »Anscheinend ist er dem Narbenmann gefolgt und hat ihn mit der Pelzfrau und den anderen Wicca vor der Waldkapelle sprechen sehen. Der Narbenmann hat der Pelzfrau das Menschenopfer befohlen. Deswegen hat der Keuchende Mann später versucht, uns vor ihr zu warnen. Noch bevor Benny dem Keuchenden Mann das erste Mal in der Anstalt begegnet ist, hat der diese Begegnung vor der Waldkapelle beobachtet. Genauer gesagt, war das exakt in der Nacht davor, und … auch der Keuchende Mann hat da eine Art Beben gespürt.«

»Dein Anfall, der Weltenbruch«, sage ich. Überlege. »Der Keuchende Mann und der Narbenmann waren also zu dem Zeitpunkt, als du und deine Doppelgängerin in der allerersten Nacht aufeinandergetroffen seid, in den Wäldern unserer Realität.«

Ira nickt langsam, und auch Mark zieht scharf die Luft ein.

»Irina hat mir schon früher erzählt, dass sie in der Nacht, als es den Weltenabriss gab, durch die Worte des Patienten aus Zimmer 108 auf den Übergang aufmerksam geworden ist – das ist der Narbenmann«, sagt er nachdenklich. »Aber, oh Mann, wie wahrscheinlich ist es denn schon, dass sie genau zeitgleich …«

Mark bricht ab, und ich kann es geradezu hinter seiner Stirn arbeiten sehen. Wieder hüllt sich der Bunker in angespanntes Schweigen. *Komm schon, Mark.*

Es fühlt sich wie eine Ewigkeit an, bis er wieder den Mund aufmacht: »Ich glaube, damit haben wir den Fehler gefunden. Nein, ich glaube es nicht, ich bin mir absolut sicher. Er ist so naheliegend, dass ich eigentlich längst hätte drauf kommen müssen.«

»Jetzt sag doch schon!«, meint Alva ungeduldig.

»Es wäre zu kompliziert, euch die ganzen technischen Einzelheiten zu erklären. Aber so wie beim Gesetz der Anziehung ein paar Neuronen in Irinas Gehirn den Unterschied zwischen allen anderen Welten ausgemacht und den Kontakt hergestellt haben, so bringt eine einzige Unregelmäßigkeit das Gesetz der Abstoßung wieder vollkommen durcheinander. Die Realitätsenergie, die freigesetzt worden ist, als Ira und Irina aufeinandergetroffen sind, hätte locker gereicht, um die Welten wieder voneinander zu lösen. Da waren die Theorien meiner Mutter nicht falsch. Sie hat aber nicht beachtet, was eine weitere Anomalie auslösen könnte. Die beiden Männer, die sozusagen während der Abstoßung in der *falschen* Welt waren, haben die Trennung verhindert, und so ist alles schiefgelaufen, und wir sind mit unserem Realitätsfetzen quasi *mitgerissen* worden.«

Benny schnaubt. »Super. Und jetzt? Wir stecken immer noch hier fest. Und falls du mit dem Narbenmann kooperieren willst … ich glaube nicht, dass der da *so* Bock drauf hat. Wenn er überhaupt noch lebt.«

Wieder muss ich an den Moment denken, als der Keuchende Mann den Narbenmann mit sich in die Dunkelheit gerissen hat. *Und wovor er mich gerettet hat.* Ein ungutes Kribbeln stößt mir wie ein kalter Atemzug in den Nacken.

»Wir brauchen auch gar nicht mit ihm kooperieren«, gibt Mark zurück. »Alles, was wir brauchen – wenn meine Annahmen stimmen –, ist eine weitere Aktivierung des Gesetzes der Abstoßung. Entgegen meiner Sorgen konnten Ira und Irina sich nach dem Bruch doch einander nähern, ohne dass etwas passiert ist. Das heißt, ihre gemeinsame Realitätsenergie ist sozusagen verbraucht. Was wir also benötigen, sind zwei Dinge. Erstens: Sämtliche Akteure müssen sich in ihrer jeweiligen Welt befinden, damit das Gleichgewicht stimmt. Andernfalls könnte wieder jemand dafür sorgen, dass eine Überlappung der Welten aufrechterhalten bleibt. Und zweitens: Wir brauchen einen neuen Doppelgänger, der auf der Schwelle mit jemandem von uns zusammentrifft.«

Wir schweigen konzentriert. Ich sehe, wie Alva skeptisch die Stirn in Falten gelegt hat, Theo vor sich hin starrt und kaum merklich die Lippen bewegt, als würde er mit sich selbst sprechen. Ich komme auch kaum hinterher, das ist schon wieder so viel auf einmal.

Mark redet schon weiter: »Es … Es könnte natürlich gefährlich werden für die Person. Ihr habt gesehen, was es mit Ira gemacht hat. Und es gibt zu wenig empirische Daten, um ein Risiko für uns, aber vor allem für die beiden Doppelgänger auszuschließen.«

»An wen von uns hattest du denn gedacht?«, frage ich langsam, in dem Wissen, dass Ira und ich die Einzigen sind, die auf keinen Fall infrage kommen. Aus unterschiedlichen Gründen.

Mark holt tief Luft und streicht sich das Haar aus der Stirn.

»An mich«, sagt er dann.

Tag 10, 03:51 Uhr, Lungenheilanstalt, Bunker.

»Also gut, nur damit ich richtig verstehe, was du uns sagen willst.« Benny geht im Raum auf und ab wie ein Tier in einem engen Käfig, und seine Gesten sind hektisch. »Es ist ganz einfach, wieder zurückzukommen: Wir müssen nur rüber in die andere Welt, dort aus einer geschlossenen psychiatrischen Klinik ausbrechen, deinen Doppelgänger davon überzeugen, uns zu helfen, weil wir Reisende aus einer anderen Realität sind, und denen hilft man halt. Dann müssen wir nur dafür sorgen, dass gerade niemand der anderen in unserem Realitätsfetzen ist, euch Doppelgänger zueinanderbringen und *schon* sind wir wieder zu Hause – wenn du dich nicht wieder geirrt hast.«

Mark zieht die Schultern hoch. »Niemand hat gesagt, dass es einfach wird.«

Benny schüttelt resigniert den Kopf und hält an. »Das ist doch völlig verrückt.«

Wieder breitet sich Schweigen aus. Aber diesmal hat es wenig mit Konzentration zu tun – es ist eine ungute Stille, in der so viel in der Luft hängt. Angst, Ohnmacht, Resignation. *Benny kann jetzt nicht aufgeben.* Er war von Anfang an eher anti alles. Aber an Aufgeben hat er nie gedacht, das darf jetzt nicht passieren.

»Es ist nun mal, wie es ist«, sage ich, um eine Ruhe bemüht, die ich in mir drin eigentlich gar nicht habe. Aber ich kenne das vom Turnen. Nicht so, natürlich nicht so. Dennoch gab es viele Kunststücke, die mir unmöglich erschienen, und geschafft habe ich sie immer auf die gleiche Weise. »Einen Schritt nach dem anderen. Was müssen wir als Erstes hinbekommen?«

Es nervt mich, dass ich die Frage wieder hauptsächlich an Mark richten will. Aber wir müssen uns jetzt auf ihn verlassen. Wir haben gar keine andere Wahl.

Ich schließe kurz die Augen, plötzlich merke ich die Erschöpfung schwer in meinem Kopf, sie drückt von innen gegen meine Stirn. Dass uns keine andere Wahl bleibt, haben wir auch bei dem Wicca gedacht. Und dadurch ist Ira in ihre Fänge geraten. Ob diese Verrückten sich wirklich allesamt im Moor ertränkt haben? Ihr Wahn war mindestens auf Charles-Manson-Level, also ich traue es ihnen zu. *Egal, Fokus.*

»Wir müssen einen Weg finden, um in der anderen Welt an meinen Doppelgänger ranzukommen«, überlegt Mark. »Da ihr mir nicht vertraut – was ich ehrlich gesagt auch verstehe –, gibt es nur eine Person, die sich wirklich frei in der Psychiatrie bewegen könnte, ohne aufzufallen.«

Die Antwort hängt einen Moment zwischen uns allen, dann ist es Ira selbst, die es ausspricht. Sie schien wieder so unbeteiligt, aber offensichtlich hat sie jedem einzelnen Wort genau zugehört. »Ich«, sagt sie mit leiser Stimme. »Ich würde dort nicht auffallen.«

Mark nickt. »Ich fürchte, ja.«

»Es sei denn, deine Doppelgängerin konfrontiert dich dort. Auffälliger würde es ja nicht gehen«, wirft Benny ein.

»Deswegen wolltest du nicht, dass sie uns entkommt, oder?«, fragt jetzt Henrike an Mark gerichtet. »Du hattest schon eine Ahnung davon und wolltest verhindern, dass die andere Ira unsere Ira auffliegen lassen kann.«

»Mag sein. Aber es ist nicht nur das«, erwidert Mark. Er zögert. »Ira wollte nicht Ricarda töten, als sie mit dem Stein zugeschlagen hat. Sie … Sie hat diese dissoziativen Schübe. Plötzlich mit ihrer eigenen Doppelgängerin konfrontiert zu sein, hat das nicht unbedingt besser gemacht. Sie dachte für einen Moment in ihrer Besessenheit, Ricarda wärst du, Ira. Sie will dich tot sehen. Sie will dir das Leben nehmen, um deinen Platz an Vanjos Seite zu bekommen. Und dafür würde sie alles tun.«

Ira schweigt. Sie weicht Marks durchdringendem Blick aus, bleibt hinten in ihrer Ecke wie ein verschrecktes Tier. Ich halte die Luft an. Die andere Ira wollte meine Schwester *ermorden*? Ach du Scheiße!

»Du kannst nicht in die andere Anstalt, wenn sie noch hinter dir her ist«, redet Mark weiter. »Solange sie auf freiem Fuß ist, bist du in Lebensgefahr.«

»Wir haben es verstanden!«, fahre ich ihn an. Es sind zwar wichtige Infos, aber allein die Tatsache, dass er mit meiner Ira spricht, bringt mein Blut schon wieder halb zum Kochen. Jemand will Ira umbringen, und zwar jemand, den wir nie, nie, nie hätten treffen sollen. Mark hat Glück, dass wir auf ihn angewiesen sind. Ich richte mich an den Rest der Gruppe: »Dann ist ja wohl klar, was wir jetzt zu tun haben. Wir müssen Iras Doppelgängerin finden und dingfest machen. Erst dann können wir unsere Ira in die fremde Welt schicken.«

»Aber selbst, wenn das klappt«, schaltet sich Theo ein. »Wer sagt denn, dass der andere Mark uns helfen wird?«

Ich sehe Benny zustimmend nicken, und auch Alva hat die Stirn weiterhin in tiefe Falten gelegt und die Arme verschränkt.

»Wenn er ist wie ich, dann wird er uns helfen«, gibt Mark zurück.

Wieder schnaubt Benny nur verächtlich. Mann, ich verstehe ihn ja. Aber er muss mal runterkommen. Mein Magen dreht sich auch um, wenn ich an diesen unsicheren Plan denke, der auch noch von Mark aufgestellt wurde. Aber es hilft doch alles nichts.

»Uns bleibt nichts anderes übrig, als es zu versuchen«, sage ich also mit fester Stimme. »Wir müssen Iras Doppelgängerin jagen.«

Tag 10, 08:57 Uhr, Lungenheilanstalt, Bunker.

Im Bunker herrscht Aufbruchsstimmung. Alva steht schon ungeduldig an der Leiter, während Theo ihre am Gürtel befestigte Waffenhalterung checkt. Henrike kaut noch, fischt eine der eingekochten Kartoffeln aus der Konserve und gibt sie mir. Das Gemüse ist ekelhaft labbrig, aber ich bedanke mich natürlich und versuche, es langsam zu essen.

Ich habe komatös geschlafen, weit weg und ohne Träume, worüber ich sehr froh bin. Dafür war ich trotz der üblen Erschöpfung bestimmt eine Stunde vor allen anderen wach und habe Gedanken gewälzt. Irgendwann fiel mein Blick auf Ira – sie durfte auf der unteren Pritsche schlafen. Ihre Augenlider flatterten, und immer wieder zuckte es in ihrem Gesicht. Ich musste dem Drang widerstehen, sie einfach aufzuwecken. Meine Ira. Was sie alles in den letzten vierundzwanzig Stunden mitmachen und erfahren musste. Es kann kaum aushaltbar sein. Und dann kam mir plötzlich ein seltsamer Gedanke.

Wenn die andere Ira aufgrund einer traumatischen Erfahrung – meines Todes – diese dissoziative Störung entwickelt hat … könnte meiner Schwester nicht auch so etwas passieren? Ich meine, wir halten uns hier alle irgendwie über Wasser. Wir funktionieren noch, weil wir es müssen. Aber wenn das hier nicht traumatisch ist, was dann? Wer sagt, dass etwas so Heftiges nicht auch irreparable Veränderungen in Iras Kopf anrichten kann?

Aber sie wird ihren Bruder nicht verlieren. Gemeinsam werden wir da durchkommen, durch alles, was wir hier erleben mussten, und durch alles, was noch vor uns liegt.

Jetzt steigt Alva hoch, Mist, ich war schon wieder zu lange in Gedanken. Aber einmal muss ich noch nach Marks Fesseln gucken, sonst wird mich das den ganzen Weg über nicht loslassen.

Ira und Benny werden im Bunker bleiben, und ich weiß ja, wie gut Mark Dinge vorspielen kann. Schnell gehe ich rüber zur Luke, die hinab in den kleinen Brunnenraum führt. Dort hat Mark auch schon die Nacht verbringen müssen.

Er ist wach, nickt mir nur zu und schweigt, während ich hinabsteige und ihm dann die Fesseln nachziehe. Erst als ich zurück zu den anderen will, erhebt er plötzlich noch einmal das Wort: »Solltet ihr auf die Idee kommen, in den Schwesternquartieren zu suchen, dann kann ich euch davon nur sehr deutlich abraten. Ich glaube, dass Irina versuchen wird, sich in unserer Welt aufzuhalten, weil sie jetzt noch mehr als vorher zu Vanjo will. Aber für mich scheint es sehr unwahrscheinlich, dass sie sich in den Schwesternquartieren versteckt. Denn sie weiß, wem sie dort begegnen könnte. Es sind nämlich keine Schwesternquartiere.«

»Hä, wie meinst du das?«, frage ich und bleibe an der kleinen Leiter stehen.

»In der anderen Welt. Da sind es keine Schwesternquartiere. Es ist dort ein eigener Sektor, die Station 6«, gibt Mark zurück. »Ich habe einige Recherchen über diese Anstalt durchgeführt. Die psychiatrische Klinik am Winkenberg ist wirklich für sehr herausfordernde Fälle eingerichtet worden. Aber das ist nicht alles, die Patientinnen und Patienten auf Station 6 unterscheiden sich deutlich von den anderen. Ihnen wird ein hohes Gewaltpotenzial zugeschrieben, nicht nur gegen sich, sondern auch gegen andere. Daher gibt es für sie einen großen, besonders gesicherten Komplex mit einer eigenen kleinen Hundestaffel. Im Hauptgebäude ist es insgesamt recht ruhig. Die Patienten dort werden gut medikamentös eingestellt, bekommen viel Therapie, und es gibt eigentlich selten Zwischenfälle.« Mark macht eine Pause. »Anders verhält sich das auf Station 6. Es sind Menschen, die draußen in der Welt schlimme Dinge getan haben oder tun wollten. Und jeder Einzelne von ihnen könnte zur tödlichen Gefahr für uns werden.«

»Okay«, gebe ich zurück. »Vielleicht versteckt sich die andere Ira gerade deswegen dort. Weil es gefährlich für uns wäre.«

»Das glaube ich nicht. Dafür weiß sie zu genau, welchem Kaliber sie dort begegnen könnte. Ich sage euch ja nur, was ich vermute. Ich habe mich selbst oft genug geirrt in den letzten Tagen.«

»Alles klar, dann weiß ich Bescheid.«

»Sollte es euch doch dorthin verschlagen, müsst ihr nicht direkt durchdrehen, okay? Nach meinen Messungen tauchen die Überlappungen da viel seltener auf als beispielsweise im Hauptgebäude. Allerdings kann ich euch nach wie vor nur raten: Bleibt fern von dort. Denn mit jedem Tag, den wir hier waren, hat die Häufigkeit und die Stabilität der Übergänge generell zugenommen. Das muss an dem Realitätenbruch liegen.«

Mark will wohl noch etwas sagen, besinnt sich dann aber eines Besseren. Das ist gut so, wir müssen jetzt auch wirklich los. Als ich wieder nach der Leiter greife, werfe ich noch einen kurzen Blick auf den Physiker. Er schaut mir direkt in die Augen.

»Es ist alles auf dem Tisch«, sagt er. »Ich lüge jetzt nicht mehr, Vanjo. Ich habe meine Lektion gelernt. Wenn auch zu spät.«

»Viel zu spät«, sage ich kalt und verlasse den Brunnenraum.

Seine Worte nehme ich trotzdem sehr ernst.

Tag 10, 09:16 Uhr, Lungenheilanstalt, vor dem Bunker.

Ich ziehe die Morgenluft tief in meine Lunge. Der Sauerstoff pustet meinen Kopf frei. Ich gehe ein paar Schritte von der Bunkerluke weg und scanne schon einmal die Umgebung ab. Das Dach der Anstalt glänzt noch immer feucht, weil es die ganze Nacht geregnet hat. Die kargen Blättermäntel der Bäume hängen müde herab. Hier im ersten matten Licht des Tages kann ich bislang nichts Auffälliges erkennen.

Neben mir warten Alva, Henrike und Theo bereits ungeduldig. Das ist auch schon der ganze Trupp. Für Ira ist es nun einmal zu gefährlich, hier durch die Gegend zu laufen, wenn ihre Doppelgängerin ihr das Leben nehmen will. Ich finde es wichtig, dass jemand wie Benny mit meiner Schwester hierbleibt, während Mark unten im Brunnenraum festgehalten wird. Benny ist wahrscheinlich derjenige von uns, der dem Physiker am allermeisten misstraut – wenn man das denn überhaupt so einstufen kann. Denn egal, was Mark möglicherweise mit seinen Worten versuchen wird – Benny wird es kaltlassen.

Dass Mark ein Meister der Manipulation ist, hat er ja schon bewiesen. Und auch wenn Ira gerade so unendlich enttäuscht von ihm ist, der Schmerz in ihren Augen hat mir gezeigt, wie sehr sie nur in diesen paar Tagen schon Gefühle für ihn entwickelt hat. Und Gefühle verschwinden nicht einfach so.

»Also gut«, meint Theo und wischt ein paar feuchte Grashalme vom Wicca-Speer, den er noch immer mit sich führt. Den Dolch hat Benny unten im Bunker. Alva, Henrike und ich sind jeweils mit einer Eisenstange ausgestattet. »Wie besprochen. Wir teilen uns diesmal nur im allergrößten Notfall auf, oder wenn wir uns für eine Falle formieren müssen. Ansonsten bleiben wir stets dicht beieinander, damit wir möglichst wehrhaft sind.«

»Ja, Captain«, sagt Alva und grinst kurz. Aber ich sehe den konzentrierten Ausdruck in ihrem Gesicht. Ich habe das Gefühl, dass ihr die Hoffnung auf eine Heimkehr, auch wenn sie noch so vage ist, den größten Energieschub von uns allen gegeben hat.

»Gut«, sagt Theo. »Ich würde vorschlagen, wir probieren es ganz klassisch. Wir gehen dorthin zurück, wo wir Ari verloren haben, und versuchen, eine Spur aufzunehmen. Ich nenne die Doppelgängerin *Ari*, ist das okay für alle?«, fragt Theo, sieht dabei aber nur mich an.

Ich überlege, nicke. Ja. Das ist besser als *die andere Ira.*

»Gut, dann los.«

Wir setzen uns in Bewegung. Trotz des tiefen Schlafs sind meine Beine so schwer wie am Tag nach einem Wettkampf. Knie und Fersen schmerzen, als wäre ich hundert Jahre alt. Dabei gehen wir bloß zügig. Ob das bei den anderen ähnlich ist? Gejammert hat auf jeden Fall schon lange niemand mehr.

Wir passieren den Lagerschuppen, die alte, runtergebrannte Feuerstelle. Drumherum die Stämme, die wir rangeholt haben, damit Platz für alle war. Ein Teil der Asche hat sich darauf verstreut, wahrscheinlich war das der Wind. Oder jemand ist im Dunkeln in den Mittelkreis getreten und hat sie aufgewirbelt?

Na ja, wahrscheinlich nicht wichtig. Ich richte meinen Blick wieder nach vorn, zum Haupteingang der Anstalt, wo die verschlungenen Figuren des Zierbrunnens ihren endlosen Tanz aufführen und die Fensterlöcher das Licht schlucken.

Ich kann mich kaum konzentrieren. Mir gehen immer noch die ganzen Erklärungen von Mark durch den Kopf. Wir führen *seinen* Plan aus, wir verlassen uns darauf, dass *seine* andere Version uns hilft. *Wenn er ist wie ich*, hat Mark gesagt. Ich wische mir mit dem Ärmel die laufende Nase ab. Wenn sein Doppelgänger ist wie Mark, dann müssen wir uns vor ihm in Acht nehmen.

Tag 10, 09:27 Uhr, Lungenheilanstalt, Foyer.

Das Foyer ist leer.

Wir sind ein paar Schritte hineingetreten, etwa bis zu der Stelle, wo Mark mit erhobenen Händen vor den Wicca stand, und wir sehen uns um. Vor uns auf dem Boden liegen unregelmäßig verteilt die heruntergebrannten Fackeln. Es kostet mich eine fast unmögliche Anstrengung, nicht auf die Flecken am Boden links neben dem Eingang zu schauen. Ich weiß, was dort klebt. Ich will es nicht sehen. Ich will es nicht.

Durch einen schmalen Schlitz oben im Gebälk fällt ein Lichtkegel, der den Staub in der Luft sichtbar macht und einen hellen Strich auf das schwarze Klavier malt. Am Ende des Saals führen die baufälligen Treppen nach oben, links geht der Korridor ab, der tiefer in die Anstalt und zu ihren zahllosen Abzweigungen führt.

Ich schlucke. Dorthin ist Ari abgehauen, und dann gleich wieder rechts. *Immerhin ist das nicht der Weg zum OP-Saal.*

»Alles klar«, sagt Theo. »Vanjo, kannst du dich noch halbwegs an die Route erinnern, die ihr genommen habt, als ihr versucht habt, sie einzuholen?«

»Nur bis zu einer bestimmten Stelle … aber wir können es natürlich versuchen.«

Mehr Anhaltspunkte haben wir ja offensichtlich nicht. Ich hole den Zähler von Mark aus der Innentasche meiner Jacke und ziehe die Antennen an allen vier Seiten aus. Mit einem langen Druck auf den Knopf an der Rückseite springt das Gerät an. Auf blauem Display-Hintergrund wird eine Ziffer angezeigt: 12. Das heißt wohl, es bahnt sich hier in der Nähe keinerlei Überlappung an. Mark hat mir die Skala noch letzte Nacht erklärt, als die anderen Besprechungen durch waren: Alles bis 20 hat nichts zu bedeuten, das hat einfach nur was mit der grundsätzlichen Nähe der beiden

Realitäten an diesem Ort zu tun. Ein solcher Wert muss uns eigentlich nicht kümmern. Alles über 20 heißt, dass wir ein bisschen aufmerksamer sein müssen und sich eventuell eine Überlappung anbahnen könnte. Alles über 50 heißt, dass ganz in der Nähe sehr wahrscheinlich was passieren wird. Und ab 80 gibt es die ersten wirklichen Überschneidungen. Komplett rüber kann man aber nur bei 100.

Nun gut, ich will ja gar nicht rüber. Aber ich möchte eben nicht von so einem Übergang überrascht werden: Der Narbenmann erspürt die Überlappungen, so wie es Ari auch gemacht hat. Er hat sie genutzt, um mich zu jagen. Meine Finger schließen sich fester um den Zähler. Ja, es ist gut, dass wir ihn dabeihaben.

»Okay«, reißt Theo mich aus meinen Gedanken. Er hat bis eben genauso auf die fremdartige Apparatur gestarrt wie ich. »Ich würd' vorschlagen, du gehst vorweg. Alva und Henrike, ihr sichert die Flanken. Ich werde unsere Rückseite abdecken. Wir bewegen uns quasi die ganze Zeit in Rautenform. Wir müssen uns wirklich darauf verlassen können, dass jeder seinen Job ordentlich macht. Okay?«

Ich nicke, genauso Alva und Henrike. Es tut mir gut, wenn Theo seine taktischen Ansagen macht. Hierfür bin ich mal nicht verantwortlich, sondern verlasse mich auf seine Erfahrung.

»Also fein.« Theo nickt uns zu. Seine Augen wirken eingefallen, und um seinen Mund bildet die Haut einen hellen Fleck in dem ohnehin schon blassen Gesicht. Hat eigentlich irgendjemand mit *ihm* geredet nach allem? Nach gestern? Keine Ahnung, wie es in ihm drin gerade aussieht. Aber er ist der Einzige, der noch nie etwas Hoffnungsloses gesagt hat.

Dann also los. Ich halte den Zähler vor mich und gehe voran, die anderen folgen in Formation. Hinein in den schmalen Korridor und direkt nach rechts. Wir stehen in einem weiteren Gang, der sich zu beiden Seiten etwas ausbuchtet. Von hinten fällt noch ein schwacher Schimmer Sonnenlicht in den Bereich vor uns, und das Display des Zählers gibt uns zusätzlich ein klein bisschen Helligkeit, sodass der Korridor wenigstens in dämmriges Licht getaucht ist und keine komplette Dunkelheit herrscht. Das ist gut. Unsere Handys haben mittlerweile alle den Geist aufgegeben.

Wir schleichen vorwärts. Die Bodenfliesen sind hier besonders unregelmäßig und lassen Lücken frei, wo lediglich der nackte, aufgeriebene Putz zu sehen ist. In diesem Bereich bin ich fast gestolpert. Dann dachte ich, ich hätte Ari gerade noch gesehen, und dann haben wir die Treppen erreicht … oder?

Ich glaube, ja. Aber selbst darauf würde ich mich nicht zu hundert Prozent verlassen. Es ist nicht das erste Mal, dass meine Erinnerungen zwischen diesen Wänden trübe sind wie Nebel. *Und du glaubst wirklich, dass dafür die rein physikalische Erklärung von Mark ausreicht?*

Ich schüttle meinen Kopf, wie um die Gedanken loszuwerden. Doch, ich bin mir sicher, wir haben bei dem Treppenaufgang angehalten und uns aufgeteilt. Einfach geradeaus jetzt, weiter durch das Duster. Ohne es zu wollen, überprüfe ich die Wände dabei kurz nach Wicca-Symbolen. Selbst wenn ich den Ursprung davon jetzt kenne: Der Gedanke, dass der Narbenmann hier seine Zeichen hinterlassen haben könnte, beunruhigt mich genauso wie vorher. Wenn nicht sogar mehr.

Als wir den Treppenaufgang erreicht haben, weiß ich tatsächlich nicht mehr, wo ich danach lang bin. Unten, aber … welche Richtung? Ich halte den Zähler jetzt weit von mir weg und schaue auf das Display. Ein paar Schritte in den Gang nach rechts, und die Anzeige springt von 12 auf 14. Sofort drehe ich um.

»Wir nehmen die andere Seite«, sage ich entschieden.

Vielleicht ist das auch genau falsch rum so. Aber wenn der

Narbenmann noch lebt und wenn er vorgeht wie bislang, dann sind die Übergänge eine zu große Gefahr für uns.

Oder hat Mark sich geirrt, und Ari ist schon längst wieder in der anderen Welt verschwunden und einfach nicht mehr zurückgekehrt? Sollten wir eben doch nach den Überlappungen suchen?

Ach, keine Ahnung. Das Labyrinth der Anstalt hat sich längst in meinem Kopf ausgebreitet.

In diesem Moment erklingt ein dumpfes Geräusch über uns. Abrupt bleibe ich stehen. *Was war das?* Alva und Henrike schließen zu mir auf, sodass ihre Schultern meine berühren, sie haben die Eisenstangen wie Fackeln vor sich gestreckt. Theo ist mit dem Speer nur knapp hinter uns. Wir lauschen.

Schritte. Da oben sind schnelle Schritte, die sich jetzt entfernen – jemand scheint vor uns abzuhauen. Wir starren zum Treppenaufgang. Mein Herz rast immer noch vom Schreck. Hat Ari uns von dort beobachtet?

Ich weiß es nicht, aber wir müssen dem nachgehen. Immerhin. Vielleicht ist das der Anfang einer Spur.

Tag 10, 12:14 Uhr, Lungenheilanstalt, unbekannte Räume.

Durch die Fenster des alten Saals kommt überraschend viel Sonne, sodass der große Raum in ein unwirkliches Licht getaucht wird. Es verdeutlicht die Konturen der Risse in den Steinmauern, betont die vielen Unebenheiten im Boden, und es macht die müden Linien in unseren Gesichtern sichtbar wie Kriegsbemalungen.

Wir haben nichts gefunden. Vielleicht hatten wir den Anfang einer Spur, aber wenn, dann haben wir sie gleich wieder verloren. Wahrscheinlich haben wir schon mehrere Stunden vergeudet, in denen wir hier durch die Anstalt geirrt sind. Ein paarmal haben wir noch gedacht, jemanden gehört zu haben. Aber … selbst das konnten wir nicht mit Sicherheit sagen. Wie soll man jemanden finden, wenn man nicht mal weiß, ob die Geräusche tatsächlich von hier kommen?

»Es ist einfach zu unübersichtlich«, meint Theo jetzt. Er steht neben mir und stemmt die Hände in die Hüften. »Ich habe gehofft, irgendwelche Reste der Walderde zu finden, die noch unter Aris Schuhen gewesen sein müssen. Ich mein, immerhin ist sie uns ja vor der Kapelle begegnet. Aber … och, das nervt mich echt. Mittlerweile könnten wir schon unsere eigenen Spuren hier finden.«

Ich nicke. Drehe mich um meine eigene Achse, lasse die Schultern resigniert hängen. Wahrscheinlich ist das der Speisesaal. Wahrscheinlich sitzen gerade genau jetzt zwischen uns einige Patientinnen und Patienten friedlich beim Mittagessen und ahnen nichts von all dem hier. Vielleicht geht es dem ein oder anderen heute besser. Vielleicht ist einer von ihnen kurz vor der Entlassung und fühlt sich frei und … nach langer Zeit wieder glücklich. Er ahnt nicht, dass er nur ein kurzes Zittern im brüchigen Raumgefüge von ein paar Jugendlichen entfernt ist, die um ihr Überleben kämpfen.

Ich blicke auf den Zähler.

»Und?«, fragt Theo.

»12, alles ruhig«, sage ich. »Na ja, der höchste Wert, den wir überhaupt erreicht haben, war 17.«

»Meinte Mark nicht, die Überlappungen sind zahlreicher geworden?«, fragt Henrike und guckt mit auf das Gerät. »Ist das nicht komisch?«

Ich zucke mit den Schultern.

Und was, wenn sie doch nicht zufällig sind?, kommt mir plötzlich der Gedanke. *Was, wenn es doch dieser Ort ist, der so die Ereignisse* lenkt? *Der noch immer seine eigenen Pläne verfolgt?*

Unsinn.

»Wir haben uns schließlich von steigenden Werten ferngehalten, und wenn wirklich *ständig* Übergänge passieren würden, hätten es ja schon längst mehr Leute aus der anderen Welt gemerkt«, sage ich also, bestimmt auch, um mich selbst zu beruhigen.

Henrike sieht nicht sehr überzeugt aus, lässt es aber gut sein. Ich durchquere den Raum bis zu den Fenstern und schaue hinaus auf das hintere Anstaltsgelände. Schon bald wird die struppige, mit Matsch durchsetzte Grasfläche von den ersten Bäumen unterbrochen, die dann nach hinten immer dichter werden. Trotzdem kann ich das alte Gebäude weiter hinten gut erkennen.

Es hat den gleichen rötlichbraunen Backsteinputz, und von Weitem könnte man es glatt für eine zweite Anstalt halten, aber natürlich sind die Ruinen dort deutlich kleiner.

Die Schwesternquartiere … jedenfalls in unserer Welt. Wir haben uns ihnen, seit wir hier sind, nicht einmal wirklich genähert. Vielleicht war das instinktiv.

Oder hat Mark unauffällig dafür gesorgt, weil er um die Gefahren dort wusste? Seine Worte vorhin waren sehr eindeutig. Und selbst ohne seine Warnung steigt ein unschönes Kribbeln meinen Nacken hoch, wenn ich auf das verfallene Gemäuer dort hinten blicke.

»Vanjo?« Alva ist an mich herangetreten und umfasst lose meinen Unterarm. »Hast du was gesehen?«

»Hm? Nein«, sage ich, blinzle, löse meinen Blick von den Schwesternquartieren und drehe mich zu ihr um. »Ich habe nichts gesehen.«

Tag 10, 12:57 Uhr, Lungenheilanstalt, Foyer.

»Das bringt so nichts«, sage ich.

Wir sind wieder im Foyer gelandet, und wir haben keine Ahnung mehr, nach welchen Anhaltspunkten wir noch suchen sollen. Es ist, wie eine Nadel in einem beschissenen Heuhaufen, nein, *Heugebirge* finden zu wollen. Natürlich können wir nicht einfach aufgeben. Aber eigentlich haben wir schon jetzt wieder mehrere Stunden verschwendet.

»Was schlägst du stattdessen vor?«, fragt Theo. Er sieht noch zerknirschter aus als Alva und Henrike. Wahrscheinlich hat er sich bei einer Spurensuche wegen seines LARP-Hintergrundes für den Erfolg verantwortlich gefühlt. Aber was soll er da schon machen?

»Wir wissen nicht, ob das, was wir vorhin gehört haben, überhaupt Ari war«, sage ich also. »Sie könnte längst wieder in der anderen Realität sein. Sie könnte genauso aber auch in den Schwesternquartieren sein. Oder irgendwo in diesem verfluchten Wald. Ich sehe nur eine Möglichkeit: Wir machen es so, wie wir es auch mit dem Keuchenden Mann gemacht haben. Wir locken sie an.«

»Wie stellst du dir das vor?«, fragt Theo konzentriert, während er wohl unbewusst den Speer in seinen Händen immer wieder um die eigene Längsachse dreht.

»Wen will Ari noch dringender treffen als meine Schwester, nur eben mit einem anderen Motiv?«, frage ich und blicke in die Runde. »Mich. Das ist doch überhaupt erst der Grund für ihr Trauma und alles, was danach kommt. So hat Mark es jedenfalls erzählt.« Ich hole tief Luft. »Ich sage, wir setzen alles auf eine Karte. Ich stelle mich gut sichtbar vor den Zierbrunnen. Alleine. Ich rufe nach ihr. Ganz einfach. Und wir hoffen, sie kommt zu mir, sodass unsere Falle zuschnappen kann.«

»Bist du dir sicher?«, fragt Henrike.

»Ich weiß, der Plan ist billig«, gebe ich zurück. »Aber es ist ein Plan. Und wenn sie das alles, was sie bisher gemacht hat, bloß getan hat, um bei mir zu sein, dann habe ich zumindest eine gewisse Macht über sie. Der Zierbrunnen ist dicht an der Anstalt, das macht es für euch einfach, euch zu verstecken.«

»Und wenn es bloß den Narbenmann auf den Plan ruft?«, fragt Alva.

Ich schlucke trocken. Bloß dieser eine Satz hat schon wieder einen Schreck durch meinen Körper geschickt. »Das Risiko müssen wir wohl oder übel eingehen«, sage ich aber entschieden.

»Gut.« Theo nickt.

Auch Alva nickt zustimmend. Gleich darauf prüft sie den Eingang des Korridors hinter uns mit ihren Blicken. Ihr Gesicht sieht im staubigen Düster des Foyers verändert aus, älter.

»Sei aber bitte vorsichtig, Vanjo«, fügt Henrike noch hinzu. »Du weißt nicht, wer das hört. Und … du weißt auch trotz allem nicht, wer das da wirklich ist, den du rufst.«

Mein erster Impuls ist, ihr zu widersprechen. Aber dann besinne ich mich eines Besseren. Eigentlich stimmt es. Eigentlich kenne ich diese Person nicht, die wir suchen. Oder? Egal. Henrikes Warnung ist ja ohnehin berechtigt.

»Es gibt zwei Möglichkeiten für den Hinterhalt«, meint Theo. »Entweder wir platzieren uns so auf dem Gelände, dass wir sie von allen Seiten einkesseln können, wenn sie auftaucht. Dafür müssten wir aber erst mal aus dem Schutz des Foyers raus und riskieren, dass sie uns schon vorher entdeckt – wir wissen ja nicht, ob *sie* vielleicht gerade sogar den Eingang beobachtet. Oder aber wir drei warten hier direkt hinter der Eingangstür im Foyer. Und Vanjo, du versuchst, sie unter irgendeinem Vorwand möglichst nah an uns heranzubringen. Falls wir den besten Zeitpunkt nicht selbst bemerken, gibst du uns ein Zeichen. Der Nachteil davon ist natürlich, dass wir sie zu Anfang null einkesseln können. Wir müssen sie noch viel mehr überraschen als in der ersten Variante.«

Ich streiche mir mit der Hand von oben nach unten übers Gesicht. Schließe für einen kurzen Moment die Augen. Wie sehr, wie bedingungslos vertraut Ari mir? Würde ich mir vertrauen, wenn ich in ihrer Situation wäre? Aber für sie bin ich ihr lang verschollener Bruder. Auch wenn sie weiß, dass ich schon einmal in ihrer Welt ums Leben gekommen bin, sie macht diesen Unterschied nicht. Vielleicht kann ich sie wirklich bis direkt vor die Anstaltstür locken. Dann müssten wir sie doch sicher haben. Ich öffne die Augen wieder.

»Was meint ihr?«, frage ich in die Runde. Ich bin mir einfach nicht sicher.

»Ich wäre für die erste Variante«, meint Theo.

»Ich bin für die zweite«, schiebt Alva direkt hinterher.

Henrike wartet einen Moment mit der Antwort. Sie schaut mich an, dann blickt sie auf die Eingangstür, als könne sie durch die Flügel hindurch auf den Vorplatz sehen.

Sie atmet tief ein. »Ich bin auch für Nummer zwei. Du solltest versuchen, sie in unsere Arme zu locken.«

»Alles klar.«

Ich glaube, das wäre auch mein Impuls gewesen. *Ich muss sie eben nur noch skrupelloser täuschen.* Aber was denke ich da? Dieses Mädchen, das wir suchen, hat einen unschuldigen Menschen auf dem Gewissen. Ich sollte nicht eine Sekunde Skrupel haben – in keinerlei Hinsicht.

Ich nicke den anderen zu und drücke Henrike den Zähler in die Hand, er steht bei 18. Alva kriegt die Eisenstange. Ich sollte unbewaffnet sein.

Wortlos setzen wir uns in Bewegung. Die anderen drei folgen mir die paar Schritte rüber zum Eingang, lassen mich dann allein zur Tür vortreten und sie ein Stück weit aufschieben. Das Sonnenlicht fällt direkt in meine Augen, sodass ich sie mit den Händen abschirmen muss. Schnell trete ich hinaus, rote Flecken tanzen auf meiner Netzhaut. Ich blinzle mehrmals, sehe mich um.

Die Luft ist kalt und klar, beinahe winterlich. Die Sonne steht hoch am Himmel, die Regenwolken der Nacht sind jetzt ganz weggezogen, sodass hier alles gut einsehbar ist. Der Lagerschuppen, der Brunnen, die Mauer, das Tor – nirgendwo ist jemand zu entdecken.

Ich schließe die Tür der Anstalt hinter mir fast vollständig. *Fast,* weil ich sie anlehne, sodass die anderen hoffentlich durch den kleinen Schlitz wenigstens etwas vom Geschehen hier draußen mitkriegen können.

Mit langsamen Schritten gehe ich vorwärts, meine Schuhe knirschen auf dem Schotter. Einige Meter vor dem Brunnen bleibe ich stehen. Die beiden verschlungenen Gestalten wirken von hier aus gewaltig hoch, wie zwei Kolosse, die miteinander ringen. Dabei sind sie in echt gar nicht so groß.

Ich atme noch einmal tief durch, während ich nach rechts und links blicke. Dann breite ich die Arme aus und hebe sie in die Luft wie jemand, der sich ergibt.

»Irina!«, rufe ich laut. Ich rufe, so laut ich kann. Mein Herz schlägt plötzlich überraschend heftig in meiner Brust. *Ich hintergehe sie. Ich locke sie in eine Falle.* »Irina, das nützt doch alles nichts, lass uns bitte miteinander reden.«

Meine Worte hallen über den Hof. Ich stelle mir vor, wie die Schallwellen bis zu den Mauern schwappen und dort wieder abprallen. Wie sie jeden, *absolut* jeden erreichen, der hier in der Nähe ist.

Ich warte, drehe mich dabei ganz langsam um die eigene Achse, Schritt für Schritt, die Arme immer noch erhoben. Als ich dabei zur Anstalt blicke, fallen mir die Fenster wieder auf. Auch in all diese dunklen, klaffenden Löcher dringt mein Rufen. Aber es hilft nichts, jetzt muss ich es durchziehen.

»Irina!«, rufe ich wieder aus voller Kehle.

Dumpf spüre ich mein Herz pochen. *Komm schon, komm schon, komm schon, komm schon.* Noch einmal: »Irina!«

Die Worte verhallen in der Umgebung. Mein Blick sucht alles ab. Die vereinzelten kargen Bäume auf dem Gelände zwischen Hauptgebäude und Mauer sehen aus wie verformte Gerippe fremder Kreaturen. Aber auch sie wirken, als wären sie mit meinen Rufen erstarrt. Ich kann nirgendwo eine Bewegung ausmachen.

»Vanjo.«

Der Schock schießt durch mich hindurch, als ich die Stimme direkt hinter mir höre. Wild fahre ich herum.

Ari steht nur einen Meter vor mir. Sie hat die flachen Hände fast schüchtern an ihre Oberschenkel gelegt und den Kopf leicht eingezogen. Wieder ist sie in Iras Daunenjacke gehüllt, aber gleichzeitig trägt sie eine graue Hose, deren Stoff kaum merklich im Wind flattert. Ihre Beine wirken so besonders dünn. Ari hat die Haare nach hinten zu einem Zopf zusammengebunden. Ihre Züge sind mir so wohlbekannt, und nur ihre Augen unterscheiden sich von denen meiner Schwester, weil ihr Blick unruhig hin und her wandert. Von meinen Füßen, in mein Gesicht, dann wieder irgendwo in den Hintergrund. Ich hole tief Luft, kann den Anblick kaum aushalten. Ari sieht so zerbrechlich aus, nein – zerbrochen.

»Ich habe dich gehört«, sagt sie leise. »Ich habe dich sogar schon auf der anderen Seite gehört. Unsere Verbindung wird stärker.«

»Du hast mich ganz schön erschreckt«, gebe ich mit rauer Stimme zurück.

»'tschuldige.«

Wir schweigen. Sollte ich sie in den Arm nehmen? Vielleicht braucht sie das gerade. Oder sie braucht es, um mir zu vertrauen. Aber nein. Ich glaube, das wäre nicht richtig. Das muss jetzt einfach so klappen.

»Es ist aber sehr gut, dass du hier bist«, beginne ich nun etwas lahm. »Ich war mir nicht sicher, ob du mich hörst. Oder ob du überhaupt kommen willst.«

»Bist du allein?«, fragt Ari.

»Wir haben dich gemeinsam gesucht. Uns ist klar geworden, dass das keinen Zweck hat.« Mein Kopf wird heiß bei den Worten, aber ich versuche, mir rein gar nichts anmerken zu lassen. »Ich habe die anderen zurück in unser Quartier geschickt, damit wir beide in Ruhe sprechen können.«

»Worüber?«

Keine Ahnung, es muss nur glaubwürdig erscheinen.

»Ob … Ob es vielleicht eine gemeinsame Lösung gibt. Ob irgendein Szenario existiert, in dem meine Schwester …« Ich kann förmlich sehen, wie die Worte als Fausthieb in Aris Gesicht prallen. »… die andere Version von dir«, verbessere ich mich, »… eben nicht von dir aus dem Weg geräumt werden muss.«

Von einem Moment auf den nächsten sieht Aris Miene plötzlich weder verletzt noch unsicher aus. Stattdessen glättet sich ihr Gesicht zu einem scheinbar vollkommen emotionslosen, ja, mechanischen Ausdruck. »Ich werde dir nichts mehr vorspielen, Vanjisco. Es gibt für mich keine andere Lösung«, sagt sie hart.

»Das verstehe ich doch. Das verstehe ich. Aber lass uns wenigstens überlegen, ob wir irgendeinen Weg finden, bei dem niemand mehr zu Schaden kommen muss, ja?«

Ari zögert.

»Ira«, nenne ich sie bei dem Spitznamen *meiner* Schwester, obwohl mich das Überwindung kostet. Vorsichtig mache ich einen Schritt nach vorn und berühre sie sanft am Unterarm. Er zittert. »Komm, lass uns ein bisschen den Sichtschutz der Anstalt nutzen. Ich … Ich fühle mich immer noch die ganze Zeit verfolgt.«

»Das verstehe ich«, sagt Ari, während sie auf meine von der Kälte rot angelaufene Hand an ihrem Unterarm blickt.

Könnte ich sie einfach jetzt überwältigen? Wäre das die sicherere Lösung? Die bessere *Lösung für meine Ira?*

Nein, es geht nicht.

»Dann komm«, sage ich sanft und lasse sie wieder los.

Ari nickt. Nebeneinander gehen wir die Meter rüber zur Anstalt. Ich versuche uns dabei unauffällig so zu lenken, dass wir möglichst nah an der Tür haltmachen werden. Ari ist dicht an meiner Seite, unsere Schultern berühren sich fast.

Wir sind gleich da. Mein Herz schlägt schneller. Jetzt darf ich nur nicht die Schritte beschleunigen. Ob die anderen uns schon sehen können? Egal, nur die letzten Meter.

»Sie sind dahinter, oder?« Ari bleibt ruckartig stehen und sieht mich an. Sie deutet auf die Tür »Die anderen. Sie sind nicht zurück in euer Quartier.«

»Wie kommst du denn –«, beginne ich.

»Du hast da ganz komisch hingeguckt.« In Aris Gesicht zittert es, und sie nimmt den Blick keine Sekunde von meinem. Auch nicht, als sie jetzt einen deutlichen Schritt nach hinten macht. »So guckst du sonst nicht.«

Verdammt, das kann doch einfach nicht wahr sein! Mein Herz pumpt jetzt noch heftiger. Und das nicht nur, weil gerade unsere Chancen schwinden. Irgendwie fühle ich mich bei einem großen Betrug ertappt. Trotzdem. Sie darf uns nicht entkommen.

»Nein … ich.« *Sie weiß es, sie weiß es, sie weiß es.* »Hör zu, Irina.«

Ari weicht noch ein Stück nach hinten. Sie schüttelt ganz leicht, aber schnell den Kopf. »Du kannst mich nicht anlügen.«

Ich versuche, mit einem Schritt die Lücke zwischen uns zu verkleinern, doch sie macht dafür gleich drei nach hinten. *Sie weiß es, ich kann ihr nichts mehr vormachen. Ich komme nicht mehr an sie ran.*

»Jetzt!«, brülle ich aus voller Kehle. Es ist die einzige Chance, die wir noch haben.

Augenblicklich wird die Tür der Anstalt aufgestoßen. Theo, Alva und Henrike stürmen mit den Waffen in den Händen hinaus. Kurz halten sie inne, wohl verwundert, dass Ari gar nicht so nah bei ihnen ist wie geplant. Dann sehen sie uns und sprinten vorwärts.

Doch Ari ist längst gestartet. Ich renne auch los. Aber sie hatte schon immer die bessere Beschleunigung von uns beiden. Und meine Beine haben keine Kraft.

Ari ist nach rechts abgebogen, also so, dass sie wohl in den Bereich hinter der Anstalt fliehen will. Ich versuche, noch mal mein Tempo zu steigern. Meine Lunge brennt bereits, während ich über den kargen Boden jage. Schon haben wir das Hauptgebäude und den Innenhof hinter uns gelassen. Aber Ari hat sogar noch mehrere Meter gutgemacht, ich sehe ihre schmale Gestalt die ersten Bäume erreichen, die hier auf dem hinteren Bereich des Geländes viel zahlreicher sind. Ja, sie verdichten sich dort zunehmend. So verlieren wir sie, das darf nicht passieren, sie darf uns nicht erneut entkommen! Weiter! Ein schneller Schulterblick zeigt mir, dass Theo, Alva und Henrike maximal zwanzig Meter hinter mir sind.

Wir müssen Ari irgendwie einkesseln! Zu viert können wir ihr den Weg abschneiden, das gilt es auszunutzen. Theo hat bestimmt schon die gleiche Idee und wird jeden Moment ausscheren. Ich muss Ari nur auf geradem Weg folgen. Irgendwann kommt die Außenmauer, und da kann sie nicht schnell genug rüber. Oder? Ari rennt wie verrückt, aber ich bleibe dran. Keuche zwar, aber bleibe dran.

Doch als auch ich die ersten Bäume hinter mir habe, wird mir klar, wohin Ari läuft.

Scheiße!

Sie will nicht über die Anstaltsmauer oder überhaupt bis dorthin fliehen, nein, sie hält direkt auf ein Gebäude zu. Die Umrisse der Ruine lugen zwischen den dichter werdenden Bäumen hervor.

Noch im Laufen zieht es sich mir im Bauch zusammen, und Schauder krabbeln über meinen Rücken.

Also doch die Schwesternquartiere.

Dr. Finn

Tag 10, 15:12 Uhr, Geschlossene Psychiatrische Anstalt am Winkenberg, Station 6.

Diese Station macht mich fertig.

Eilig kritzele ich noch ein paar Wörter auf das mit Papier bestückte Klemmbrett, während die Sicherheitsfrau die Tür von Herrn Flores schließt. *Drohgebärden*, schreibe ich auf, und *Medikation schlägt bedingt an.*

Ich arbeite lange genug hier, ich müsste viel abgeklärter durch diese Visite gehen. Ich müsste insgesamt viel abgeklärter sein. Aber jedes Mal, wenn ich aus der Station 6 komme, würde ich am liebsten auf direktem Weg Feierabend machen – einfach heimgehen zu meinem Robert und ein bisschen fernsehgucken und kuscheln. Nun, wahrscheinlich ist das menschlich. Und dennoch, diese durchschaubaren Spielchen meines Patienten können mehr zu mir durchdringen, als mir lieb ist. *Venus* nennt er sich selbst, das findet er lustig. Er tut das, weil er sich ausschließlich von rohem Fleisch ernährt. Selbstverständlich haben wir verschiedenste Versuche unternommen, ihn einer gesünderen Ernährung zugänglich zu machen. Aber vergeblich. Und sobald *Venus* sich nur im Mindesten provoziert fühlt, kommt seine sadistische Seite hervor. Es ist wohl eine Mixtur aus tyrannischem und explosivem Sadismus, die ihn prägt und die – wahrscheinlich glücklicherweise – recht früh auffällig geworden ist.

Nun, die explosive Seite, das ist vielleicht das, was *Venus* mit meiner nächsten und letzten Patientin der heutigen Visite verbindet – Marcia. Ich schiebe den Kugelschreiber unter die Eisenklemme und klopfe an die Zimmertür.

Ich mag die ungute Verbindung nicht, welche die beiden Zimmernachbarn ganz offensichtlich haben. Sie ist ähnlich ungut wie Marcias Verbindung mit dem autoaggressiven Gerald. Ihn haben wir daher sogar wieder zurück auf die gewöhnliche Station ins Hauptgebäude verlegt. Ich habe mich oft gefragt, ob das wirklich die richtige Option war. Nun, eigentlich müssten wir einfach einen von beiden aus dieser gesamten Klinik verlegen. Aber die Bürokratie dabei ist unüberschaubar. Selbst Herr Wendt ist noch hier, dabei war die Genehmigung eigentlich durch. Da muss ich ohnehin mal nachhaken.

Immer noch keine Antwort von drinnen. Ich klopfe ein zweites Mal an die Tür. Sie ist aus schwerem Metall gefertigt, und auf Brusthöhe befindet sich eine Klappe, die man aufschieben kann, um darüber Kontakt zu den Patientinnen oder Patienten aufzunehmen. Wenn sie besonders aufgebracht sind, ist es auch möglich, so die Essensversorgung zu gewährleisten. Aber ich hoffe stets, Letzteres nicht anordnen zu müssen, und Ersteres so gut es geht zu vermeiden. Ich würde es sicher auch als degradierend empfinden.

Einen Moment warte ich noch. Als nach wie vor nichts kommt, nicke ich der Sicherheitsfrau zu. Sie holt ihre Schlüsselkarte aus der Tasche und hält die kleine Plastikscheibe gegen das Lesegerät unter der Klinke, um mir die Tür zu öffnen.

Marcia sitzt in der hinteren linken Ecke des Zimmers auf ihrem Stuhl und schaut aus dem vergitterten Fenster. Ihr Profil ist mir zugewandt, sie scheint keine Notiz von mir zu nehmen, selbst bei meiner Begrüßung reagiert sie nicht. Ist sie wieder in einem sehr depressiven Zyklus? Das hatte ich anders prognostiziert.

Marcia ist manisch-depressiv. Das ist zwar keine seltene Diagnose, allerdings sind die manischen Phasen bei ihr mit heftigen psychotischen Episoden verbunden. Das hat sie auf diese Station gebracht.

»Sie wollen heute nicht reden?«, frage ich vorsichtig.

Marcia zuckt nicht einmal mit der Wimper, beobachtet den Nieselregen. Da fällt mein Blick auf ein kleines, schwarzes Ding in ihrer Hand.

»Wo haben Sie das denn her?«, frage ich verdutzt. Es ist eines der Funkgeräte, mit denen die Pflegerinnen und Pfleger untereinander kommunizieren.

»Sie haben mit mir gesprochen«, sagt Marcia abwesend und fährt mit den Fingern über das Gerät. Sie formt die Worte träge, aber deutlich. Das ist gut. Dann ist sie nicht so tief im Loch, wie ich befürchtet habe.

»Wer hat mit Ihnen gesprochen, Marcia?«

»Verirrte.« Jetzt dreht sie sogar den Kopf und sieht mich an. »Aber das ist schon Tage her. Sie haben danach aufgehört.«

Ich nicke. Es ist schwierig, bei Patientinnen wie ihr die Balance zwischen Validierung und Korrektur aufrechtzuerhalten. »Was haben sie gesagt?«, frage ich.

Marcia zuckt mit den Schultern. »Nicht viel. Ich habe sie gewarnt. Niemand ist vor *ihm* sicher. Wenn *er* mich holt, dann gehorche ich ihm. Dann übernimmt das schnelle Herz irgendwann, wissen Sie? Früher oder später kommt das schnelle Herz, und dann kann man nichts machen.«

Ich nicke. »Ja, aber deswegen sind wir ja hier für Sie da.«

Sie nickt auch. Immerhin. Allerdings scheint ihr anschließend nicht mehr nach Reden zumute, vor allem nicht über *ihn*. Sie spezifiziert ihn nie. Bis heute sind wir uns im Kollegium nicht einig, ob sie eine real existierende Person meint oder jemanden aus ihren psychotischen Episoden.

Sie beantwortet noch einige Standardfragen, jedoch recht knapp. Es ist fast, als wolle sie nun mit etwas sehr Wichtigem weitermachen, auf das sie kaum warten kann. Nun, solange das nicht ins Extreme schlägt, freue ich mich über eine gewisse Geschäftigkeit ihrerseits. Sie ist sogar kooperativ, gibt mir bereitwillig das Funkgerät zurück. Wie sie da wohl rangekommen ist?

Als ich den Raum verlasse, schaut Marcia wieder aus dem Fenster. Ihre Haltung ist schlecht, sie sitzt in sich zusammengesunken auf dem Stuhl, und mich trifft das Bild plötzlich. Manchmal erinnert sie mich an eine meiner anderen Patientinnen – Irina. Irgendwas muss in meiner Biografie liegen, das in mir eine besondere emotionale Involviertheit bei solcher Art von jungen Frauen angelegt hat. Robert denkt das auch. Aber er drängt mich nicht, dem nachzuforschen, sondern hört mir einfach geduldig zu, wenn ich ihm von meiner Arbeit und meinen Sorgen berichte. Manchmal weiß ich nicht, was ich ohne meinen Mann tun würde.

Nun, ich brauche mehr Abstand. Es bewegt mich viel zu sehr, wie Irina leidet, wie sie ihren Bruder vermisst und der Gedanke, dass er nicht mehr lebt, so schlimm ist, dass ihr Gehirn sich mit dieser Krankheit dagegen schützt. Es tut mir weh, wie sie leidet. Das ist nicht förderlich.

Ich gehe durch den kalten Korridor des Sondertrakts. Er ist düster, und ich spüre ein leichtes Kribbeln auf meiner Kopfhaut. Diese Station, etwas an ihr fühlt sich seltsam, fühlt sich *unheimlich* an.

Psychologisch betrachtet ist das Unheimliche – im Gegensatz zu klassischer Angst – lediglich die Unsicherheit, ob der Organismus Gefahr empfinden soll. Und das ist der springende Punkt. Ich weiß, dass ich Gefahr und somit ein Angstgefühl empfinden müsste, wenn diese Menschen nicht gesichert und unter medikamentöser Behandlung wären. Und wenn ich nicht davon ausgehen würde, dass sie tatsächlich gesichert sind, dann würde ich hier nicht reingehen. Es muss also etwas anderes sein, das mir Unruhe ins Gehirn schickt. Es muss etwas in diesen zwar grundsanierten, aber trotzdem alten Gemäuern sein, das meinem Unterbewusstsein sagt, *pass mal lieber auf. Pass lieber auf, wir trauen der Sache nicht.*

»Sie fühlen sich an der Grenze zur Überforderung«, hat die Supervision beim letzten Mal gesagt. Ja. Ich brauche nicht nur Abstand, ich brauche Urlaub.

Als wir den Korridor endlich durchquert haben und am Ausgang sind, warte ich ungeduldig darauf, dass mir die Wachfrau die Sicherheitstüren öffnet. Irgendetwas funktioniert nicht mit der Schlüsselkarte. Mein Blick schweift nach oben, wo die Überwachungskameras im Übergang von Wand und Decke angebracht sind. Ob man auf den verwackelten Bildern meine Müdigkeit sehen kann?

Schließlich höre ich das altbekannte zischende Geräusch, als die Sicherheitstüren entriegeln und ich rauskann. Schnell eile ich aus dem Gebäude, über den kurz gemähten Rasen und bin schon wenig später am Tor des Gitterzauns, der den Hof der Station 6 vom restlichen Gelände abgrenzt. Völlig in Gedanken, schrecke ich plötzlich hoch.

»Irina, was machen Sie denn hier?« Die Patientin, über die ich gerade noch nachgedacht habe, steht plötzlich vor mir. Als wäre sie aus dem Nichts gekommen.

Sie trägt eine Daunenjacke über ihrer grauen Patientenkleidung. Eigentlich gibt es auch eine entsprechende Jacke. Doch über diesen kleinen Regelverstoß sehe ich hinweg: Irina ist völlig durch den Wind.

Sie hat die Arme um den Körper geschlungen und schwankt nahezu. »Vanjo«, sagt sie. »Er hat mir so wehgetan. Was sollte ich denn machen?«

Ich habe sie nicht ein einziges Mal weinen sehen vor diesem Moment. Sie hat mir durchaus berichtet, dass sie viel weint. Aber das hat sie nie vor mir getan – bis jetzt.

»Es tut so weh«, sagt sie leise, und die Tränen rinnen ihre Wangen hinab. »Und Ira konnte ich auch nicht finden. Es … Es tut einfach nur weh. Es tut immer weh.«

Ihr Körper bebt, und sie wischt sich die Tränen weg, aber es kommen bloß noch mehr nach.

»Na los, Irina«, sage ich und lege ihr vorsichtig eine Hand auf den Rücken. »Ich bringe Sie nach drinnen.«

EPISODE 4
Loyalität

Paul

Tag 10, 15:32 Uhr, Geschlossene Psychiatrische Anstalt am Winkenberg, Gemeinschaftssaal.

Draußen vor dem Haupteingang steht ein Leichenwagen.

Er ist direkt vorgefahren, noch vor den Zierbrunnen mit den beiden umschlungenen Gestalten, aus dem unermüdlich Wasser plätschert. Der Fahrer und sein schwarz gekleideter Gehilfe sind vor einer Weile ausgestiegen. Ich kralle die Hände um die Fenstergitter und starre angespannt hinunter. Sie werden bald zurückkommen, da bin ich mir sicher. Und sie werden jemanden mitnehmen, den ich möglicherweise kenne – mittlerweile gut kenne.

»Du machst dir Sorgen um diesen Gerald, ist es nicht so?«

Ron steht hinter mir, aber ich drehe mich nicht um. Es stört ihn nicht, dass wir uns im Gemeinschaftssaal mit unzähligen Patienten hinter uns befinden. Auch hier spricht er anscheinend nur zu mir.

»Paul. Ich habe dich etwas gefragt«, sagt er wenig erfreut.

»Ja«, gebe ich nur zurück. »Ja, ich mache mir Sorgen. Er ist seit gestern Abend verschwunden.«

»Du glaubst, er könnte dir helfen.«

Wieder antworte ich nicht. Starre aus dem Fenster, wo eine Wächterin mit einem der Hunde vorbeiläuft, den sie wohl gerade in den Zwinger bringt. Ich habe das Gefühl, dass sie mit diesen Tieren eine ganz besondere Präsenz zeigen, damit niemand auch nur auf die Idee kommt, hier abzuhauen.

Ich denke über Rons Behauptung nach. Durchaus, ich glaube, dass Gerald mir helfen könnte. Er hat noch nicht gesagt, wie er das tun will. Aber ich glaube ihm.

Gerald hat mich unter seine Fittiche genommen, seit ich hier bin. Er hat sein Wissen mit mir geteilt. Er hat mir gesagt, dass er meine Hilfe brauchen wird und dass er dafür im Gegenzug mir helfen wird. Er hat offen und ohne Geheimnisse mit mir gesprochen. Etwas, das ich von Ron nicht behaupten kann.

»Du solltest ihm nicht vertrauen, Paul«, sagt Ron. »Du solltest das aus vielerlei Gründen nicht.«

Die zweiflüglige Haupteingangstür der Anstalt öffnet sich, und die beiden Männer kommen wieder heraus. Vor sich her schieben sie ein schmales Eisengestell, auf dem ein toter Körper in einem geschlossenen Leichensack liegt.

Das ist nicht Gerald. Wer sollte Gerald schon töten.

Plötzlich klatscht jemand hinter mir, auf der anderen Seite des Gemeinschaftssaals, einmal laut in die Hände. »Alle Patienten mal bitte zu mir.« Es ist die Stimme der leitenden Schwester, die erkenne ich genau.

Der Leichenwagen wird angelassen und wendet vor der Anstalt. Obwohl Unruhe im Gemeinschaftssaal ausgebrochen ist, weil die Insassen sich um die Schwester versammeln, kann ich das Knirschen der Reifen unten auf dem Schotter bis tief in meinen Kopf hören. Ich sehe dem Wagen nach, wie er über den schmalen Weg fährt und durch das für ihn geöffnete Anstaltstor verschwindet. Hinter den Mauern kann ich ihn nicht mehr sehen.

Erst dann wende ich mich um.

Ron steht jetzt dicht vor mir. Sein langgliedriger Körper ist weiß, wirkt völlig blutleer.

»Paul«, sagt er mit dunkler Stimme. »Ich sehe, was du hier machst. Und ich warne dich nur ein einziges Mal. Behandle mich nicht respektlos, behandle mich *niemals* respektlos.«

»Ja«, sage ich einfach nur, ohne Ron in die Augen zu schauen, und schiebe mich dann an ihm vorbei. Ich muss wissen, was die Schwester uns mitzuteilen hat. Es ist wichtig.

Alle anderen Patienten aus dem Gemeinschaftssaal haben sich mittlerweile in einem großen Halbkreis um die Schwester versammelt, die vor der Sitzecke mit den hellbraunen Ledersofas stehengeblieben ist. Sie wartet auf mich, sieht mir mit auffällig geradem Rücken zu, wie ich auf schwachen Beinen dazustoße. Ich stelle mich ein Stück hinter den Ring aus Graugekleideten, kann die Schwester aber von hier aus gut sehen. Der gelbe Schein der Kronleuchter, deren Lampen sogar bei ausreichend Tageslicht brennen, lässt ihre bräunliche Gesichtshaut glänzen.

»Hallo, zusammen«, sagt die Schwester nun in die Runde gerichtet. »Ich muss euch allen eine Mitteilung machen, die euch bestimmt aufwühlen wird. Aber ich wollte, dass ihr es von mir erfahrt und nicht über den Flurfunk. Heute Morgen wurde einer unserer Patienten tot im Untergeschoss aufgefunden.«

Aus den Augenwinkeln sehe ich, wie sich die Tür zum Gemeinschaftssaal öffnet. Jemand humpelt herein. *Gerald! Das ist Gerald.*

»Es handelt sich um unseren allseits geliebten Artur«, fährt die Schwester fort. Ein Aufschrecken geht durch die Patienten, direkt sind einige Schreie des Entsetzens zu hören. Mehrere Leute brechen in Tränen aus.

»Wir wissen nicht genau, wie es dazu kommen konnte«, fährt die Schwester lauter fort und hebt dabei die Hände, wie um zu beschwichtigen. »Aber Artur muss irgendwie zu den Treppen, die nach unten führen, gelangt sein und ist dann wohl schwer gestürzt. Als wir ihn gefunden haben, war es bereits zu spät.«

Ein erneutes Aufheulen eines Patienten. Wieder Unruhe, Schluchzen, die Leute beginnen jetzt durcheinanderzureden.

Ich stehe regungslos da. Der Keuchende Mann ist also tot. Ich weiß nicht, ob ich das positiv finden soll oder nicht. Er war einer der wenigen, die das Summen auch hören konnten. Wahrscheinlich ist es gut.

»Armer Artur.« Gerald ist neben mir zum Stehen gekommen und grinst undeutbar vor sich hin. Ich sollte ihn nicht so anstarren, aber ich habe mitbekommen, dass er sein Bein nachzieht. Und sogar jetzt steht er hier in einer leicht gebeugten Position und hält sich unauffällig den linken Rippenbogen. Ich sehe ihn nun doch fragend an.

»Ich hatte eine interessante Nacht«, sagt Gerald. »Wir sollten irgendwohin, wo wir in Ruhe sprechen können.«

Ich nicke. Die leitende Schwester sagt noch irgendwelche tröstlichen Worte, aber ich höre nicht mehr zu.

Gerald humpelt los. Ich folge ihm. Gemeinsam steuern wir auf den Ausgang zu, wahrscheinlich werden wir uns im Speisesaal zusammensetzen. Da hat man um diese Zeit meist seine Ruhe.

Als wir den Raum verlassen, sehe ich, dass Ron noch immer am vergitterten Fenster steht. Ich habe ihn ganz vergessen. Er bewegt sich nicht von der Stelle, starrt mir nur nach. Sein drahtiger, hochgewachsener Körper scheint sich im gräulichen Licht des Himmels hinter ihm fast aufzulösen.

Tag 10, 15:57 Uhr, Geschlossene Psychiatrische Anstalt am Winkenberg, Speisesaal.

Gerald taucht den silbernen Löffel in die Haferkleie auf seinem Teller, hebt die mit Milch durchweichte Menge zu seinem Mund. Er schlürft den Brei geräuschvoll von der Löffelspitze, wobei ein paar Milchtropfen zurück in die Schüssel fallen. Sie schlagen wie Geschosse auf der trüben Oberfläche ein.

Gerald macht zwei Kaubewegungen, einmal rechts, einmal links, dann drückt er den ganzen Batzen die Kehle hinunter. Er legt den Löffel in der Schüssel ab, nur für ein paar Sekunden, und ich denke, jetzt erzählt er mir von dem *Plan*, den er erst vor wenigen Minuten auf dem Weg hierher angedeutet hat. Aber da greift er wieder nach dem Löffel und isst weiter.

So ist er. Er weiß, dass ich auf jedes seiner Worte warte. Ich nehme es ihm nicht übel. Er hat den Bogen noch nie überspannt.

Im Gegenteil, Gerald hat sich meiner angenommen, seit ich hier gelandet bin. Er hat mir erklärt, dass die Verbindung von seinem und meinem Ort schon viele Monate besteht. Hat mir erzählt, wie er das erste Mal das Summen gehört hat. Noch lange bevor das falsche Turnermädchen oder selbst der Keuchende Mann davon Wind bekommen hatten.

Er will diese Anstalt eines Tages verlassen, hat er mir erzählt. Sobald er alle Dinge *geregelt* hat. Dann will er an den Ort, von dem ich komme, und dort als freier Mensch leben, als Künstler. Hat der Plan, den ich gleich zu hören bekomme, damit zu tun?

»Schmeckt scheiße«, sagt Gerald nun und schiebt die Schüssel mit Haferkleie zur Seite, bis genau an die Kante des Esstischs. Er rückt sich auf dem Stuhl gerade und verzieht dabei das Gesicht. Offensichtlich hat er wirklich starke Schmerzen. Das habe ich schon bei jedem Schritt bis hierher bemerkt.

Ich blicke ausweichend in den Raum, wo sich auch vereinzelt andere Patienten zum Nachmittagsimbiss niedergelassen haben. Doch es sind weniger als sonst, wahrscheinlich sind die meisten noch im Gemeinschaftsraum und verarbeiten die Neuigkeit über den Keuchenden Mann. Diejenigen, die jedoch hier sind, essen natürlich anders als Gerald den eigentlich servierten Pflaumenkuchen. Und ich bemerke durchaus, dass um den Tisch von Gerald und mir sorgfältig Platz gelassen wird. Irgendwie gefällt mir das.

»Weißt du«, sagt Gerald nun und sieht knapp an meinem Kopf vorbei dorthin, wo die vergitterten Fenster nach draußen sein müssen. »Ich glaube, die anderen Patienten hier haben sich oft gewundert, warum ich von der Station 6 zurück zu ihnen versetzt wurde. Ich meine, schau dir diese harmlosen kleinen Schafe an. Sie werden hier nicht weggesperrt, weil die Welt vor ihnen geschützt werden muss, nein. Nein, sie werden vor der Welt geschützt. Wirklich, manchmal habe ich sogar Mitleid mit ihnen.« Er gluckst. »Na gut, das ist wirklich selten. Aber du verstehst, was ich meine, oder? Warum ist jemand wie ich, der doch wirklich gerne zu etwas *drastischeren* Methoden greift, wieder hier gelandet?« Er sieht mich nicht an, sondern zieht die Haut vom entzündeten Wundrand an seinem Handgelenk ab. Ich glaube auch nicht, dass er wirklich eine Antwort von mir erwartet.

»Ich sage es dir«, spricht Gerald weiter. »Weil Menschen mir folgen. Ich weiß, wie ich mit ihnen reden muss, vor allem mit *solchen* Menschen. Ich weiß, was ich sagen muss, damit sie die Dinge tun, die ich von ihnen verlange. Ich kann sie lesen und ihnen dann ihre Geschichte diktieren, verstehst du?«

»Tust du das auch mit mir?«

»Ich weiß nicht, tue ich das?« Gerald lächelt schwach. »Ich würde es dir doch kaum offenbaren, wenn ich es machen würde.

Bei dir trifft es sich nun einmal gut, dass dein Ziel zu meinem Ziel passt.«

Mein Ziel. Fast schäme ich mich, dass ich so wenig daran gedacht habe in den vergangenen Stunden, sondern mich stattdessen die Sorge um Gerald eingenommen hat. Aber das ändert nichts daran, dass jenes Ziel noch besteht. Das ändert kein bisschen daran, dass ich mir meine Rache holen werde, ganz egal, was kommt. Gerald hat es mir versprochen. Er hat mir gesagt, er versteht, dass ich tun muss, was ich tun muss. Er hat gesagt, ich brauche nur etwas Geduld. Dann wird er mir die beiden Turnermädchen schenken. Er wird sie verzieren und sie mir schenken, ihm ist noch nie jemand entkommen. *Ja, beide wird er mir geben.*

Selbstverständlich liegt die Annahme nahe, dass es das Turnermädchen aus dieser Welt war, das mit einem Stein meiner Freundin den Schädel eingeschlagen hat. Doch das ist eigentlich unerheblich. Ich mache keinen Unterschied zwischen den beiden. Sie sind die gleiche Person. Sie werden nebeneinander sterben, und ich werde es genießen. Sie haben mir meine Freundin genommen, es gibt nichts, was sie tun können, um der ultimativen Konsequenz ihres Seins zu entfliehen.

Ich habe keine Ahnung, *woher* Gerald von meinen Zielen wusste. Aber eigentlich tut es rein gar nichts zur Sache.

»Ich werde deine Hilfe brauchen«, sagt er nun, während er erneut den Bereich hinter mir fixiert. Ob er jetzt wieder auf die Fenster oder die Tischreihen, wo einige Patienten sitzen, starrt, kann ich nicht sagen. »Heute Abend. Heute Abend ist es so weit. Die Wege ins Anderswo werden immer konstanter, es zieht mich kaum noch zurück. Ich bin mir sicher, ich kann dort schon bald so bleiben, wie es mir gefällt. Und die Gefolgschaft, die ich mit mir bringe, wird das auch können.«

»Die Gefolgschaft?«

»Manchmal bist du langsam. Aber ich nehme es dir nicht übel. Ich rede natürlich von den Patienten aus Station 6. Sie folgen mir. Sie warten darauf, dass ich sie rette. Besonders …« Gerald fletscht für einen Sekundenbruchteil die Zähne, es sieht aus wie eine unkontrollierte Muskelzuckung. »Na ja, wie auch immer. Ich werde deine Hilfe brauchen. Allein werde ich dort nicht hineinkommen.«

Jetzt sieht Gerald mich direkt an, das Weiß seiner Augäpfel ist von dicken, roten Adern durchzogen.

Ich erwidere seinen Blick, sein spezielles Äußeres stört mich nicht.

»Darf ich dich etwas fragen?«, sage ich nach einem Moment.

»Natürlich, was ist das für eine dumme Frage«, gibt Gerald zurück. »Warum solltest du mich nichts fragen dürfen?«

»Entschuldige. Das … Ich bin das nur so gewohnt.«

»Und du brauchst dich hier auch nicht zu entschuldigen.«

»Gut.«

»Deine Frage?«

»Warum hast du dich für diese Leute aus Station 6 entschieden? Du hattest einen ganzen Trupp Sektenanhänger, die jeden einzelnen Befehl von dir ausgeführt haben.«

»Ja, ich weiß«, Gerald macht eine wegwerfende Geste mit der Hand. »Aber sie haben mich enttäuscht. Und gelangweilt. Vor allen Dingen haben sie mich gelangweilt.«

»Ich kenne Langeweile gut.«

»Ja, es nagt an einem, oder?« Gerald nickt, fährt sich mit der Zunge über die rissigen Lippen. »Sie kommt so schnell. Es gibt nur eine einzige Tätigkeit, bei der ich mich noch nie gelangweilt habe: wenn ich Kunst mache.« Abwesend streicht er sich über einen entzündeten Schnitt am Schlüsselbein. »Vielleicht kann ich dich auch irgendwann schöner machen, wenn wir die Zeit dazu finden.«

»Vielleicht«, gebe ich nur zurück. Ich hoffe, Gerald wird dafür andere Haut finden. *Ihre* Haut.

»Also?«, fragt Gerald und fixiert nun wieder mein Gesicht. »Bist du an meiner Seite? Du kennst mein Versprechen.«

Ich hätte gedacht, ich würde mehr zögern. Und nur diese Verwunderung lässt mich wiederum zögern. Doch nicht lange:

»Ich brauche kein Versprechen«, sage ich mit monotoner Stimme. »Ich weiß, dass du sie mir bringen wirst. Und deswegen werde ich dafür sorgen, dass du in die Station 6 kommst. Ich werde dich nicht enttäuschen.«

Gerald grinst und entblößt dabei seine fauligen Zähne. Zwischen den Lücken kleben Haferreste am roten Zahnfleisch.

»Dann ist es also beschlossen. Heute Nacht holen wir uns eine neue Armee.«

Tag 10, 22:04 Uhr, Geschlossene Psychiatrische Anstalt am Winkenberg, vor dem Schutzzaun.

»Tu es nicht.«

Ich zucke heftig zusammen, als die Stimme in meinem Rücken erklingt, und fahre herum.

Ron steht direkt hinter mir, ja, seine riesenhafte Gestalt wirkt nahezu, als würde sie über mir schweben. Und die leichenblasse Haut scheint in der Dunkelheit zu leuchten. Instinktiv drücke ich mich noch dichter an den Zaunvorsprung, durch dessen enge Maschen wir seit ein paar Minuten den Gebäudekomplex von Station 6 beobachten.

Wäre nur eine der Wachen in der Lage, Ron wahrzunehmen – wir wären wohl längst enttarnt. Aber das ist nicht der Fall. Selbst Gerald kann ihn nicht sehen. *Oder?*

Mein Mentor mit den Narben in der Haut, der direkt neben mir ist, sieht sich irritiert zu mir um, und für den Bruchteil einer Sekunde bleibt sein Blick dort hängen, wo Ron steht. Dann wendet er sich aber schon wieder um und beobachtet den Eingangsbereich der Station 6, der still im dunklen Abend liegt. Die Wachleute sind nicht zu sehen. Sie befinden sich hinter den Türen, hat Gerald mir erklärt.

Wir müssen näher ran, damit wir eine auftretende Chance auch nutzen können.

»Es ist meine letzte Warnung.« Ich drehe mich wieder zu Ron um, als er spricht. Sehe in sein blutleeres Gesicht. Ist da … Sorge? Betroffenheit? In jedem Fall habe ich eine solche Regung noch nie in Rons Gesicht beobachten können. *Auch nicht, nachdem meine Freundin feige von hinten ermordet wurde.*

Er sieht mir direkt in die Augen. »Es ist meine letzte Warnung, Paul.« Er sagt das beinahe flehend. »Dreh um. Dreh um und komm mit mir. Erinnere dich, wie lange ich dich schon begleite.«

Ich halte seinem Blick einen Moment stand. Ich kann mich selbst in seinen Pupillen gespiegelt sehen, obwohl es dunkel ist. Ich wirke klein und schmal darin. So verharren wir einen Moment.

»Ich erinnere mich«, sage ich, dann wende ich mich ab und ignoriere Geralds irritierten Blick. Ich fokussiere mich ganz auf den Eingang des Hochsicherheitstrakts. Mein Herz schlägt hart und schnell. Doch von Ron kommt nichts mehr. Keine Ahnung, ob er noch hinter mir ist oder nicht. Aber ich will es auch nicht wissen. *Weil es egal geworden ist.*

»Ich kann niemanden an den Fenstern ausmachen«, sagt Gerald nun konzentriert. »Wahrscheinlich können wir, ohne Gefahr entdeckt zu werden, näher ran. Und ich spüre ein schwaches Summen von dort drüben. Noch bahnt es sich an. Aber mein Körper weiß es. Bald wird es zunehmen, es wird plötzlich zunehmen. Es wird unser Portal.« Er nickt, wie um sich selbst zuzustimmen. »Wir dürfen keine Zeit verlieren.«

Damit löst er sich aus unserer Deckung und wirft den Stapel Bettlaken, den er mitgenommen hat, auf den Stacheldraht. Anschließend krallt er seine dünnen Hände in den Zaun. Wie eine Spinne klettert er hoch. Er ist schon oben, krabbelt über die Laken und lässt sich auf der anderen Seite behände hinab. Er bewegt sich, als wären die Schmerzen, die er tagsüber noch hatte, bereits wieder verflogen. Nur noch ein ganz leichtes Nachziehen im Bein ist zu sehen.

»Worauf wartest du?« Seine Stimme ist ein heiseres Bellen.

Ich zucke zusammen. Na los. Ich muss mich besser konzentrieren.

Schnell greife ich selbst zwischen die dünnen Gitterdrähte. Ein

Ruck geht durch meinen Körper, als ich mein eigenes Gewicht hochziehe. Aber es gelingt. Trotz meiner geringen Muskelmasse – an Kraft hat es mir nie gemangelt. Ich schwinge mein linkes Bein über die Stoffbrücke, hebe das zweite hinterher. Ein scharfer Schmerz zieht durch meine Wade. Mein Unterschenkel ist über einen der Stachel geschrammt, und dieser hat Stoff und Haut in gerader Linie aufgerissen. In der Dunkelheit sieht die dicker werdende blutige Linie aus wie ein Wicca-Symbol.

Ich lasse mich auf der anderen Seite ab. Springe genau wie Gerald das letzte Stück hinunter. Ein weiterer Schmerz zieht sich durch die aufgeschlitzte Haut an meiner Wade. Ich ignoriere das. Ich bin rüber, das zählt. Taste in meiner Hosentasche noch mal nach dem Stein, den ich im Wald aufgesammelt hatte, um die Camper anzugreifen. Er ist nicht rausgefallen – gut.

Gerald wartet schon ungeduldig. Immer wieder sucht er die Fenster und die Eingangstür mit den Augen ab. »Komm weiter.«

Ich nicke.

Wir lösen uns aus dem Schatten des Zaunes und begeben uns auf die weite, leere Rasenfläche. Geduckt hasten wir vorwärts. Jetzt humpelt Gerald doch wieder deutlicher. Es ist dunkel, ich kann den Boden unter meinen Füßen kaum sehen. Nur kein Erdloch oder eine Bodenwelle erwischen. Nur drüben im Schutz der Gebäudemauern ankommen. Wer weiß, wann sich dieser Zeitkorridor schließt.

Bloß noch wenige Meter. Jetzt Deckung.

Sehr gut, der nächste Schritt ist geschafft. Wir kauern an der Außenwand des Hochsicherheitsbereichs, unterhalb der Fenster. Von hier aus können wir sogar den Eingang sehen.

»Sie haben immer einen Wachhund dabei«, raunt Gerald, ohne die Eingangstür auch nur eine Sekunde aus den Augen zu lassen. Er spielt mit der Schlüsselkarte in seinen Fingern, die er schon vor Tagen erbeutet hat. »Ich habe das alles hier lange genug beobachtet. Jeden Moment wird eine der Wachen mit der Töle rausgehen und ihre Runde drehen. Wenn sie den Zaun dort hinten erreicht, setzt du dich in Bewegung. Sie sieht dann eine ganze Weile nicht nach hinten … normalerweise. Du rennst ihr hinterher und greifst sie an. Ich an deiner Stelle würde sofort den Hund töten, die Dinger sind am lästigsten, weißt du. Egal, wie du es machst, du musst dabei einen solchen Lärm machen, dass die anderen Wachen gesammelt rauskommen, um dich zu schnappen.«

»Du weißt, ich werde dir helfen. Das habe ich dir gesagt, und ich meine das so. Aber …« Ich räuspere mich dünn. »Wie entkomme *ich* dann aus ihrer Gewalt?«

Gerald schnaubt und verdreht sichtlich die entzündeten Augen. »Ich hole dich dann natürlich. Hast du schon vergessen? Ich werde eine ganze Schar mir Ergebene haben, und was werden sie darauf brennen, sich an ihren Wächtern zu rächen. Wir werden sie alle niedermachen und dann sofort an den anderen Ort verschwinden und für immer das größte Rätsel dieser Welt bleiben. Alles, was du tun musst, ist, sie lange genug abzulenken. Um den Rest kümmere ich mich.«

»Gut«, sage ich.

»Gut«, sagt Gerald.

Wie dankbar ich sein kann, jemanden wie ihn gefunden zu haben.

»Jetzt«, flüstert er, wohl mehr für sich als für mich.

Wenige Sekunden später öffnet sich die Eingangstür, und eine Frau mit blondem Pferdeschwanz tritt heraus. Gerald hatte recht.

Die Frau bleibt vor der Tür stehen und sieht sich um. Aber ihr Blick hält nicht bei uns an. Wie auch? Wir pressen uns dicht an die Wand und sehen nur einen kleinen Teil des Eingangs.

Nein, *sie* kann uns wohl nicht entdecken. Aber sie ist nicht allein.

An einer Leine führt sie einen großen Dobermann. Das macht die Sache deutlich schwieriger. Vor Hunden hatte ich schon immer Respekt. Doch das Tier trägt einen Maulkorb. Und wenn ich schnell genug bin … *dann hat sie gleich keinen Hund mehr.*

Nun geht sie los. In einem Bogen nach rechts, genau wie Gerald es antizipiert hat. Ich halte die Luft an, warte, warte. Sie wirkt nicht sonderlich angespannt, ja, schlendert fast vorwärts. Der Dobermann wittert in die Nacht, doch seine Schnauze ist nach vorne gestreckt, nicht annähernd in die Richtung unseres Verstecks. Sie ahnen nichts.

Die Wachfrau macht weiter ihre Runde, geht den Weg am Zaun ab. Hält an. Betrachtet irgendetwas außerhalb des Bereichs. Ob da Patienten unrechtmäßig unterwegs sind? Hoffentlich nicht, der Plan muss exakt aufgehen, und außerdem haben wir keine Zeit.

Sollte ich einfach jetzt los? Nein, Geduld. Noch kann sie mich zu gut entdecken.

Nun schlendert sie weiter. Gleich. Einundzwanzig, zweiundzwanzig, dreiundzwanzig. Ein letzter Blick zu Gerald. Er nickt mir entschieden zu. Ein erwartungsvolles Lächeln umspielt seine Mundwinkel.

Ich schleiche los. Schnell und lautlos, schnell und lautlos. Ich halte direkt auf die Wächterin zu. Aber ich darf es nicht übertreiben, sonst wird sie und vor allem der Hund mich zu früh bemerken. Ich darf nicht sofort überwältigt werden. Ich muss Gerald alle Zeit erkämpfen, die er braucht, um seine Armee zu holen. *Und um dann mit dieser Armee zusammen wiederum mich zu holen.*

Mein Blick hat den blonden Haarschopf starr fokussiert. Nicht mehr weit. Sie geht ahnungslos voran, wie von selbst gleitet meine

Hand in die Hosentasche, wo ich den Stein aus dem Wald noch immer mit mir trage. Lautlos hole ich ihn aus der Tasche. Er fühlt sich gut in der Hand an. Genau richtig.

Ich fixiere erneut den Hinterkopf der Wachfrau.

Warum sie eigentlich nur ablenken? Mein Griff um den Stein wird fester. Warum nicht gleich einen Feind eliminieren, der unserem Erfolg im Weg stehen könnte? Warum ein zusätzliches Risiko eingehen?

Ich schalte die Wachfrau ganz aus, und der Hund wird dann lautstark anschlagen. Er wird mich nicht verletzten können mit seinem Maulkorb, aber wird umso mehr toben. Dann stürmen die anderen raus, und Gerald kann rein.

Ja. Genau so. Ich bin gleich bei ihr. Keine zehn Schritte trennen uns mehr. Jetzt höre ich, dass sie leise vor sich hin pfeift. Sie ahnt wirklich rein gar nichts.

Ich hole einmal tief Luft wie vor einem Tauchgang. Drücke meinen Körper leise aus der geduckten Haltung. Habe das Gefühl, als langer Schatten in die Höhe zu wachsen. Hebe den Stein hoch über ihren Kopf, sodass er von oben hinabsausen kann, und … zögere. Nur den Bruchteil einer Sekunde. Nur den Bruchteil einer Sekunde erstarre ich, und vor mir verändert sich der blonde Zopf zu den dunkelbraunen, dichten Haaren meiner Freundin. Die Haare, die waren etwas, das sie an sich mochte, weil sie so dick und kräftig waren. Sie hat sie mit Apfelessig und neutraler Haarseife gewaschen, weil das dem Haar Textur gibt, und gesagt, ich werde ja echt noch zum Öko, wenn das so weitergeht. *Ich werde ja noch zum Öko*, hat sie gesagt und laut und etwas holprig gelacht. Ich mochte diesen Essiggeruch. Er war penetrant in meiner Nase, wenn wir nachts nebeneinander in ihrem Bett lagen, und morgens in den Kissen, wenn ich sie ausgeschüttelt habe.

Ich blinzle. Immer wieder blinzle ich, bis die Haare wieder blond werden und ich die Wachfrau wieder sehen kann. Mein Hals ist wie zugeschnürt, und ich merke, dass ich schon viel zu lange so verharre, den Stein wieder gesenkt. Ich muss …

Da hält die Frau plötzlich inne und fährt dann ruckartig herum. Nein! Sie starrt mich an. Ein spitzer Schrei.

Ich stürze mich auf sie, bevor sie den Maulkorb des Hundes lösen kann. Werfe einfach meinen gesamten Körper auf ihren. Die plötzliche Wucht schleudert sie ungebremst mit dem Rücken und dann mit dem Hinterkopf auf den Boden. Die Luft entweicht mit einem lauten Geräusch aus ihrem Brustkorb, sie ist vollkommen weggetreten. Ich bin über ihr. Habe den Stein noch in der Hand. In dem Moment springt der Dobermann mich von der Seite an und stößt mich von ihr runter. Ich falle ins feuchte Gras. Das Tier wirft sich auf mich. Tiefes, wildes Knurren, lautes Bellen, nur der Maulkorb beschützt mich davor, schwer verwundet zu werden. Ich halte dagegen. Aber der Hund ist kräftig, er drückt mich runter. Ich hole mit dem Stein aus und schlage ihn gegen die Flanke des Tiers. Er jault auf, knickt ein. Das nutze ich und springe hoch.

Da ertönen plötzlich Rufe hinter mir. Ich drehe hektisch den Kopf herum und sehe, dass drei weitere Wachleute aus dem Hochsicherheitsbereich rennen.

Es klappt! Es funktioniert, das ist Geralds Chance!

Aber meine Freude ist von kurzer Dauer. Der Dobermann spannt seine Muskeln an – er will wieder angreifen. Ich muss Gerald Zeit erkämpfen.

Ich hole tief Luft und schreie den Dobermann aus voller Kehle an. Ich schreie so laut, dass meine Stimmbänder schmerzen. Aber er weicht wirklich ein Stück zurück. Ich springe vor, greife nach seiner Leine und schleudere sie über den Zaun, sodass sie sich im

Stacheldraht verfängt. Schon springt der Dobermann wieder auf mich los, aber ich weiche zwei Schritte zur Seite aus: Die Leine reißt ihn zurück, ein gurgelndes Geräusch aus seiner Kehle. Wütendes Bellen, doch er kommt nicht weiter vorwärts.

Gut. Ich fahre herum. Die Wachleute sind schon viel zu nah!

»Keine Bewegung!« Einer von ihnen hat eine Pistole mit Gummigeschossen gezückt – jedenfalls denke ich, dass es Gummigeschosse sind. Die anderen beiden sind bereits zu den Seiten ausgeschwärmt, damit ich schlechter abhauen kann. Ich muss schnell sein! Ich renne los, dicht am Zaun entlang. Den Kampf von eben merke ich nicht mehr. Es ist, als hätte mein Körper sich schon wieder erholt. *Sie werden mich nicht kriegen.*

»Stehen bleiben!«, schneidet die Stimme des Wachmanns mit der Pistole durch die Luft. »Sofort stehen bleiben!«

Im Hauptgebäude der Anstalt sind Lichter angegangen. Ich kann schwarze Silhouetten vor gelbem Glühbirnenlicht an den Fenstern einiger Patientenzimmer sehen. Ein peitschendes Geräusch, als der Wachmann hinter mir abfeuert. Ein heftiger Schmerz durchfährt die Hinterseite meines rechten Oberschenkels. Mein Bein gehorcht nicht, ich stürze.

Oh nein! Hastig drücke ich mich hoch, schaffe es kaum. Die Schmerzen jagen weiter durch mein Bein. Hektisch blicke ich umher. Direkt hinter mir ist der hohe Zaun. Komme ich da so rüber? Aber dann kann Gerald mich unmöglich holen! Jetzt sind auch schon die ersten Rufe aus Richtung des Hauptgebäudes zu hören. *Es kommt Verstärkung für sie.*

»Unten bleiben!«

Der Dreier-Wachtrupp ist nun direkt bei mir. Der Mann in der Mitte hat die Pistole genau auf mich gerichtet. Ich muss sie irgendwie täuschen. Sie denken, ich wäre krank, richtig? *Speichelfluss ankurbeln, na los.* Bewusst hebe ich die Hände, schaue ihnen mit großen Augen entgegen, lasse den Speichel aus meinem Mundwinkel laufen.

»Tut mir leid, Mama«, sage ich und schaue so verdreht, wie ich irgendwie kann. »Böse Wesen, Mama.«

Der Wachmann schüttelt fassungslos den Kopf. »Scheiße. Der arme Kerl ist ja völlig weg«, sagt er und seufzt. »Hör zu, Großer, du wirst jetzt genau das machen, was ich sage«, befiehlt er und kommt mit der leicht gesenkten Waffe noch ein Stück näher ran … *zu nah.* Urplötzlich stoße ich mich ab. Greife nach seiner Hand und versenke meine Zähne darin.

Er schreit auf und lässt sofort die Waffe fallen. Ich schnappe sie mir, feuere mehrmals ziellos auf die anderen beiden Wächter, keine Ahnung, ob ich treffe. Das Magazin ist schon leer.

Hände greifen nach mir, ich mache einen Hechtsprung nach vorn, um ihnen zu entkommen. Lande hart auf der Erde. Sie fassen nach, aber ich winde mich heftig wie bei einem Anfall. Sie können mich so nicht halten. Hoch. Rennen.

Die kalte Nachtluft zieht an meinen Haaren, während ich auf den Eingang von Station 6 zurase. Das ist der einzige Weg, der mir noch bleibt. Hoffentlich, hoffentlich war Gerald schnell genug.

Die Wachleute sind hinter mir. Mein Bein kann nicht mehr. Schneller!

Ich erreiche den Eingang der Station. Reiße an der Tür. Sie schwingt auf! Weiter! Ich sehe die Sicherheitsschleuse, sie ist offen. Gerald muss sie so stehen gelassen haben.

Schon wird die Tür hinter mir wieder aufgerissen. Sie kommen!

Mein Bein streikt gleich. Bis zur Sicherheitsschleuse, na los. Ich merke, wie ich langsamer werde.

»Bleib sofort stehen!«, höre ich den Wachmann dicht hinter mir rufen.

Und dann bin ich bei den Sicherheitstüren. Durch. Schlage sie hinter mir zu. Stemme mich mit meinem Rücken dagegen, fädele meine Arme in die langen eisernen Griffe.

Ich kann nicht mehr wegrennen. Ich muss die Tür halten, bis Gerald mit seiner Armee kommt. Sie werden diese Leute in der Luft zerfetzen. Der erste kräftige Schlag hinter meinem Rücken gegen die Tür. Er zieht mir durch den ganzen Körper. Aber ich rücke kein Stück nach vorn. Noch ein Schlag. Ich muss nur halten.

Plötzlich dröhnt ein ohrenbetäubender Lärm in meine Ohren, und rote Alarmleuchten über den Patiententüren gehen an. Aber wo … *wo bleibt Gerald*?

Noch ein Hieb gegen die Tür, wuchtiger. Ich werde ein Stück weggestoßen, meine Schultern dehnen sich unnatürlich nach vorn, Schmerz schießt hindurch. Aber ich schaffe es, meinen Körper wieder nach hinten zu drücken, meine Arme bleiben in den Griffen.

Verzweifelt starre ich in den langen, leeren Flur. Das rote Licht blinkt schmerzhaft in meinen Augen, es bohrt sich zusammen mit dem Alarmton in meinen Kopf. *Gerald, wo seid ihr?*

Wenn meine Verfolger weiter ihre Kraft bündeln, kann ich das unmöglich länger halten. Und bald werden auch die Wachleute der anderen Stationen hier sein.

Plötzlich tritt ein Schatten aus einem der Zimmer in den Gang vor mir. Eine dunkle Gestalt, ihr folgen zwei weitere. Ich blinzle wie verrückt, um etwas in den wirren, flackernden Lichtern zu erkennen.

Ja, meine Augen irren sich nicht. Das ist Gerald. *Das ist wirklich Gerald.*

Wieder ein kräftiger Schlag in meinen Rücken, als die Wachleute sich gegen die Tür pressen. Es fühlt sich an, als würde meine

Wirbelsäule jeden Moment durchbrechen. Halten! Gerald kommt langsam auf mich zu, ja, schlendert geradezu. *Beeil dich!* Die Gestalten, die ihn flankieren, werden deutlicher. Eine kleine Frau und ein ebenfalls kleiner, aber mit schweren Muskeln bepackter Mann. Ihre Gesichter kann ich kaum erkennen. Gerald bleibt einige Meter vor mir stehen. Jetzt versuchen sie es hinter mir nicht mehr mit Schlägen, sie stemmen sich einfach alle gleichzeitig gegen die Tür. Ich kämpfe dagegen an, mein Körper zerreißt jeden Moment, so fühlt es sich an.

Keuchend starre ich Gerald an.

»Hodor, Hodor«, sagt er während er mich ansieht und grinst. Er macht keine Anstalten, mir zu Hilfe zu eilen.

»Wo ist deine Armee?«, keuche ich.

Geralds schmallippiges Grinsen wird noch breiter. »Welche Armee? Hast du wirklich geglaubt, ich brauche noch mehr Versager wie dich? Ich wollte nur sie hier.« Er deutet auf die Frau hinter sich, seine Stimme wird urplötzlich weich: »Sie verdient das hier nicht.« Dann zuckt er mit den Schultern und deutet auf den Mann. »Und er muss mit.«

Mein Rücken, meine Arme, mein Körper. Ich halte das gleich nicht mehr aus. Ich muss loslassen, aber …

Der fremde Mann tritt auf mich zu. Will er mir helfen? Er hat etwas in der Hand. Er … knotet meine Arme schnell und fest mit einem Lederband an die Griffe, sodass ich mich nicht lösen kann. Erst die eine Seite, dann die andere. Ich bin machtlos. Sie drücken hinter mir. Aber selbst wenn ich wollte – ich kann nicht mehr nachgeben. Sie haben mit meinem Körper die Tür verrammelt.

Verzweifelt blicke ich Gerald in die Augen, während der fremde Mann wieder von mir ablässt. Gerald erwidert den Blick. Aber da ist nichts außer Abscheu.

Er hat mich belogen. Er hat mich mit allem, was er gesagt hat, belogen.

»Wir müssen jetzt leider los«, sagt er. Und selbst ich kann es spüren. Das Summen. Das Summen, von dem Gerald so oft geredet hat. Es ist hier. Es ist nur wenige Schritte hinter ihnen.

Gerald kommt auf mich zu, rote Lichter flackern über seine Züge. Ob er doch … Er greift nach meinem Kopf und donnert ihn kräftig gegen die Scheibe hinter mir. Durch den Nebel der Benommenheit sehe sein Gesicht ganz dicht vor meinem. Die Narben darauf brennen sich in meine Netzhaut.

»Armer Irrer«, sagt Gerald.

Dann ist er verschwunden.

Tag 11, 08:09 Uhr, Geschlossene Psychiatrische Anstalt am Winkenberg, Patientenzimmer Wendt, Raum 207.

Polizisten sind hier.

Ich habe sie durch den Türschlitz gesehen, als ein Pfleger mir kurz mein Essen reingebracht hat. Sie waren auf dem Flur und haben sich mit zwei Pflegerinnen unterhalten. Und sie sind draußen. Ich kann von hier aus nur einen kleinen Ausschnitt der Rasenfläche sehen, aber sie sind in Gruppen zur Station 6 gelaufen. Sie suchen Gerald und seine beiden Begleiter. Nach irgendeinem Anhaltspunkt, wie drei Patienten aus einem Hochsicherheitsbereich verschwinden konnten.

Wenn sie wüssten, wie sinnlos das ist. Ich stütze mich auf der Fensterbank ab, um mein Bein ein wenig zu entlasten.

Ich könnte es ihnen sagen. Aber sie würden es mir sowieso nicht glauben und mich nur erneut für verrückt erklären. Und ich bin froh, dass die Sedativa, die sie mir direkt nach meinem Angriff auf die Wachen gegeben haben, meinen Körper anscheinend schon weitestgehend verlassen haben.

Ich glaube, sie haben mir auch wieder Bromperidol gegeben. Und im Moment kommt mir das sogar gelegen. Der Letzte, mit dem ich jetzt reden will, ist Ron. Gerald hat mich allein gelassen, er hat mich benutzt, so wie er andere Menschen benutzt. Kann ich ihm das zum Vorwurf machen?

Er hätte mich mitnehmen sollen, ja. Er hätte zu seinem Wort stehen sollen.

Aber vielleicht töten sie die Mörderin meiner Freundin. Vielleicht fügen sie ihr viel mehr Schmerzen zu, als ich es in meiner dann auftretenden Impulsivität könnte. Und ist das Ergebnis ein schlechteres, nur weil ich es nicht selbst ausgeführt habe?

Ich weiß es nicht.

»Das passiert, wenn man sich mit den falschen Leuten einlässt.«

Ich zucke zusammen, als ich Rons Stimme höre, und fahre herum.

Er wartet vor dem Bett. »Überrascht, mich zu sehen?«, fragt er, ohne eine Miene zu verziehen.

Ich stehe wie erstarrt da, weiß nicht, was ich sagen soll.

»Dachtest du, das Medikament würde mich fernhalten?« Ron schüttelt kaum merklich den Kopf. »Was für eine seltsame Idee.«

Er sieht mich weiterhin an. Schweigen hüllt sich um uns. Es ist eine umfassende Stille, die sogar alle Geräuschfetzen von außerhalb schluckt. Wir sind in einem Vakuum.

Ich merke, dass mein Herz kräftig pumpt. Meine Hände kribbeln taub.

»Ich habe dich gewarnt«, sagt Ron nun schließlich. »Ich habe dich sehr deutlich gewarnt.« Er macht eine Geste in den kleinen, zellenartigen Raum. »Sieh nur, wohin es dich gebracht hat. Sie werden dich hier nicht wieder rauslassen, das muss dir doch klar sein.«

»Ich wäre gar nicht erst hier ohne dich«, gebe ich zurück. »Ich wäre bei meiner Freundin.«

»Du bist hier, weil er dich verraten hat.«

»Nein, Ron, *du* hast mich verraten. Gerald ist selbst nur einer der Patienten. Aber du bist *anders*. Du hast vorher gewusst, was passieren wird. Du hast mich in den Abgrund rennen lassen. Das ist die Wahrheit.«

»Wie undankbar du doch bist.« Ron hat sich nicht von der Stelle bewegt. Aber eine dunkle Kälte hat sich bei meinen Worten auf sein Gesicht gelegt, die mich erschaudern lässt. Er schweigt wieder.

»Was willst du denn dann noch von mir?«, frage ich. »Was?«

»Ich will dich natürlich töten, Paul.«

Ich erstarre. Sehe Ron an, der erst für einen Moment nüchtern meinen Blick erwidert, sich dann zum Bettzeug herumdreht und mit geschäftiger Ruhe das Laken von der Matratze löst. Er nimmt es, streicht es glatt, und dreht es dann zu einer Rolle ein. Ich sehe nur zu. Ich kann mich nicht bewegen. Ich bin wie in einer Schlafparalyse. Und der Dämon an meinem Bett ist mein alter Begleiter.

Ron prüft das eingedrehte Laken, nickt. Dann dreht er sich zu mir. Langsam, ganz langsam tritt er an mich heran. Umrundet mich einmal, schaut mir dabei forschend ins Gesicht. Bei der zweiten Runde bleibt er hinter mir stehen. Dann plötzlich wirft er das Laken um meinen Hals und zieht es zusammen. Jetzt kann ich mich bewegen. Ich greife nach meiner Kehle. Zappele. Aber ich kann nichts tun. Ich werde nach hinten gerissen.

Das Laken um meinen Hals schnürt die Luftröhre ab. Ich denke an Ricarda, während ich ersticke.

Vanjo

Tag 10, 13:21 Uhr, Lungenheilanstalt, vor den Schwesternquartieren (rund 19 Stunden zuvor).

»Wir sollten rein«, sage ich zu Alva.

Die schluckt nur trocken, nickt. Die Sehnen an ihrem Hals sind hervorgetreten.

Theo und Henrike sind soeben losgeschlichen. Sie nutzen die Deckung der Gebäudewand, um auf die Rückseite zu gelangen. So kann Ari uns nicht entkommen … hoffentlich.

Ein kurzer Blick auf den Zähler zeigt mir, dass Mark offensichtlich recht gehabt hat: Die Werte sind weit unten. Hier scheint es weniger Realitätsüberlappungen zu geben. Also los.

Bevor ich mich in Bewegung setzen kann, ist Alva schon vorgetreten. Sie greift nach der maroden Tür und drückt sie problemlos nach innen auf.

Rein.

Ich reiße die Augen weit auf. Versuche, alles gleichzeitig wahrzunehmen. Wenn wir jetzt auch nur eine Sekunde nicht aufpassen, dann können wir es ganz vergessen.

Der Korridor, der sich vor mir auftut, ist vollständig leer. Keine alten, vergessenen Möbel, keine Scherben, nichts. Als wäre das hier sorgfältiger ausgeräumt worden als die Anstalt selbst. Das Licht ist ein unruhiges Grau, durch mehrere Fenster weiter hinten kommt die Sonne durch – wenn auch schwach. Aber das ist schon mal gut. Hier kann sich Ari wahrscheinlich nicht in den Schatten verbergen.

»Ich behalte die rechte Seite im Blick, du die linke, okay?«, flüstere ich Alva zu.

»Ja.«

Dicht nebeneinander, sodass unsere Schultern sich berühren, wagen wir uns vor. Schritt für Schritt. *Komm schon, Ari, zeig dich.*

Ob sie auch mich angreifen wird, wenn es hart auf hart kommt? Immerhin habe ich sie aufs Übelste belogen – zumindest aus ihrer Sicht gibt es da vielleicht keine Entschuldigung für. Aber das würde sie doch nicht machen?

Ich ziehe die Nase hoch, viel zu laut. Ich kann überhaupt nicht wissen, was Ari machen würde und was nicht. Es bringt nichts, sich darüber den Kopf zu zerbrechen.

Der Korridor wird schmaler, und nun zweigen zu beiden Seiten Zimmer ab.

»Wir gehen nicht rein, okay?«, flüstere ich zu Alva. »Wir stoßen die Türen gleichzeitig auf und spähen vom Korridor aus hinein. Das Licht müsste reichen.«

»Ja, machen wir.« Alva nickt nur kurz.

Unsere Schultern lösen sich voneinander. Kein gutes Gefühl. Schnell platzieren wir uns an den ersten verschlossenen Türen auf unserer jeweiligen Seite.

Wenn hier in der anderen Welt die Erkrankten mit zu hohem Gewaltpotenzial sind – könntest du dann in ihren Raum fallen? Könntest du einfach so jemandem wie dem Narbenmann gegenüberstehen?

Mein Atem geht plötzlich flach. Die Tür ist schon einen winzigen Spaltbreit offen. Fast kann ich eine vom Wahn verzerrte Fratze dahinter sehen. *Unsinn. Unsinn!* Trotzdem kostet es mich eine krasse Überwindung, überhaupt nach dem Türknauf zu greifen. Er liegt kalt in meiner Hand.

Alva und ich tauschen einen kurzen Blick über die Fläche des Korridors. Dann, auf ein unsichtbares Kommando hin, stößt jeder seine Tür auf.

Ich halte die Luft an. Meine Knie sind gebeugt in Erwartungshaltung. Aber da ist nichts. Der Raum ist vollkommen leer, und alles, was ich höre, ist, wie mein Herz wild hämmert. Hinten im

Raum sehe ich ein vergittertes Fenster, durch das man einen Blick auf die dicht gedrängten Laubbäume im Mittagslicht erhaschen kann. Ich habe schon nach wenigen Minuten hier drin vergessen, dass es draußen ja noch mitten am Tag ist.

Ich schaue noch kurz um die Ecke, um sicherzugehen, dass Ari sich nicht hinter der Tür versteckt hat. Doch wie erwartet ist sie nicht dort. Wir müssen weiter zur nächsten … Ich schaue auf den Zähler. Moment. War das ein Ausschlag? Die Zahl zeigt 10 an, ich starre eine Weile drauf, aber nichts tut sich. *Da waren doch gerade über 80?* Keine Ahnung, ich bin einfach zu durch mittlerweile, um so etwas sicher sagen zu können.

»Ist was?«, zischt Alva über den leeren Flur hinweg.

»Nein, weitermachen«, gebe ich nur zurück, und wir gehen zur nächsten Tür.

Ich stoße sie auf. Auch dieses Zimmer ist vollständig leer. Wir nehmen uns die nächsten Türen vor und werden allmählich schneller.

Ob Theo und Henrike auf der Rückseite wirklich ins Gebäude reingekommen sind? Ob sie Ari vielleicht sogar gefunden haben? Irgendetwas an dem Gedanken beunruhigt mich, und ich versuche, noch zügiger zu machen.

Nach den letzten beiden Türen kommen Alva und ich wieder in der Mitte zusammen. Obwohl wir jetzt ein paar Zentimeter zwischen uns haben, spüre ich Alvas warmen Körper in der kalten Novemberluft wie einen Heizstrahler. Ich bin froh, dass sie mit mir hier ist.

»Das war wohl nichts«, flüstert Alva. »Und jetzt?«

»Guck mal.« Ich deute nach vorn, wo der Flur eigentlich wieder breiter wird, aber kurz darauf türmen sich große Gesteinsbrocken übereinander zu einem hohen Geröllhaufen. Wow, hier muss eine komplette Decke runtergekommen sein. Der Schutt erstreckt sich wirklich von einer bis zur anderen Seite des Flurs. Da ist kein Durchkommen. Links davor jedoch führt eine Treppe nach oben. »Immerhin müssen wir uns nicht zwischen verschieden Abzweigungen entscheiden«, sage ich.

Alva nickt. Wir steuern auf die Treppe zu. Die Stufen sind schmaler und steiler als diejenigen aus dem Foyer im Hauptgebäude. Dafür wirken sie aber etwas weniger brüchig.

Diesmal gehe ich vor. Der Boden unter mir bleibt stabil – gut. Ich halte trotzdem angespannt die Luft an, während ich weiter hochsteige.

Bist du hier oben, Ari? Hast du gedacht, nach oben trauen wir uns nicht? Oder wolltest du auf diesem Weg zum Hintereingang? Dann haben dich Theo und Henrike vielleicht schon.

Wir haben den ersten Stock erreicht.

Folgen wieder dem Flur. Rechts sehe ich Schutt aufragen. Anscheinend ist nicht nur die Decke des Stockwerks, sondern ein ganzer Teil des Dachs eingebrochen: Weiter oben klaffen Löcher im von hier aus zu erkennenden Dachgerüst und werfen blasses Tageslicht auf das Geröll. Wer weiß, wie stabil es in den Bereichen dort ist, also besser links halten. Jetzt wird der Korridor auch wieder breiter und mündet schließlich in einen kleinen, leeren Saal. Am anderen Ende sind zwei große Türflügel, und auf der rechten Seite ist eine Abzweigung mit einem dunklen Eingang, der das Licht schluckt. Dort … »Halt!«, zische ich und packe Alva am Arm. Sie bleibt ruckartig stehen.

»Was?«, haucht sie.

»Da in dem Eingang. Da hat sich was bewegt«, flüstere ich gepresst zurück. Wie auf Kommando ducken wir uns an die Wand – und schleichen uns ran.

Es könnte unsere Chance sein.

Oder es lauert jemand anderes in der Dunkelheit.

Ich werfe einen schnellen Blick auf den Zähler: 12. Alles ruhig, ich muss mir das mit dem Ausschlag des Geräts vorhin eingebildet haben.

Jetzt sind wir schon nah an dem dunklen Eingang, der in ein schwarzes Nichts zu führen scheint. Wir bleiben an der Wand. Wer auch immer da drin ist, kann uns aus diesem Winkel unmöglich sehen. Oder wurden wir längst bemerkt, als wir den Saal betreten haben?

Ich wende mich zu Alva um und zeige drei Finger. Mit dem Mund forme ich *Auf drei*. Sie nickt nur.

Ich hebe den ersten Finger. *Eins.* Wir müssen schnell und unerwartet zuschlagen. *Zwei.* Wenn wir …

Jemand springt aus dem Schwarz, wendet sich direkt zu uns herum, als hätte er uns die ganze Zeit gesehen. Und … macht dann einen Schritt nach hinten, streckt seinen Speer nach vorn.

»Tretet aus dem Schatten!«, sagt Theo.

Augenblicklich durchströmt mich Erleichterung. Ich hebe schnell die Hände, damit er nichts Falsches denkt.

»Theo«, sage ich deutlich und trete tatsächlich vor, Alva gleich hinterher.

Theo senkt den Speer und lässt Luft aus aufgeblähten Backen strömen. »Ein Glück«, sagt er. »Oder na ja. Wie man's nimmt.«

»Ihr wart also auch nicht erfolgreich?« Henrike tritt neben Theo. Gut, sie zu sehen.

»Nee.« Ich schüttle den Kopf. »Rein gar nichts gefunden.«

»Wir haben unten auf unserer Seite alles abgeklappert, keine Spur von Ari«, sagt Theo, während er mit seinen Augen bereits wieder den Saal absucht, den Speer erneut leicht angehoben. »Der Deckensturz hat uns dann nur diesen Weg hier gelassen. Aber dadurch können wir ihren Standort natürlich besser eingrenzen.

Da die Fenster unten vergittert sind und sie dadurch nicht nach draußen fliehen konnte, muss sie eigentlich hier oben sein.«

Ich nicke. »Wahrscheinlich. Aber wir kennen hier nicht alle Ecken. Sie könnte die Quartiere auch schon längst wieder verlassen haben.«

»Damit sollten wir erst rechnen, wenn wir keine andere Wahl mehr haben, denn dann …«

Theo spricht es nicht aus. Aber uns ist es allen klar. Wenn Ari hier wieder raus ist, ohne dass wir es bemerkt haben, finden wir sie niemals, solange sie das nicht will.

Sie könnte sogar einfach in die andere Welt verschwunden sein.

Doch für jetzt bleibt uns nur noch die große Doppeltür am Ende des Saals. Sie führt uns weiter in diese Ruinen und wahrscheinlich in die letzten Bereiche, die wir hier noch absuchen können.

Ganz wie von selbst nehmen wir erneut unsere Rautenformation ein. Ich gehe wieder voran. Das andere Ende des Saals ist schnell erreicht, und ich erkenne, dass die Türen mit lang gezogenen Metallgriffen ausgestattet sind. Sofort stecke ich den Zähler weg, greife beide gleichzeitig und reiße sie ruckartig auf.

Irritiert halte ich inne. Vor uns ist ein weiterer großer Raum mit vergitterten Fenstern auf der Linken und einer bröckeligen Wand auf der Rechten. Aber auch wenn hier wieder niemand zu entdecken ist, ist dieser Raum trotzdem nicht so leer wie der vorherige: Parallel zur Fensterfront verlaufen zwei Linien aus nackten, metallenen Bettgestellen. Bestimmt zwanzig Stück reihen sich da jeweils hintereinander auf. Die dürren Eisengerippe stehen so gerade und regelmäßig, dass man denken könnte, sie wären eben erst zurechtgerückt worden. Eine Gänsehaut legt sich auf meine Arme.

Es kommt mir vor, als könnte ich in der düsteren Kammer die

Geräusche von hustenden Lungenkranken hören, die hier auf den Bettgestellen liegen und gegen ihre Tuberkulose ankämpfen. Fast kann ich Schemen sehen, die sich hin und her bewegen auf den geordneten …

»Ist auch nur ein bisschen Metall«, sagt Alva entschlossen und betritt als Erste vollständig den Raum. Sie hat recht, ohne weiter zu zögern, trete ich ebenfalls ganz ein. Wir schließen die Tür hinter uns nicht, je mehr Licht, desto besser.

Hier waren eh keine Kranken, sage ich mir. Hier wurde bestimmt eh nicht behandelt. Wenn, dann sollte ich doch wohl Angst vor den wirklichen Bedrohungen haben, die dieser Ort bietet. *Und du bist dir sicher, dass du die alle kennst?*

Die heftige Intensität des Gedankens erschreckt mich. Ich dachte, das wäre weniger geworden. Aber mir bleibt keine Zeit, mich damit eingehender auseinanderzusetzen.

Vorwärts, vorwärts, vorbei an den rostigen Bettgestellen auf beiden Seiten. Auch am Ende dieses Raumes gibt es einen Ausgang. Als wir die Tür erreichen, will ich sofort weiter.

»Oh, warte«, sagt Theo, als würde ihm etwas einfallen, während ich gleichzeitig an den Griffen ziehe – der Durchgang ist verschlossen.

Und in dem Moment donnert die Doppeltür, durch die wir reingekommen sind, so heftig zu, dass wir den Windzug bis hierher spüren.

»Shit!«, flucht Theo.

Ich reagiere instinktiv, drehe auf der Stelle um und renne zurück zur ersten Tür.

Wir sind in eine Falle getappt. Wir sind wie absolute Anfänger in eine Falle getappt!

Kurz bevor ich bei der Tür ankomme, erklingt ein schabendes Geräusch auf der anderen Seite. Als ich da bin und sie aufdrücken will, ist es schon zu spät. Die Tür lässt sich nicht mehr öffnen. Jemand muss ein Holz- oder Metallbrett als gewaltigen Riegel zwischen die Griffe geschoben haben.

Ich presse mich dagegen. Theo kommt dazu, hilft. Aber keine Chance. Das Ding bewegt sich keinen Zentimeter mehr, die Tür ist zugesperrt!

»Die hier gibt auch nicht nach«, hallt Alvas Stimme von der anderen Seite des Raumes. Es wirkt, als würde sie von weit, weit weg rufen.

»Hey!«, brülle ich und schlage mit der Faust gegen unsere Tür. »Hey, was soll das?«

Ich hole aus, um kräftiger zu hämmern. Dann erstarre ich, als eine Stimme auf der anderen Seite erklingt. Leise und doch gut zu verstehen:

»Es tut mir leid. Aber was habe ich denn für eine Wahl, Vanjisco?«

Tag 10, 16:12 Uhr, Schwesternquartiere, Abteilung B.

»Wenn wir wieder zu Hause wären, was wäre das Allererste, das ihr machen würdet? Außer essen, duschen, schlafen natürlich?«, fragt Henrike und schaut in die Runde.

Wir sitzen auf den grobmaschigen Gitterrosten zweier nebeneinanderstehender Bettgestelle. Mir ist nicht wirklich wohl dabei, sie sind kalt, und ich kann den Rost als beißenden Duft in meiner Nase riechen. Aber immer noch besser, als auf dem Boden zu hocken. Außerdem will ich diesem Gefühl, das mich beim Betreten dieses Raumes erfasst hat, nicht mehr Macht geben, als es verdient. Ich kann hier im Moment eh nicht weg.

Theo hat die Wand nach brüchigen Stellen abgesucht, die vielleicht irgendwie einen Ausweg aus dem Gefängnis bieten könnten, aber nichts gefunden und sich jetzt auch zu uns gesellt.

»Also?«, fragt Henrike.

Alva zuckt mit den Schultern. »Instagram löschen.«

»Echt?«, hakt Henrike nach.

»Und stattdessen Tik-Tok installieren, sonst werde ich ja nie berühmt«, schiebt Alva hinterher.

»Ernsthaft?«, frage ich jetzt.

Alva grinst. »Nein, ich würde in den Urlaub fliegen. Ich glaube, nach *so etwas hier* ist man erst mal von der Schulpflicht befreit. Ich würde irgendwohin fliegen, wo es weit und breit kein bisschen Wald gibt.« Sie wirft einen Blick in die Runde und verdreht die Augen. »Von mir aus auch fahren, wenn euch das zu wenig öko ist.«

Henrike nickt schmunzelnd. »Was ist mit dir, Vanjo?«

»Gute Frage. Wahrscheinlich würde ich erst mal meine Kumpels treffen, na ja, außer Marius natürlich … und 'nen Serientag mit Ira machen oder so. Ja, wahrscheinlich erst mal das. Einfach irgendeine Sitcom gucken und zu zweit auf dem Sofa rumgammeln.«

Tatsächlich habe ich mir kaum Gedanken darüber gemacht. Zu Hause wirkt so unwirklich. Aber auf jeden Fall bräuchte ich erst mal etwas sehr, sehr Ruhiges. Und trotz der Abgeschiedenheit hier könnte ich auch daheim wahrscheinlich erst mal nicht mit so vielen Menschen.

Henrike rückt sich das Stirnband zurecht. »Ich würde mich hinsetzen und schön einen kiffen«, sagt sie. »Normalerweise mache ich das wirklich nur auf Festivals oder so. Aber ich muss sagen, dass der Gedanke daran im Moment gerade wirklich alles andere schlägt.«

»Scheiß Hippie«, sagt Alva und grinst, aber auch wir müssen kurz lächeln. Alva scheint Henrike ins Herz geschlossen zu haben.

Dann hängt jeder einen Moment seinen Gedanken nach, und schnell spüre ich, wie die Stille wieder drückend wird, fühle die Kälte des Metalls unter mir. Trotzdem sagt Theo erst nach einer ganzen Weile etwas: »Ich würde zu meiner Mutter gehen und mich bei ihr entschuldigen.« Er kneift die Lippen zusammen.

»Hm, warum das denn?«, frage ich.

Theo zögert, ich sehe, wie seine Kiefermuskeln arbeiten. »Als ich mit Ira nach dem Wasser gesucht habe, da meinte ich zu ihr, dass meine Mutter versagt hätte. Sie ist Polizeikommissarin im Vermisstendezernat, und sie hätte uns längst finden müssen, habe ich gesagt. Jetzt, wo ich weiß, was ich weiß: Wie unfair war das denn, bitte? Ich würde mich bei ihr entschuldigen, dass ich so etwas über sie gedacht habe.«

Henrike schüttelt nur den Kopf. »Theo, du bist ein so absurd gutherziger Junge, das gibt es gar nicht. Ich glaube, deine Mutter kann einfach nur froh sein, jemanden wie dich zu haben, und sie braucht keine Entschuldigung.«

»Weiß ich doch gar nicht«, gibt Theo nur zurück. »Wir sehen uns nicht so oft, wisst ihr. Sie arbeitet immer so viel. Manchmal bin ich mir gar nicht sicher, ob sie sich so doll für mich interessiert.«

»Ach, Theo, auf jeden Fall tut sie das«, meint Henrike und streicht ihm über die Schulter.

»Die wird dich nach diesem Ding hier gar nicht mehr in Ruhe lassen, wenn wir hier wieder weg sind. Die wird dich richtig nerven, glaub mir mal«, sagt Alva.

Theo nickt, dann blickt er auf die vergitterten Fenster, und sein Blick verhärtet sich. »*Wenn* wir hier wieder weg sind.«

Ich schaue ebenfalls nach draußen. Ich räuspere mich, aber meine Kehle ist trocken, und ich muss einfach nur husten. Dass selbst Theo so pessimistisch denkt, finde ich schwierig. Er ist sonst der Lösungsorientierteste von uns. Aber wahrscheinlich hat er recht. Trotzdem erlaube ich mir für einen Moment, noch den Gedanken nachzuhängen, wie das jetzt wäre, wieder zurück zu sein. Wie würde sich das anfühlen? Abwesend geht mein Blick über die Gesichter von Henrike und Alva.

Was würde ich noch machen, wenn ich wieder zu Hause wäre?

Tag 10, 22:04 Uhr, Schwesternquartiere, Abteilung B.

Ira muss umkommen vor Sorge. Ich streiche mir nervös über die rissigen Lippen, sie brennen wie Feuer.

Es ist längst Nacht draußen, die anderen müssen uns schon vor vielen Stunden zurückerwartet haben. Und wir stecken immer noch hier fest!

Ich sitze mit dem Rücken an die Wand gelehnt unter den Fenstern. Gegenüber von mir tastet Theo die Mauer zum zigsten Mal nach Schwachstellen ab, durch die wir vielleicht durchbrechen könnten. Aber hinter dem bröckligen Putz ist anscheinend überall noch massiver Steinbau.

Mein Hunger hat sich mit aller Deutlichkeit zurückgemeldet. Aber vor allem ist meine Kehle staubtrocken. Der Wassermangel macht sich mittlerweile als stechender Kopfschmerz bemerkbar. Wird Ari das durchziehen? Wird sie uns hier im Zweifelsfall einfach verdursten lassen?

Oder ist sie schon längst auf der Jagd nach Ira? Versucht sie die Zeit gerade für ihre Ziele zu *nutzen* und kommt dann wieder zurück zu *ihrem* Vanjo?

Sind die anderen bereits auf der Suche nach uns? Haben sie deswegen die Sicherheit des Bunkers aufgegeben?

Ich balle meine Fäuste so fest, dass die Handknöchel schmerzen. Nur Fragen, keine Antworten.

Etwas links von mir sitzen Alva und Henrike, die schweigend vor sich hin starren. Ich weiß nicht, ob sie versuchen, sich auszuruhen, oder ob sie einfach resigniert haben. Unsere Gespräche sind mittlerweile im Sand verlaufen, als die Erschöpfung nach uns gegriffen hat.

Natürlich habe ich mehrmals versucht, nach Ari zu rufen, vielleicht doch irgendwie mit ihr ins Gespräch zu kommen. Aber alle meine Worte sind in der drückenden Stille der Ruinen verklungen.

Ich blicke immer noch rüber zu Henrike und Alva. Wenigstens darüber konnte ich mir in den endlosen Momenten zwischen diesen Wänden Gedanken machen. Das war noch die beste Ablenkung – wenn man das so sagen kann.

Ich hole tief Luft. Merke, dass mein Herz nervös wird. Ich sollte jetzt mit ihnen reden.

»Henrike. Alva«, sage ich mit gedämpfter Stimme, aber sie verstehen mich gut, drehen beide den Kopf herum. »Könnt' ich mal kurz mit euch sprechen?«

»Machst du doch schon«, meint Alva, winkt mich dann aber mit der Hand zu ihnen. »Na los.«

Mühsam drücke ich mich von der Wand hoch, gehe zu ihnen rüber, nur um mich vor den beiden wieder im Schneidersitz auf dem Boden niederzulassen.

»Ich … ja, keine Ahnung, ich wollte euch mal was sagen.« Fuck, bin ich plötzlich nervös. Meine Hände schwitzen.

»Wir haben ja Zeit«, meint Alva jetzt und verschränkt die Arme.

Na gut, Augen zu und durch. »Alva, als du in den Fängen der Wicca warst, da … da haben Henrike und ich uns geküsst.« Ihr Gesicht zuckt bei meinen Worten, dann presst sie angestrengt die Lippen aufeinander. »Und Henrike, als Alva zurück war, hätten wir uns fast geküsst. Und der einzige Grund, warum ich es nicht versucht habe, war die zerbrechliche Situation.«

Henrike schaut mich nur an, ihre Rehaugen wirken unergründlich, aber ihr Daumen fährt nervös über ihre Fingernägel.

»Ich fühl mich plötzlich wie der größte Idiot, ich wollte keine von euch beiden verletzen, und es tut mir leid«, rede ich einfach weiter, was mir die letzten Stunden durch den Kopf gegangen ist.

»Ich mag euch – beide. Und das ist doppelt nicht fair. Einmal, weil ich mich nicht entscheiden möchte, wen ich mehr mag. Und einmal, weil das hier«, ich mache eine weiträumige Geste in die Umgebung, »uns viel zu lange jagen wird, als dass man sich in so etwas wie eine Beziehung stürzen könnte. Ich mein, ich habe letzte Nacht erfahren, dass ich in einer anderen Welt gar nicht mehr lebe. Und dass meine Zwillingsschwester aus dieser anderen Welt Ricarda getötet hat. Wir alle drei haben zwei unserer Freunde begraben. Wenn wir hier wegkommen … Wenn wir hier wegkommen, dann müssen wir erst mal selbst heilen. Ich allein, und auch Ira und ich zusammen. Und ich glaube, erst dann kann man ganz langsam irgendwas entscheiden, was von Substanz ist.« Die beiden Mädchen schweigen. »Vielleicht ist es bei euch ja gar nichts mit Gefühlen oder so, und was ich sage, ist völlig unwichtig, aber …«

Ich breche ab, als ich sehe, dass Henrike leicht den Kopf schüttelt. Ein glasiger Schimmer liegt in ihren Augenwinkeln. Alva ist wie erstarrt, hat die Arme immer noch verschränkt, es sieht aus wie ein Schutzschild. Sie blickt stur an mir vorbei.

Ich schlucke schwer. Halte das Schweigen jetzt aus. Mein Herz hämmert wie verrückt, und irgendwie habe ich Druck auf den Augen. Ich will meine Worte nicht zurücknehmen, aber ein Teil will es eben doch.

Nach einer gefühlten Ewigkeit ergreift Alva das Wort. Sie löst ihre Arme voneinander und streicht sich mehrmals eine widerspenstige Haarsträhne aus ihrer Stirn: »Ich finde, das ist nicht doof, was du sagst.«

Henrike nickt langsam. »Ich mag es nicht, aber ich stimme Alva zu. Es ist wahrscheinlich fair so.«

»Okay«, sage ich nur, und wieder weiß ich nicht, was ich noch weiter sagen soll. Ein Teil von mir ist erleichtert, und ein anderer hätte sich sogar gewünscht, dass sie mir widersprechen.

»Der klassische Doppelkorb«, meint Alva jetzt und grinst schief, und irgendwie ist das gerade genau das Richtige. Ich merke, wie sich auch bei mir plötzlich eine absurde Albernheit anbahnt.

»Na ja. Es ist ja so«, sage ich, und langsam schiebt sich ein unaufhaltbares Grinsen auf meine Lippen. »… ihr … stinkt …«

»Bitte?«

»Ihr stinkt halt.« Das Grinsen ist jetzt auf meinem ganzen Gesicht, und ich fühle die Albernheit wie eine Welle durch meinen Körper strömen. »Ihr stinkt so heftig, ihr habt euch zwei Wochen nicht gewaschen, und der einzige Grund, warum ich das nicht rieche, ist, weil ich selbst stinke, als hätte ich in einer Mülltonne geschlafen.«

Alva prustet los, Henrikes Schultern beben ebenfalls. Meine Albernheit hat sie angesteckt.

»Wir sind so ekelhaft«, kichert Alva.

»Wir sind ungewaschene Dreckspatzen«, meine ich.

»Wir sind der Festivalschmutz in Person«, setzt Henrike nach.

Theo kommt verwirrt zu uns rüber. »Was ist denn? Warum lacht ihr?«

»Weil du stinkst wie Scheiße!«, schreie ich ihm entgegen.

»Wir stinken alle wie nichts Gutes, Theo!«, setzt Henrike hinterher.

Theo, einen kurzen Moment verwirrt, versteht dann aber sofort und stimmt mit ein. »Wenn hier einer furzt, wird die Luft wahrscheinlich besser!«

Es ist nicht so witzig, aber für uns gerade schon. Wir lachen. Lachen, lachen, lachen und kriegen uns gar nicht mehr ein. Das Schmerzen meiner Bauchmuskeln ist herrlich.

Irgendwann sind wir fertig, atmen nur noch etwas schneller,

um wieder Luft zu bekommen. Eine gelöste Stille breitet sich zwischen uns in den kalten Gemäuern aus.

Und da brechen plötzlich Schritte in diese Stille.

Sofort sind wir im Alarmmodus, springen auf. Mein Puls katapultiert sich augenblicklich in die Höhe. Theo hat den Speer bereits gezückt. Die Schritte werden lauter, deutlicher. Das … Das ist doch nicht nur eine Person, oder?

Und sie sind hinter der schon anfangs verschlossenen Seite.

Jetzt halten sie an.

Unsere Gruppe wechselt schnelle Blicke. Sollen wir uns bemerkbar machen? Nein, besser nicht.

Mir fällt auf, dass wir ganz von selbst weiter von der Tür zurückgewichen sind. Ja, wir stehen schon mit dem Rücken zu derjenigen, die Ari vor uns verschlossen hat.

Mit zittrigen Fingern hole ich den Zähler heraus. 80. 70. 60. Er fällt schnell. Ganz in der Nähe muss eben noch ein Übergang gewesen sein.

Ein Schaben an der Tür gegenüber, ein Kratzen. Dann ein klickendes Geräusch.

Langsam schwingt die Tür auf.

»Kuckuck.«

Alles in mir gefriert. Die Stimme schneidet mir bis ins Rückenmark. Im Dunkeln ist kaum mehr zu erkennen als drei Silhouetten, die soeben in den Raum getreten sind. Aber die Stimme ist unverwechselbar. Und auch sonst. Ich kann ihn *spüren.* Ich spüre, wie seine Anwesenheit durch diesen Raum kriecht. Auf mich zukriecht und mich unbeweglich, wehrlos macht.

»Sieh nur, meine Liebe«, sagt der Narbenmann und dreht sich zu einer der anderen beiden Gestalten um, die ich nicht erkennen kann. »Ich werde sie schön machen. Ich werde sie zu Kunst machen, du wirst das mögen.«

»Vanjo!« Henrike rüttelt an meiner Schulter. »Vanjo, wir brauchen dich jetzt.«

»Das können wir nicht«, bringe ich nur hervor. »Wir können ihn nicht besiegen.«

Die drei Gestalten nähern sich langsam, ja fast bedächtig. Sie schreiten durch den Korridor zwischen den beiden Reihen aus den Überresten der Soldatenbetten, direkt auf uns zu.

»Hast du mich vermisst?«, flüstert der Narbenmann, und es dringt über Meter hinweg direkt bis in mein Gehirn.

Sie kommen näher. Kommen immer näher.

Theos Speer zittert nahezu unkontrolliert in seinen Händen.

Das ist das Ende.

Plötzlich ein Schaben hinter uns. Und schon im nächsten Moment wird die Tür aufgerissen.

Ari.

»Kommt«, ruft sie nur, und keiner von uns zögert auch nur eine Sekunde. Auf der Stelle stürzen wir aus dem Raum, Ari schlägt die Türen wieder zu und schiebt den Riegel vor. *Wir sind draußen. Wir sind draußen, und der Mann mit dem Skalpell ist drinnen.*

»Schnell!«, zischt Ari, und wir rennen los. Der Narbenmann wird andere Wege kennen. Wir müssen hier raus.

Hektisch rasen wir die Treppe runter. Ich bin dicht neben Ari. Ihr Atem geht flach.

Sie hat uns gerettet.

Weiter durch den Korridor, bis zum Ausgang, raus. Wir jagen durch die Nacht, zwischen den Bäumen hindurch auf das Hauptgebäude zu.

Ein Blick zurück. Es ist nicht gut erkennbar. Aber noch können wir unsere Verfolger nicht aus den Ruinen kommen sehen. Wahrscheinlich war der Zeitgewinn durch das Absperren der Tür groß genug.

Hinter der ersten Ecke der Anstalt bleiben wir stehen. Sofort ist Theo vor Ari und richtet den Speer auf sie. Ari pumpt nur Luft ein und aus, sie kann auch nicht mehr.

»Tut mir leid«, meint Theo. »Aber dir war sicher klar, dass wir dich trotzdem nicht im Gegenzug abhauen lassen können.«

»Ja«, sagt Ari leise, während sie mich ansieht. »Das war mir klar.«

Tag 10, 22:36 Uhr, Lungenheilanstalt, draußen.

Ich muss mich zurückhalten.

Wahrscheinlich ist es richtig so, natürlich könnte Ari noch einen Fluchtversuch wagen, wir können sie überhaupt nicht einschätzen. Aber trotzdem bereitet es mir Magenschmerzen, zu sehen, wie Theo die Spitze des Wicca-Speeres direkt auf Aris Oberschenkel gerichtet hat, während er gleich hinter ihr folgt. Sie ist unsere Gefangene, und sie darf unter keinen Umständen wieder entkommen.

Aber im Licht des abnehmenden Mondes, das bleich auf uns hinabscheint, sieht Theo wie ein Fremder aus. Es kommt mir vor, als würde er meine Zwillingsschwester bedrohen.

Manche Leute sagen ja, eineiige Zwillinge sind Klone. Aber das kommt nur halb hin, ich habe da mal was drüber gelesen. Schon im Mutterleib, noch vor der Geburt, gibt es zahlreiche kleine Mutationen im Erbgut, die die beiden sich voneinander unterscheiden lassen, wenn sie auf die Welt kommen. Und überhaupt, jeder, der ein bisschen Zeit mit solchen Zwillingen verbringt, kann sie einfach unterscheiden, weil es zwei unterschiedliche Menschen mit eigenen Persönlichkeiten und allem sind.

Das hier ist etwas ganz anderes. Das hier ist nicht einfach ein eineiiger Zwilling von Ira. Das ist Ira und eben doch nicht. Ich sehe meine Schwester dort laufen und eben doch nicht.

Wir haben den Bunker erreicht.

Ich steige als Erster runter, um Ari dann unten in Empfang nehmen zu können.

»Gott sei Dank, ihr seid zurück.« Ira kommt sofort auf mich zu und schließt mich kurz in den Arm, als ich unten bin. Ihre Augenringe scheinen noch tiefer geworden zu sein, am liebsten würde ich sie gleich ein zweites Mal drücken.

»Das sagt sie hoffentlich nicht, weil es *so* schrecklich war hier unten mit mir«, fügt Benny an, und wir geben uns zur Begrüßung eine kurze Faust. »Habt ihr …?«

In dem Moment kommt Ari auch schon durch die Bunkerluke und beginnt, die Leiter hinabzusteigen.

»Ja, haben wir«, sage ich also und warte am Fuß der Leiter. Als sie unten ist, dreht sie sich sofort um, ihr Blick sucht und findet Ira. »Da bist du ja. Hattest du Angst vor mir?«, fragt Ari ihr Ebenbild.

Ich trete einen Schritt zurück und stelle mich damit deutlich zwischen die beiden, damit Ari nicht einmal den Hauch einer Angriffschance wittern kann.

Ira schweigt. Egal, wie viel Zeit sie hatte, sich hier auf diese erneute Begegnung vorzubereiten – wie soll das schon wirklich gehen?

»Wir müssen uns in Ruhe besprechen«, sage ich. »Wenigstens bei den letzten Infos hat Mark uns nicht belogen. Vielleicht holen wir ihn hoch und lassen A… Irina für die kurze Weile unten.«

»Ich habe Platzangst«, sagt Ari.

»Es ist nur für kurz«, gebe ich schnell zurück.

Vorsichtig, ja fast unbeholfen berühre ich sie an der Schulter und führe sie zu der kleinen Luke, die hinab zum Brunnenraum führt. Ich öffne sie und bedeute Mark, herzukommen. Die Hände binde ich ihm noch nicht los, sondern helfe ihm beim Aufstieg, indem ich einfach an seinem Jackenkragen ziehe und ihm so ausreichend Halt gebe.

Ari und Mark starren sich funkelnd in die Augen. Dann steigt Ari doch ohne Widerstand die kleine Leiter hinab. Bevor sie noch etwas sagen kann, schließe ich die Luke.

Ich drehe mich zu den anderen um, Alva, Henrike und Theo sind mittlerweile auch alle im Bunker. Wir finden uns schnell zusammen, berichten einander und besprechen das weitere Vorgehen. Nun ist Ira dran. Wir müssen sie mithilfe von Mark zu einem gut gelegenen Übergang bringen, damit sie in der anderen Welt so schnell wie möglich an Marks Doppelgänger rankommt. Als ich vorschlage, dass ich als Wache für Ari hierbleibe, sind die anderen eher skeptisch.

»Ich weiß, was sie getan hat«, sage ich. »Aber sie … sie ist doch trotzdem noch jemand, der einen schweren Verlust erlitten hat. Was wäre so schlimm daran, wenn ich eine Weile hierbliebe. Vielleicht verhindert das eher einen dissoziativen Schub bei ihr. Die anderen kommen doch sofort wieder, wenn ihr den Übergang hinter euch habt.«

»Ich weiß nicht, Vanjo«, meint Ira.

»Ich glaube auch, das hat Vorteile«, schaltet sich nun Henrike ein. »Zumal Vanjo erschöpft ist und wir jedem von uns kurze Erholungsphasen geben müssen.«

»Außerdem hat der Narbenmann es ganz offensichtlich auf Vanjo abgesehen«, fügt Theo hinzu. »Wir werden die Dunkelheit nutzen, damit er uns nicht findet. Aber gerade jetzt müssen wir Vanjo nicht noch mehr gefährden.«

»Na gut«, meint Ira, aber sie sieht ganz und gar nicht überzeugt aus.

Ich bin froh, dass danach alles ein bisschen wie von selbst läuft. Denn die Erschöpfung kickt jetzt wirklich rein. Der Rest des Plans wird zügig besprochen. Mark darf unter strenger Bewachung durch Theo mit nach draußen, um einen guten Übergang zu finden und Ira letzte Instruktionen mitzugeben. Alva, Henrike und Benny kommen mit, um den Trupp abzusichern. Die Dunkelheit schützt sie hoffentlich. Aber wenn der Narbenmann mit seinen Leuten doch auftauchen sollte, müssen sie sich wenigstens halbwegs verteidigen können.

Um den Klamottenwechsel zwischen Ira und Ari – schließlich braucht Ira die grauen Patientenklamotten, um nicht aufzufallen – kümmern sich Henrike und Alva. Sie geben Ari die neuen Klamotten runter. Ira konnte in unserer Abwesenheit genug Wechselzeug aus den Rucksäcken zusammenbekommen, sodass Ari nicht in das Opferkleid der Wicca schlüpfen muss, in dem Ira vorher gesteckt hat. Nachdem das alles fertig ist, bindet Alva Ari sogar noch die Hände zusammen und schließt die Luke zum Brunnenraum wieder.

Der Trupp wird jeden Moment losgehen. Während die anderen sich bereit machen, kommt Ira zu mir rüber. Sie trägt nun den grauen Stoff der anderen Welt.

»Wie oft wir uns hier verabschieden, oder?«, sagt sie.

Ich nicke. »Nimmt auf Dauer ein bisschen die Dramatik raus, was?«

Ira schnaubt. »Drama haben wir auch so genug.«

»Reicht gerade so«, antworte ich trocken. Aber trotzdem hasse ich auch diesen Abschied. *Denn wieder weiß ich nicht, was da auf Ira zukommen wird in den nächsten Stunden. Und ich habe nicht einmal einen Einfluss darauf, niemand von uns hat das. Ira muss es ganz allein durchstehen.* Mir wird schwindelig bei dem Gedanken.

Meine Schwester drückt mich kurz und fest, löst sich dann wieder von mir und schaut mir direkt in die Augen. »Vergiss nicht, wer sie ist«, sagt sie. »Sie hat einen Menschen umgebracht. Oder einen, von dem *wir* wissen. Ich sollte wahrscheinlich ganz ruhig sein, weil ich ja anscheinend das naivste, blödeste Mädchen der Welt bin.« Sie wirft einen Seitenblick zu Mark, der bereits eng von Theo überwacht wird. »Aber ich möchte trotzdem, dass du vorsichtig bist, okay?«

»Bin ich doch, Ira«, sage ich weich.

»Gut.«

Tag 10, 22:57 Uhr, Lungenheilanstalt, Bunker.

Die Bunkerluke schließt sich über uns, und wir sind allein, Ari und ich.

Ich habe sie gleich wieder aus dem kleinen Brunnenraum hochgeholt, damit die Platzangst sie nicht durchdrehen lässt.

»Wo sind die anderen hin?«, fragt Ari.

»Nicht so wichtig. Die sind bald wieder da.«

»Und du passt jetzt auf mich auf?«

»Genau.«

»Die Fesseln tun weh am Handgelenk. Kannst du die vielleicht abmachen, solange die anderen weg sind?«, fragt Ari und streckt mir ihre Hände entgegen. Auf den Handballen zeichnen sich kleine Einkerbungen ab, wie wenn man einen Vogelschwarm in der Ferne zeichnen will.

Ich sehe sie zweifelnd an. Sie schaut hoch in meine Augen.

»Ich will doch nirgendwo anders hin.«

»Mach halt keinen Scheiß«, meine ich also und löse die Fesseln um ihre Handgelenke.

»Danke.«

Wir schweigen beide. Ich spüre eine seltsame Unruhe in mir, weiß nicht, ob ich rumlaufen, stehen bleiben oder etwas sagen soll. Das hier ist so … anders. Schließlich setzt Ari sich einfach auf den Boden des Bunkers, lehnt ihren Rücken gegen die Pritsche, und nach kurzem Zögern setze ich mich neben sie.

»Und … was hast du so gemacht?«, fragt Ari nach einer Weile, »… die letzten Jahre.«

Ich schnaube. »Na, du bist lustig.«

»Ein bisschen was weiß ich sogar. Ich habe bei ein paar von euren Gesprächen mithören können.«

»Vielleicht reicht das ja auch«, sage ich, nicht unfreundlich.

»Bist du denn glücklich?«, fragt Ari.

»Hm?«

»Ob du glücklich bist. Also nicht jetzt hier. Ich meine, bei dir zu Hause. Ging es dir gut, bevor das hier passiert ist? Warst du glücklich?«

»Ich …« Ich schlucke trocken. Die Frage überrumpelt mich irgendwie. »Keine Ahnung, ich kann es dir nicht sagen.«

Ari schweigt und erforscht mein Gesicht.

»Das ist eben eine Frage, die man sich nicht ständig stellt, weißt du«, rede ich weiter. »Wenn du mich so fragst, ja, bestimmt war ich glücklich.« Ich mache schon wieder eine Pause. Denke nach. »Ist natürlich auch nicht alles gut gelaufen, und keine Ahnung, ich habe wenig über mich nachgedacht in der letzten Zeit. Ich habe einfach gemacht, und das war auch schon okay so. Nur …«

Ich breche ab. *Was tue ich hier?*

Natürlich bringt diese Erfahrung hier einen ins Nachdenken über das Davor. Und bestimmt bereue ich auch, weniger, na ja, *wirklich gelebt* zu haben, was auch immer das eigentlich bedeutet, statt immer nur irgendeinem Trott zu folgen, den ich kannte. Aber das ist nichts, was ich mit der Doppelgängerin meiner Zwillingsschwester besprechen sollte.

»Weißt du, ich habe mir so viele Gedanken gemacht, warum es damals zu diesem Streit vor der Halle gekommen ist«, sagt Ari. »Immer wieder habe ich in den letzten Jahren darüber nachgedacht, warum wir überhaupt so zueinander gewesen sind, warum wir so geworden sind. Immer und immer wieder habe ich darüber nachgedacht – warum Ivana aufgehört hat.«

Ich schweige, lasse sie einfach reden. Aber mein Herz schlägt unruhig.

»Wir haben angefangen, uns wehzutun, weil wir Angst hatten«, spricht Ari weiter. »Angst, dass sich nur eine Kleinigkeit ändert und damit alles nicht mehr so ist, wie es war.«

»Wie meinst du das?«, frage ich leise, meine Stimme zittert zusammen mit dem schwachen Licht der Taschenlampe schräg über unseren Köpfen.

»Es waren so lange immer nur wir beide, von Sekunde eins an, nein, noch vor Sekunde eins gab es uns nur gemeinsam«, sagt Ari. »Und als wir gemerkt haben, dass sich das ändern könnte, weil wir älter werden, da war das wie eine große Gefahr für uns, die wir uns nicht erklären konnten. Ich habe immer gedacht, dass du dich von mir distanziert hast, weil du … keine Ahnung, mich nicht mehr so mochtest, mir wehtun wolltest, was weiß ich. Dabei glaube ich heute, dass du einfach nur noch mehr Angst davor hattest, was da passiert. Du hattest noch mehr Angst als ich vor dem Ende von Ivana, und deswegen bist du losgerannt. Und ich konnte das nicht verstehen.«

Sie hört auf zu reden. Ich spüre ihren Blick auf meinem Gesicht liegen, doch ich kann sie nicht angucken. Fühle mich ganz seltsam.

»Aber ich hätte das auch so irgendwann verstanden, Vanjo. Ich hätte aufgehört, dich dafür anzugreifen, und uns für das geliebt, was wir immer noch sind. Ich wäre anders zu dir gewesen.«

»Nein …«, ich schüttele langsam den Kopf, »nein, du … du wärst jetzt genau wie Ira, wenn das nicht passiert wäre, du wärst *sie.*«

Oder? Und wäre dann andersrum meine Ira exakt genau dieser Mensch geworden, der da neben mir sitzt, wenn ich damals vor der Turnhalle gestorben wäre?

Nein, das kann ich mir nicht vorstellen. Das ist nicht meine Schwester, und meine Schwester ist nicht sie, und sie könnten nie einander geworden sein.

Oder mache ich mir da nur etwas vor?

Ari greift nach meiner Hand, ihre ist ganz kalt. »Vanjo, ich bin nicht der böse Feind, für den mich deine Freunde halten.«

»Du hast Ricarda umgebracht, Irina.«

»Das war nicht ich. Also, da war ich nicht ich. Es war einer dieser Aussetzer.«

»Sie ist tot, Irina.«

»Ich weiß, aber es war ein Unfall. Es sollte mich selbst treffen, das … das zählt nicht. Das ist etwas anderes.«

»Es ist nicht in Ordnung.«

»Wir können dem allem hier entfliehen, Vanjisco. Eure Welt ist für euch nicht mehr erreichbar. Aber meine Welt schon. Unsere Welt.«

Ich gebe keine Antwort.

»Ich kenne dich, du bist mein Zwillingsbruder. Ich kenne dich so gut wie niemand sonst. Ich kann mich an jedes Wort erinnern, das zwischen uns gefallen ist, an jedes kleine Erlebnis, das andere längst überschrieben hätten. Ich trage das mit mir seit dem Abend vor der Turnhalle. Ich trage dich mit mir, immer.«

»Wenn du mich wirklich noch kennen würdest, dann wüsstest du, dass ich so einen Verrat meiner Schwester niemals antun würde, niemals würde ich sie allein zurücklassen.«

»ICH bin deine Schwester.« Tränen stehen in Aris Augen, während sie mich ansieht. »Unsere Welten sind nicht zufällig kollidiert, du hast Mark doch gehört. Ich habe nie aufgehört, dich zu lieben. Nicht wie *sie*.«

»So ein Bullshit.«

»Für sie bist du nur ein Mittel zum Zweck. Hier in der Anstalt braucht sie dich. Und wenn ihr zurück wärt, würde sie dich wieder fallen lassen.« Ari macht eine fahrige Geste in der Luft, ihre Augen sind halb zusammengekniffen und ihr Kiefer verkrampft.

»Sie hat dir deinen besten Kumpel weggenommen, sie hat dir immer wieder ein schlechtes Gewissen gemacht, weil du sie beim Turnen nicht unterstützt hast, bis heute hat sie das. Sie hat immer nur genommen, genommen, genommen. Und nie gegeben.«

»Hör auf!«

»Sie verdient dich nicht! Ich hätte dich nie so behandelt. Niemals hätte ich das!«

»Hör sofort auf damit!«, schreie ich mit einer so plötzlichen Heftigkeit, dass Ari zusammenfährt. Erschrocken schaut sie mich an. Ihre Augen klären sich nur allmählich.

»Ja.« Sie sieht zu Boden, und sofort ist ihre Stimme wieder weich und leise. »Entschuldige.«

»Ist doch in Ordnung.« Ich versuche meinen Puls runterzubekommen. Durchatmen. »Ist doch alles gut.«

»Ja, oder?«

»Nein, natürlich ist nicht alles gut. Aber wir müssen uns nicht streiten hier unten, das bringt weder mir noch dir irgendetwas.«

»Stimmt.«

Eine lange Stille breitet sich aus. Aber sie ist nicht unbedingt unangenehm. Wir lauschen dem kalten Schlaf der Bunkerwände, beobachten den Lichtkegel am Boden, und ich sehe, wie Ari nach einer Weile ihre Hände schließt und wieder öffnet, schließt und wieder öffnet. Dann scheinen sie sich zu entspannen.

»Ich bin froh, dass du hier bei mir bist, Vanjisco«, sagt Ari nach einer ganzen Weile, ihre Stimme ist mir so wohlbekannt, und ich stelle mir vor, wie sie sich angehört haben muss, als ihr Bruder von einem Auto zerschmettert wurde und sie wie von Sinnen geschrien und nicht mehr damit aufgehört hat.

Vorsichtig lehnt Ari sich an meine Schulter. Ich lasse es zu. Ihr Kopf wiegt schwer, ihre Haare lösen sich hinten aus ihrem Zopf.

Schon nach ein paar Minuten gehen kleine Einschlafzuckungen durch ihren Körper, und ich höre sie ruhig atmen. Ich bleibe steif sitzen, damit sie schlafen kann. Meine Augen weit offen, und in Gedanken sehe ich mein Grab auf dem Winkenburger Friedhof vor mir. Unter der Erde verwese ich.

EPISODE 5
Die Suche

Ira

Tag 10, 23:01 Uhr, Lungenheilanstalt, draußen.

In einer Sache muss ich Mark zustimmen. Wir dürfen ihr nicht trauen. *Ich* traue ihr nicht. Und ist das nicht seltsam? Fast so, als würde ich mich selbst belügen.

Es ist kalt, und die Anstalt, die wir von Weitem sehen, trägt ihr dunkles Nachtkleid. Das Rascheln unserer Schritte auf dem Boden wird von lauten Windböen verschluckt, die über das Gelände fegen.

Aber endlich geht es nach draußen. Den ganzen Tag hatte ich im Bunker ausgeharrt, während die anderen Ari gejagt haben. Immerhin hatte ich das erste Mal seit der Gefangenschaft bei den Wicca die Möglichkeit, etwas erholsamen Schlaf zu kriegen. Es hat nur lange gedauert, bis ich die Augen zubekommen habe. Denn der Gedanke, dass ausgerechnet Mark im unteren Brunnenraum des Bunkers gefesselt saß, hat mich nicht losgelassen.

Ich rieche am grauen Stoff der Patientenkleidung, die Ari unter ihrer Jacke trug. Wir haben sie getauscht, als Vanjo und die anderen mit ihr zurückkamen. Die Klamotten sind perfekt für meine Tarnung. Ich ziehe den Stoff am Kragen bis zur Nase hoch. Ich kann fast nichts riechen. Ob Ari und ich denselben Geruch besitzen und ich deswegen keine Eigennote darin erkennen kann?

Es ist stürmisch auf dem Weg zum Haupteingang der Anstalt. Mark führt mich zu einem Übergang in Aris Welt, damit ich dort seinen Doppelgänger aufspüren kann.

Henrike, Theo, Alva und Benny begleiten uns bis zur Schwelle. Seit Benny Mark die Fesseln abgenommen hat, richtet er den Dolch übertrieben nah auf seinen Rücken. Theo hat sich den Speer unter den rechten Arm geklemmt. Selbst Alva und Henrike sind bewaffnet.

Denn auch ganz abgesehen davon, dass Mark einen Fluchtversuch starten könnte – wer weiß schon, was hier hinter der nächsten Ecke lauert.

Ich werfe nochmals einen Blick zurück Richtung Bunker. Da ist ein ungutes Gefühl in meiner Bauchgegend. Ich lasse Vanjo und meine Doppelgängerin nicht gern dort unten zurück. Kann es sein, dass ein und derselbe Mensch sich in einer anderen Welt komplett anders entwickelt? Sollten wir nicht wenigstens im Wesen die Gleichen sein?

Ich wäre niemals zu einem Mord fähig. Ari hat Ricarda getötet.

Aber vielleicht war es auch gar nicht Ari selbst, vielleicht war es nur diese psychische Krankheit, die einen dunklen Teil in ihr geweckt hat.

Bestimmt trage auch ich einen solchen Teil in mir. Nur bricht dieser in ganz seltenen Momenten hervor. Und niemals mit so viel Wucht wie bei Ari. Damals beim Turnen habe ich dieses Mädchen bei einer Hebefigur absichtlich stürzen lassen. Ich schäme mich noch heute dafür. Und wahrscheinlich war es auch nicht das Ehrenhafteste, mit Marius zusammenzukommen und zuzulassen, dass Ivana darunter leidet.

Wenn ich ehrlich zu mir bin, sind Marius und ich vielleicht auch deswegen ein Paar geworden, weil ich sauer auf Vanjo war. Und weil ich die Zeit, die ich sonst mit meinem Bruder verbracht hatte, mit jemand anderem ersetzen wollte.

Ich schlucke, richte meinen Kopf wieder nach vorn. *Bitte, Vanjo, trau ihr nicht. Ich weiß, dass auch ich Fehler gemacht habe. Aber bitte halte zu mir.* Am liebsten würde ich zum Bunker zurückrennen und hinunterklettern. Ari von ihm wegzerren.

»Okay«, sagt Mark, als wir vor den Stufen des Hauptgebäudes zum Stehen kommen. Er dreht sich zu uns um, der Wind weht ihm die schwarzen Haare vor die Stirn. »Nach meinen Berechnungen haben wir noch ein bisschen Zeit, bis sich die Schwelle im Erdgeschoss auftun wird. Ira und ich können solange noch einmal die wichtigsten Informationen durchgehen.« Sein Blick huscht nervös von mir wieder zu den anderen. »Vielleicht könntet ihr uns einen Moment allein lassen?«

Benny mustert Mark misstrauisch, spielt mit dem Dolch in seinen Händen. »Also, ich weiß ja nicht.«

Henrike, die schräg hinter ihm steht, reißt ihn an der Schulter ein Stück zurück. »Schon gut. Wir bleiben einfach in der Nähe, Benny.«

Er schnalzt mit der Zunge, nimmt Mark weiter ins Visier. »Wenn's sein muss, aber macht schnell. Wir sind direkt hinter dem Brunnen.«

Henrike wirft einen prüfenden Blick in meine Richtung, so als suche sie meine Zustimmung.

»Okay«, sage ich.

Einen Augenblick stehen wir uns alle verloren gegenüber. Mark sieht auf den Zähler. Der Wert liegt bei 30. Theo nickt mir ermutigend zu, kehrt als Erster um. Nur Alva zögert noch. »Vergesst bei den ganzen Plänen nicht, was in den Schwesternquartieren los war. Wir haben wirklich keine Ahnung, was dich auf der anderen Seite erwarten wird, Ira. Aber die anderen beiden Leute, die wir mit dem Narbenmann gesehen haben, könnten aus dieser Station 6 sein.« Sie schürzt die Lippen. »Ich hoffe, deren Verschwinden ist in der Klinik noch niemandem aufgefallen.«

»Das hoffe ich auch«, sage ich. Wir nicken uns zu. Dann bleiben Mark und ich schließlich allein.

Ich spüre mein Herz kräftig schlagen. Meine Mission ist klar. Wir sind die Möglichkeiten, wie ich Marks Doppelgänger aufspüren kann, mehrmals durchgegangen. Ich kann mir jedoch denken, dass Mark gerade lediglich einen Vorwand gesucht hat, um mit mir in Ruhe sprechen zu können. Vermutlich hat Henrike das auch gemerkt, deswegen hat sie Benny zurückgehalten.

Ich presse die Lippen fest zusammen. Warum muss ausgerechnet Mark der Einzige sein, der mir gerade helfen kann?

Sobald Alva, Theo, Henrike und Benny außer Hörweite sind, muss ich dennoch eine Frage loswerden. Das ungute Gefühl ist nicht verschwunden. Mit strenger Miene blicke ich in sein Gesicht. »Wie ist mein anderes Ich?«

»Hab keine Angst, Ira«, sagt Mark und rückt ein Stück an mich heran. »Sie ist ganz anders als du, glaub mir.«

Und jetzt greift er beschwichtigend nach meiner Hand, doch seine Berührung lässt mich hochschrecken. Ich schiebe seine Hand von mir.

»Bitte, lass das«, sage ich, ohne ihn dabei anzusehen. »Außerdem hast du keine Ahnung, wie ich wirklich bin. Denn dann wärst du von Anfang an ehrlich zu mir gewesen.«

Ich weiche ein Stück zurück.

»Es tut mir leid. Ich … Ich …«, setzt er an, aber dann reißt ein weiterer heftiger Wind an meiner Jacke und in der Ferne an den Bäumen. Sie rauschen laut. Ihre Äste bewegen sich wie Peitschen in der Düsternis, wir blicken ihnen hinterher. Die dunklen Wolkenmassen ziehen hinter den Wipfeln vorbei, als wären es schwebende schwarze Ungeheuer. »Ich fürchte, ein Sturm zieht auf«, sagt Mark, und jetzt bin ich mir nicht mehr sicher, ob es der Wind oder seine Stimme ist, die mich erzittern lässt. Ich ziehe meinen Kopf tiefer in den Kragen.

»Lass uns endlich über uns reden«, drängt er, als die Böe wieder abebbt.

Über uns reden?! Ich stoße empört Luft aus der Nase. Ich wusste es.

Nervös sehe ich zum Brunnen. Nur wenn man weiß, dass die

anderen dort warten, kann man ihre Schemen hinter den steinernen Statuen erkennen. Sie halten Position. »Dafür haben wir jetzt keine Zeit«, sage ich, und ich kämpfe fest dagegen an, ich kämpfe so sehr, aber ich kann es kaum verhindern, die Tränen sammeln sich in meinen Lidern. So werde ich Mark erst recht nicht mehr in die Augen sehen können.

»Ich merke doch, dass du mir am liebsten komplett aus dem Weg gehen würdest. Muss es so sein? Hör mich wenigstens an.« Seine Finger umschlingen plötzlich zaghaft mein Handgelenk. Und ich weiß, noch vor ein paar Tagen wäre es das Normalste überhaupt gewesen.

Aber das reicht.

Er will mich zu sich ziehen, ich blicke auf seinen breiten Oberkörper. Und die ganze Wut, die in mir gebrodelt hat, scheint jetzt doch plötzlich wie weggeblasen. Die Berührung um mein Handgelenk erinnert mich an die Wellen, die jedes Mal über mir eingebrochen sind, wenn Mark mir nahe kam. Ich weiß, welches Gefühl seine Finger auf meiner Haut hinterlassen haben. Die Gedanken daran sind so geladen, dass ich mich dafür hasse. Ich keuche, und anstatt auf diese breite Brust einzuprügeln, ist das alles, woran ich denken kann.

»Sieh mich an.« Der tiefe Klang seiner Stimme lässt einen Schauder meinen Rücken herunterrieseln.

Ich blicke zu ihm hoch, in die eisblauen Augen, die mich belogen haben. Es ist das erste Mal, dass ich ihn wieder ansehe, ohne dabei all die schmerzlichen Gedanken an seinen Verrat wegzusperren. Mein Herz pocht so wild, dass es wehtut. Ich halte es kaum aus, ihn nicht anzufassen, mich nicht einfach in diese Arme hineinfallen zu lassen.

Der Kloß in meinem Hals drückt. Ich winde mich endlich aus Marks Griff, dabei streicht sein Daumen über mein Handgelenk.

Die ganze Zeit habe ich es geschafft, einen Moment wie diesen zu vermeiden, denn ich wusste, seine Nähe würde mich mit aller Heftigkeit überkommen.

»Es ist mir egal, was du zu sagen hast, Mark. So hat mich noch nie jemand behandelt.« Meine Stimme ist dünn.

Das Blut weicht aus seinen Wangen, er taumelt kaum merklich ein Stück zurück. »Ich … Ich wollte es dir früher sagen, mehrmals. Im Jeep und auch im Fangnetz. Du erinnerst dich sicher. Aber ich hatte Angst, du würdest mir nicht glauben und –« Mark bricht ab. Seine Augen sind nun tatsächlich mit einem schimmernden Glanz überzogen, und ich bin mir nicht sicher, ob es der Wind ist, der sie so glasig macht, oder ich.

»Lass gut sein. Ich weiß, dass du die Technologie vor der Öffentlichkeit verbergen wolltest, das weiß ich. Aber du hast dafür eiskalt das Leben aller aufs Spiel gesetzt. Und ich dachte, ich würde dich so gut kennen, dass du so etwas niemals tun würdest. Wenn ich deinen Doppelgänger aufspüre und wir von diesem Ort wegkommen, dann …« Ich mache mich gerade. »… dann ist es am besten, du tust so, als hättest du mich nie kennengelernt.«

Eine Träne sammelt sich jetzt in Marks Augenwinkel, bevor sie hinabrinnen kann, wischt er sich grob mit dem Handrücken übers Gesicht. »Ira. Du weißt, dass meine Gefühle für dich die ganze Zeit echt waren.«

Ich drehe den Kopf von ihm weg, schaue auf die Risse der zersprungenen Steinplatten am Boden, lasse mir die Haare vom Wind ins Gesicht wirbeln.

»Ich habe dich angelogen, ja, euch alle, und das aufs Übelste. Aber dass ich mich dabei in dich verliebt habe, das war keine Lüge.«

Seine Worte sitzen, sie schnüren mir die Kehle zu. Ich ringe ebenfalls um Fassung, fixiere einfach weiter die Risse im Boden und presse den nächsten Satz gerade so heraus: »Ich fühle nichts mehr für dich.«

»Dann beweis es mir«, sagt Mark und umgreift zart mein Kinn. Ich lasse zu, dass er es zu sich dreht. Er kommt mit seinem Gesicht so nah an meines heran, dass ich seinen schnellen Atem nun auf meinen Lippen spüren kann.

Mir wird schwindelig von seinem Geruch. Meine Knie sacken gleich unter mir weg – aber ich kämpfe dagegen an, kämpfe gegen diesen Kuss, der jede Sekunde geschehen könnte. Aber ich halte durch. Und ein Teil von mir wünscht sich, dass ihn das so sehr verletzt, wie er mich verletzt hat – auch wenn dieser Gedanke kindisch ist.

»Wir müssen los.« Ich löse mich von ihm, deute nüchtern auf den Zähler, den er immer noch in seiner linken Hand hält und der jetzt aufblinkt. »Bring mich weg aus dieser Realität.«

Tag 10, 23:17 Uhr, Lungenheilanstalt, unbekannte Gänge.

In einem Flur im Erdgeschoss halten wir an. Das leuchtende Display des Zählers schafft es, einen kleinen Radius um uns herum zu erhellen. Alva, Theo, Henrike und Benny haben uns bis zu diesem Punkt begleitet. Jetzt müssen sie jedoch mit Sicherheitsabstand von uns entfernt bleiben, da wir nicht riskieren wollen, dass die Schwelle womöglich noch jemand anderen als mich erwischt.

»Wenn du das Summen gleich hörst, wird sich der Übergang öffnen«, sagt Mark aufgeregt. »Du wirst in Aris Welt ebenfalls in einem der Flure mit den Patientenzimmern landen.«

»Ist gut«, antworte ich. Auch wenn ich mir kaum vorstellen kann, wie sich diese kalten Gemäuer um mich herum in ein modernisiertes Gebäude einer geschlossenen Klinik verwandeln sollen.

»Zimmer 217 ist das von Ari. Dr. Finn ist der behandelnde Psychiater, die Sitzungen beginnen um –«

»Sieben Uhr dreißig, ich weiß. Ich schaffe das schon, Mark.« Ich habe alle wichtigen Informationen auswendig gelernt. Leider konnte Mark auch herausfinden, dass unsere Handys in der anderen Welt keinen Empfang haben. Aber im Moment sind unsere Akkus sowieso leer. Am besten also, ich schleiche mich in Aris Welt direkt zum Empfangstresen. Solange es noch Nacht ist und bevor die Dame an der Rezeption den Dienst beginnt. Mit dem Telefon am Tresen werde ich versuchen, Marks Doppelgänger zu kontaktieren. Anscheinend wohnen der und seine Mutter im selben abgelegenen Dorf neben Winkenburg, ebenso wie in unserer Welt. Das und die entsprechende Telefonnummer hat Mark bei seinen Recherchen herausgefunden. Weshalb er diese Information gesammelt hat, habe ich nicht gefragt. Ich bin mir jedoch sicher, dass es die Sehnsucht war, die ihn dazu getrieben hat.

»Die Nummer?«, fragt Mark ein letztes Mal.

»481 516.«

»Gut.«

Wir nicken uns zu.

Der Durchzug an den Fenstern heult, wie das Quietschen einer uralten Tür. Durch eine der kaputten Scheiben kann ich sehen, dass der Sturm nun direkt über uns ist. Er reißt die Blätter der Bäume gewaltvoll mit sich.

Ich reibe mir die Arme. Seine unbändige Kraft macht mich nervös. Gibt mir das Gefühl, dass Mächte existieren, gegen die es sinnlos ist anzukämpfen. Ist es nicht so, dass wir auch gegen eine solche Macht ankämpfen? Es kann nicht richtig sein, dass sich überhaupt jemand bemächtigt, das Gleichgewicht zweier Welten durcheinanderzubringen. Vielleicht will sich die Anstalt auch an uns rächen. Es schüttelt mich. Wie das Wetter wohl auf der anderen Seite sein mag?

Bestenfalls liegen die Patienten einfach alle friedlich in ihren Betten. Ich kann nur hoffen, dass dort niemand von dem Verschwinden des Narbenmanns und der anderen beiden etwas mitbekommen hat.

Mark reckt das Kinn, seine Augen huschen aufmerksam durch den düsteren Flur. Am liebsten würde ich die Konturen seines Profils mit den Fingern nachzeichnen. Aber wieso denke ich jetzt überhaupt an so was? *Konzentriere dich, Ira.*

Ich streiche mir nachdenklich über den Mund. Ich hätte vorhin fast zugelassen, dass er mich küsst. Er wusste, wie sehr sich etwas tief in mir noch danach sehnt.

Auf dem Zähler blinkt immer wieder die Zahl 80 auf. »Da ist es«, sagt Mark. »Wenn du deine Aufmerksamkeit darauf richtest, kannst du es hören.«

Ich spitze die Ohren. Es summt. »Ja«, flüstere ich. Wie ein millionenfacher Schwarm mikroskopischer Fliegen. Das Geräusch dringt so nah an mich heran, dass es mir vorkommt, als wären wir mit diesen merkwürdigen Insekten unter einer Glocke gefangen. Bis sich das Summen in ein Vibrieren verwandelt. Die Wände der Anstalt zittern vor meinen Augen.

Mark drückt mir etwas in die Hand – das Foto seiner Mutter! »Um meinen Doppelgänger zu überzeugen«, sagt er, und bevor ich antworten kann, überreicht er mir schnell noch den Zähler, ich nehme das kleine Gerät entgegen. »Du schreitest einfach hindurch.« Er deutet in die Tiefe des schwarzen Flurs. Jetzt tritt er schnell zurück, sodass die Schwelle nur noch mich erfassen kann. Ich sehe ein letztes Mal über die Schulter, bevor ich losgehe. Hinter Mark stehen Alva, Henrike, Theo und Benny. Ihre Gesichter kann ich von hier nicht mehr erkennen. Aber das von Mark schon. Er formt etwas mit seinen Lippen, vielleicht ein *Pass auf*? Vielleicht auch ein *Ich liebe dich*?

Ich weiß es nicht. Ich fühle mich plötzlich ganz leicht, dann laufe ich los. Die Schwärze des Korridors fängt mich ein.

Tag 10, 23:21 Uhr, Geschlossene psychiatrische Anstalt am Winkenberg, Flur, Erdgeschoss.

Blaue Strahlen schwirren um meinen Kopf. Die Lichtkegel wirbeln im Kreis, alles dreht sich.

Ich schnappe nach Luft. Über mir ist jetzt ein lautes Geräusch. Noch viel lauter als das des einbrechenden Sturms eben. *Donner? Träume ich? Bin ich richtig?*

Die Geräuschkulisse ist gewaltig. Ich trete näher an das Fenster des Flurs, in dem ich gelandet bin, und blicke durch Gitter raus aufs nächtliche Anstaltsgelände. Es ist Blaulicht, dort draußen ist Blaulicht! Ich schirme mein Gesicht mit den Händen ab. Es blendet mich durch die Scheibe.

Da sind auch Polizeiautos. Schwarze Bullis, Menschen in Uniformen stürmen heraus. Und das sind keine normalen Uniformen. Sie tragen Helme und Schutzwesten und lange Waffen. So, wie man sie sonst nur in den Nachrichten bei schweren Einsätzen sieht. Das ist ein Spezialeinsatzkommando. Was Schlimmes muss passiert sein!

Mein Puls rast. Ich lehne den Kopf noch dichter ans Fenster. In Aris Welt ist soeben das SEK eingetroffen, und der Donner über mir ist der ohrenbetäubende Propeller eines Hubschraubers, der Kreise übers Dach zieht. Es läuft mir kalt den Rücken hinunter.

Plötzlich vernehme ich Stimmen hinter mir, ich fahre herum.

Dort stehen bestimmt mehr als fünf Patientinnen und Patienten in grauen Schlafanzügen, die aus ihren Zimmern gekommen sind und die Köpfe im Duster zusammenstecken. Sie scheinen in diesem Tumult mein plötzliches Auftauchen zum Glück nicht bemerkt zu haben. Hastig verstecke ich den Zähler unter meiner Jacke. Jemand schaltet das Licht im Flur an, ich zucke unter den grellen Hängelampen zusammen. Eine etwas mollige Frau mit dunklem Teint und Dutt läuft eilig den Flur entlang und klatscht in die Hände. Es scheint die leitende Schwester zu sein, sie bleibt ungefähr fünf Meter weit von mir entfernt stehen. »Bitte alle Ruhe bewahren. Die Polizei versucht, die Fährte der geflüchteten Patienten aufzunehmen. Am besten, Sie gehen alle auf Ihre Zimmer zurück«, ruft sie über das laute Rattern des Hubschraubers hinweg.

Scheiße. Alva hat es befürchtet. Das Verschwinden vom Narbenmann und seinem Gefolge muss hier längst Alarm ausgelöst haben!

Mein Puls schießt in die Höhe. Hinter der Schwester rücken die ersten Polizisten heran. Ihre Augen suchen den Raum ab. Ich fühle mich auf einmal so auffällig, selbst in Aris grauer Kleidung. Als wäre ich diejenige, die hier etwas verbrochen hätte. Aber schließlich habe ich ja auch etwas zu verbergen. Ich drücke mich an die Wand zurück.

»Die Beamten werden ein paar Fragen an einige von Ihnen haben, bis dahin bewahren Sie bitte Ruhe!«, verkündet die leitende Schwester. Sie hat nervöse Flecken um den Hals bekommen, und einige Haarsträhnen fallen aus ihrem Dutt.

»Sind wir in Gefahr?« Eine Patientin mit auffällig vielen Piercings um Lippe und Nase tritt an die Schwester heran. Sie blickt abwechselnd von ihr zu den Beamten und zurück. »Wir haben gehört, jemand ist aus Station 6 ausgebrochen?«

Eine der Beamtinnen greift der Schwester vor. Sie wirkt sehr groß für eine Frau. Ihre Schultern sind massig, sehen aus wie die einer ehemaligen Leistungsschwimmerin. Ihr buschiges Lockenhaar ist in einen Pferdeschwanz gebunden. »Wir haben das Gelände abgeriegelt. Auf allen Stockwerken sind Polizisten platziert. Wir kümmern uns um Ihre Sicherheit, das verspreche ich Ihnen.«

Die Patientin nickt, streicht sich fahrig eine blau gefärbte

Strähne hinters Ohr. Die leitende Schwester legt ihr eine Hand auf die Schulter. »Ist schon gut, meine Liebe, du kannst erst mal wieder in dein Zimmer«, sagt sie bemüht ruhig, dann wieder an alle. »Das gilt auch für den Rest.«

Die Flucht vom Narbenmann und den anderen beiden hat hier alles ins Chaos gestürzt! Ich beiße mir auf die Lippen. Vor allem werden sich die Leute den Ausbruch kaum erklären können. Wie denn auch, wenn drei Menschen sich scheinbar plötzlich in Luft auflösen.

»Irina, was machen Sie denn hier?«

Verdammt.

Die leitende Schwester hat erste Patienten in die Zimmer gescheucht, dann hat ihr Blick mich gefunden. Sie tapst auf mich zu. »Wir haben Sie heute am Tag mehrmals vermisst. Wo waren Sie denn ständig? Und sagen Sie, wieso haben Sie eine Jacke an?« Sie kommt jetzt sogar so nah, dass sie den Stoff mit ihren Fingern anheben kann. Sie betrachtet ihn und rümpft dabei die Nase.

»Ich, ähm –«, stottere ich, während die große Beamtin, die immer noch hinter der Schwester steht, mich misstrauisch beäugt. Der Hubschrauber zieht weiter seine Kreise, eine Sirene heult übers Gelände wie das unaufhörliche Kreischen eines Säuglings, der nach seiner Mutter schreit. Ich kann mich kaum konzentrieren. Seit Tagen war ich fernab jeglicher Zivilisation, und jetzt redet eine Fremde auf mich ein, überall sind Leute, und diese Polizisten starren mich an. Die Kulisse erschlägt mich. *Konzentriere dich, Ira. Sie werden dich für eine ganz normale Patientin halten, mehr nicht.* Ich räuspere mich. »Ich hatte einen schlechten Tag, ich … ich war immer mal wieder draußen, wollte einfach nur an die frische Luft.«

Die Schwester lässt nun endlich meine Jacke los. *Oh Mann, wenn sie nur wüsste.*

»Ach herrje, hier bricht der ganze Laden zusammen, und Sie spazieren herum. Warum sind Sie nicht auf Ihrem Flur?«

»Tut mir leid, ich –«

»Ab mit Ihnen ins Bett, husch!« Sie deutet mit den Händen energisch Richtung Treppenhaus.

»Moment«, sagt die große Beamtin hinter der Schwester jetzt und spricht an mich gewandt: »Wenn Sie wirklich noch draußen waren, vielleicht haben Sie dann etwas gesehen?«

»Ähm …«, antworte ich zögerlich, während mein tobender Herzschlag mich von innen gerade auffressen möchte. Die Schwester mag zwar bloß ein bisschen irritiert gewesen sein, aber der Beamtin werden meine aufgescheuerten Handgelenke, die ich unter meiner Jacke versteckt habe, der Schweißgeruch und die fettigen, verfilzten Haare ganz sicher nicht entgehen. Selbst in Aris grauen Klamotten sehe ich nicht aus, als würde ich hierhergehören.

»Sie könnten uns sicher ein paar Fragen beantworten«, sagt sie. Ihre Stimme ist rau, klingt, als hätte sie schon sehr viel in ihrem Leben durchgemacht.

Fragen beantworten? Ich schlucke. »Sicher, nur …« Ich werfe einen Hilfe suchenden Blick in Richtung der Schwester.

Sie schnalzt mit der Zunge. »Nun gut, machen Sie schon.«

Verdammt. Mir wird plötzlich ganz heiß. Aber was bleibt mir anderes übrig, ich muss der Beamtin folgen. Auf dem Weg sieht man immer wieder Polizisten, die mit Patientinnen und Patienten oder Pflegekräften sprechen und vermutlich auf nützliche Zeugenhinweise hoffen. Als wir an Fenstern vorbeikommen, erkenne ich Spürhunde, die draußen hinter den gelb-schwarzen Absperrbändern um Station 6 herumschnüffeln. Sie sind sicher beauftragt worden, alles durchzukämmen. Finden werden sie jedoch nichts. Nicht ein Indiz darauf, wohin die drei Patienten verschwunden sind.

Ich kann nur hoffen, dass der Narbenmann Vanjo und die anderen in meiner Realität nicht längst aufgespürt hat. Es liegt jetzt an mir. Ich straffe die Schultern. *Ich darf sie nicht enttäuschen.*

In den Vitrinen an den Seiten stehen Vasen mit Pampasgras. Über einen roten Teppich am Boden geht es nach ein paar Metern durch eine automatische Schiebetür. In diesem Flur dominieren hohe Holzschränke die Wände. Immer wieder fürchte ich, gleich ein Schlagloch zu entdecken oder rauen Putz, der unter den Tapeten bröckelt. Aber so genau kann ich mich gar nicht umsehen, ich habe Mühe, der Beamtin zu folgen.

Schließlich führt sie mich in einen spärlich eingerichteten Raum. Außer Aktenschränken und hohen Regalen voll Ordnern steht nur ein Tisch in der Mitte. Es riecht nach vergilbtem Papier. Vermutlich werden hier alte Patientenakten archiviert. Ich kann nicht sagen, ob ich in der Anstaltsruine in unserer Welt schon einmal hier war. Ein Kollege schließt die Tür hinter mir.

Ich darf mich setzen, die große Beamtin nimmt gegenüber Platz. Ihr Gesicht ist voller Sommersprossen, und die Wimpern sind hellblond. Sie sieht mich durchdringend an. Das erinnert mich an Verhöre, wie ich sie aus Filmen kenne. Fehlen nur noch die Handschellen, die mir angelegt werden.

»Wir haben nicht viel Zeit«, eröffnet sie das Gespräch. »Mein Name ist Susanna, aber nennen Sie mich gern Susan. Ich bin Kommissarin der Kriminalpolizei und leite zusammen mit dem SEK diese Ermittlungen. Der Herr neben mir«, sie deutet mit der Hand auf den streng aussehenden Mann mittleren Alters neben sich, »ist Martin, er ist Profiler.«

Ich nicke, schiebe mich in dem kalten Plastikstuhl zurück. »Wie kann ich helfen?«, frage ich. Meine Hände sind schweißnass. Sie können mir zwar nichts vorwerfen, dennoch merken solche

Profis, wenn jemand lügt. Und gut im Lügen war ich laut Vanjo noch nie.

Die grelle Deckenleuchte über unseren Köpfen sirrt. Sie macht ein ungemütliches Licht. Ich schäle mich aus der Jacke, hänge sie ungeschickt über die Rückenlehne, dabei klackert der Zähler in der Innentasche. *Oh nein, den hatte ich für einen Augenblick völlig vergessen!* Ich zupfe den Ärmel schnell so hin, dass man nichts erkennen kann. Mir steigt vor Aufregung Blut in den Kopf, es ist, als würde es unter meinen Schläfen pulsieren. Im grauen Anstaltspulli ist mir trotzdem noch zu warm.

»Kannten Sie einen der drei geflüchteten Patienten?«, fragt Susanna.

»Nur den Narbenmann«, antworte ich, in Gedanken immer noch bei dem Zähler in meiner Jacke. Beinahe hätte dieses Ding mich entlarvt.

»Den Narbenmann?«, hakt Susanna nach.

»Entschuldigung«, sage ich schnell. »So nenne ich ihn nur meistens. Mir fällt im Moment sein richtiger Name nicht ein.«

»Gerald?«

Mist. Ich atme kaum hörbar aus, versuche, entspannt zu wirken, und pokere. »Genau.«

»Ist Ihnen denn an Gerald in den letzten Wochen irgendetwas aufgefallen? Hat er sich anders verhalten als sonst? Haben Sie je von irgendwelchen Plänen seinerseits gehört?«

»Mhhh.« Ich merke, wie mir der Schweiß aus den Poren treibt. Immerhin schien ich mit dem Namen richtigzuliegen. »Nein, nicht dass ich wüsste.«

»Sicher? Einer der Pfleger erzählte mir, dass man Gerald öfter seltsame Dinge vor sich hin murmeln hörte. Zuletzt hatte er wohl sogar eine neue Freundschaft mit einem Patienten hier geknüpft.«

»Gerald verhält sich immer komisch.«

»Wie war gleich noch mal Ihr Name?«

»Irina«, antworte ich.

»Sind Sie sicher, dass Sie mir da nichts verschweigen, Irina?«

Susanna hat die braunen, streng blickenden Augen nun zu schmalen Schlitzen verengt. Sie lehnt sich ein Stück vor, stützt sich mit den Handflächen auf dem Tisch zwischen uns ab. Ihr Blick wandert einmal genau über mein Gesicht.

»Nein«, antworte ich schließlich. »Wieso sollte ich? Ich fürchte mich selbst vor diesem Mann.«

Ich sehe ausweichend in das Gesicht des Profilers neben ihr, doch der betrachtet das Geschehen weiterhin stumm und ohne eine Regung.

»Die leitende Schwester hat doch eben gesagt, dass man Sie den Tag über ein paar Mal vermisst hat«, fährt die Kommissarin fort.

Ich schlucke. »Hören Sie, ich mache gerade viel durch und ... wegen der Medikamente fühle ich mich manchmal wie im Nebel. Ich ... Ich bin nirgendwo erschienen, weil ich die Kraft dazu nicht hatte. Das Einzige, was ich wollte, war, allein zu sein.«

»Ich verstehe.« Susanna lehnt sich endlich wieder ein Stück zurück. Die Lampe über uns flackert. Die Strenge in ihrem Gesicht bleibt. Ich schwitze, widerstehe aber dem Drang, am Kragen meines Pullis zu zerren.

»Ist Ihnen wenigstens etwas Ungewöhnliches aufgefallen, als Sie draußen herumspaziert sind?«, fragt sie.

»Nein, gar nichts. Aber wenn Sie mich fragen, ist Gerald längst irgendwo in den Wäldern verschwunden.«

»Wir haben es hier immer noch mit drei potenziellen Straftätern zu tun. Diese Menschen sind nicht ohne Grund eingesperrt. Sie könnten zu allem fähig sein«, sagt Susanna. »Denken Sie an Ihre Familie, Mitschüler oder nichts ahnende Spaziergänger. Stellen Sie sich mal vor, die Geflohenen sind tatsächlich unterwegs nach Winkenburg. Wir wollen doch nicht, dass sie dort irgendwelchen Schaden anrichten. Also denken Sie noch einmal genau nach, Irina. Jedes kleinste Indiz könnte hilfreich sein. Sie wirken verängstigt, das sehe ich. Ich habe selbst ein Kind in Ihrem Alter. Ich merke meinem Sohn sofort an, wenn er mir etwas verheimlicht. Bei seinem letzten LARP ist er in ein privates Grundstück eingebrochen. Am Ende kommt es immer raus, wissen Sie? Am Ende kommt die Wahrheit immer ans Licht.«

Sohn? LARP?

Etwas in meinem Kopf macht klick. Winkenburg ist klein. Susanna muss die Doppelgängerin von Theos Mutter sein! Ich erinnere mich zu gut an das Gespräch im Brunnenraum des Bunkers, als er mir völlig verzweifelt erzählte, dass seine Mutter Polizistin ist und sie in seinen Augen versagt hat. Meine Kehle schnürt sich zu. *Ach Theo, wenn du das jetzt nur erleben könntest.* Diese Erkenntnis macht mich fertig. Unsere Eltern, meine Freunde und Verwandten, irgendwo in dieser Realität könnte ich sie alle wiedersehen. Einfach mit dem Fahrrad in die Mohnfelderstraße radeln und mich in die Arme meiner Mutter werfen. *Nicht daran denken. Bloß nicht daran denken.* Aber es ist zu spät. Ich spüre, wie die Tränen drohen, gegen meinen Willen hervorzubrechen.

Susanna schiebt eine Hand über den Tisch in meine Richtung. Sogar auf ihrem Handrücken hat sie unzählige Sommersprossen. »Was es auch ist, Sie können mir vertrauen. Alles, was Sie sagen, ist hier sicher. Drängt Sie jemand dazu, zu schweigen? Haben Sie Angst?«

Sie ist gut. Susanna ist verdammt gut.

Welche Versagensgedanken Theo auch über sie in *seiner* Welt haben mag: Hier wirkt sie nach außen vielleicht unnahbar, aber wer ein so sensibles Gespür für Menschen hat, hat doch sicher selbst einen weichen Kern.

Ihr Blick brennt regelrecht auf meinem Gesicht. Tatsächlich wäre ich der Schlüssel ihrer Ermittlung.

Mein Mund ist trocken. Ich befeuchte meine Lippen, sehe ausweichend zum Fenster, ohne wahrzunehmen, was hinter den Scheiben geschieht. *Was es auch ist, ich kann es ihr sagen?*

Auch wenn ich ihr erzählen würde, dass der Doppelgänger ihres Sohnes gerade mit den gefürchteten Patienten in einer anderen Realität festsitzt?

Susanna würde mir doch niemals glauben. Es sei denn, das SEK stößt bei den Ermittlungen selbst auf eine der Überlappungen oder das Geheimnis dieses Ortes. Oder noch schlimmer: Ich kann hier doch nicht so lange bleiben wie gedacht, und es zieht mich unvorbereitet in meine Realität zurück.

Was, wenn ich Susanna einfach die Wahrheit sage? Sie könnte mir helfen, Marks Doppelgänger zu finden, und uns dadurch aus all dem befreien. Ein unruhiges Kribbeln steigt in mir empor.

»Irina, was ist los?«

Ich reiße den Blick endlich wieder vom Fenster. In Susannas Gesicht kann ich nun auch die Ähnlichkeit zu Theo erkennen. Ich öffne den Mund. Mein Herz hämmert immer kräftiger. Vielleicht ist es das Beste so. Aber kurz bevor ich die Worte ausspreche, halte ich inne.

Das hier ist nicht mein altes Leben. Und für Susanna bin ich auch nicht Ira.

Ich bin Irina und stecke in einer geschlossenen Klinik fest, bei mir wurde eine psychische Störung diagnostiziert. Die Kommissarin müsste nur einmal meine Krankenakte durchblättern und darin lesen, dass sogar schon Onkel Arno an Schizophrenie gelitten hat. Sie würde mir nicht glauben. Niemand würde das, niemand, dem nicht das gleiche Unvorstellbare widerfahren ist wie mir und den anderen Bootcampern. Außerdem könnte ein solches Geheimnis in den falschen Händen an die Öffentlichkeit gelangen. Genau das, was Mark versucht hat zu verhindern! *Jetzt nur keinen leichtsinnigen Fehler machen.*

Schließlich schüttle ich den Kopf. »Es tut mir leid. Ich kann Ihnen nicht weiterhelfen.«

»Ich merke doch, wie da etwas in Ihnen vorgeht.« Susanna redet nun immer lauter, dringlicher. »Das Wohlbefinden vieler Menschen hängt möglicherweise davon ab, dass Sie uns jetzt die Wahrheit sagen.«

»Ich weiß von nichts, das schwöre ich«, antworte ich mit festerer Stimme. »Kann ich jetzt bitte gehen?«

Sie wartet noch einen Moment. Viel länger halte ich das nicht aus. Ich atme flach, bestimmt habe ich bereits einen roten Kopf bekommen.

»Fürs Erste«, antwortet Susanna endlich und nickt. »Martin.« Sie richtet sich an ihren Kollegen, ohne mich dabei aus den Augen zu lassen. »Hol mir den Nächsten rein.«

Tag 10, 23:45 Uhr, Geschlossene Psychiatrische Anstalt am Winkenberg, Erdgeschoss, Flur.

Verdammt, verdammt, verdammt. Ich wedle an meinem Pullover, in der Hoffnung, der Schweiß darunter möge etwas trocknen. Das war knapp. Viel zu knapp! Und einem weiteren Verhör werde ich mich ganz sicher nicht entziehen können. Susanna weiß, dass ich etwas zu verbergen habe.

Dabei muss ich doch nur an ein Telefon! Hektisch suche ich den Flur ab. Allerdings orientierungslos. Ich erkenne kaum etwas aus der alten Anstalt wieder. So verwirrt, wie ich aussehe, verkörpere ich im Moment wohl wirklich das Klischee einer psychisch erkrankten Patientin. Es sind immer noch viele Leute auf den Gängen. Aufgewühltes Personal, Polizisten und vereinzelt Patientinnen und Patienten, die vom Pflegepersonal beruhigt werden. Ich bin im größten Eklat gelandet, den die geschlossene Anstalt am Winkenberg wohl bis jetzt erlebt hat. Dieses Gebäude wird so gut überwacht sein wie noch nie.

Wie zur Hölle soll ich da an ein Telefon gelangen? Oder mit Marks Doppelgänger wieder von hier verschwinden?

Okay, atmen. Atmen, Ira. Tür rechts. Treppen hoch. Zweiter Stock. Es geht durch Schiebetüren, wo sonst leere Öffnungen oder herausgebrochene Durchgangsbögen waren. Unter den hübschen Teppichen kann ich die alte Anstalt regelrecht *spüren.* All diese künstlerischen Gemälde an der Wand hängen dort, als wollten sie das hässliche, wahre Gesicht unter der Tapete verbergen. Es schaudert mich. Das alles fühlt sich so verboten an.

»Irina.« Jemand fasst nach dem Ärmel meines Pullis, im ersten Moment erinnert er mich fast an Benny. »Alles okay?«

Ich blicke in die Augen eines jungen Pflegers.

»Wo warst du? Ich hab dich im Zweiten gesucht!«, sagt er.

Ich schüttle nur den Kopf, winde mich aus dem Griff des Fremden, er wirkt nicht viel älter als ich. »Ich bin müde«, sage ich nur. »Erzähl ich wann anders.«

Der Pfleger wirkt enttäuscht. »Okay.« Es scheint, als würde Ari ihn gut kennen. »Na ja, ich bring dich trotzdem noch auf dein Zimmer, und da musst du auch bleiben, ohne Ausnahmen. Ich habe Nachtdienst auf deinem Flur. Mach mir nur keinen Ärger, nicht heute.«

»Ähm«, sage ich und setze wieder einen Fuß vor. Es ist besser, wir gehen einfach weiter den Korridor entlang, damit ich dieser Situation schnell entfliehen kann. »Sorry, ich werde echt keinen Ärger mehr machen, versprochen.« Ich lächle ihm zu. Wir haben die Zimmernummer 207 erreicht. Weit kann es nicht mehr sein.

»Das will ich mal hoffen«, sagt er mit hochgezogenen Augenbrauen.

215, 216, Zimmer 217. *Endlich.* Vor der Tür bleibt er noch einen Moment stehen und mustert mich. Ich schiebe meine Hände in die Hosentaschen, sehe ausweichend zur Seite, dann wieder in sein Gesicht.

»Und nimm mal 'ne Dusche, die kannst du, glaub ich, gebrauchen.«

Ich lache auf. »Der ganze Aufruhr hier hat mich ganz schön ins Schwitzen gebracht.« Keine Ahnung, wie die beiden sonst miteinander umgehen. Aber eine bessere Antwort fällt mir auf die Schnelle nicht ein.

»Sicher, dass du klarkommst?«

»Sicher.«

»Gut, ich hab nämlich zu tun, aber du weißt ja, wo du mich sonst findest.« Er zwinkert mir zu.

»Danke.« Ich lege meine Hand auf die Türklinke, bereit zum Abschied.

»Gute Nacht«, sagt er.

»Gute Nacht.«

Ich hole erst wieder Luft, als die Tür endlich hinter mir zufällt. Zumindest bin ich ihn erst mal losgeworden. Der Arme schien wirklich gestresst.

Aber jetzt bin ich da. In der Fünfzehn-Quadratmeter-Welt von Ari.

Mein Puls rast immer noch. Ich sehe mich um. Ihr Bett ist zerwühlt. Die Wände sind leer. Nur wenn man genau auf die Tapeten blickt, erkennt man das feine türkise Rautenmuster darauf. Der Wecker auf dem kleinen Holztisch an der Fensterseite tickt. Über dem Stuhl hängen ein paar unordentlich zusammengefaltete Klamotten. Postkarten mit motivierenden Sprüchen sind an den hölzernen Schrank gepinnt. Ein paar davon lese ich mir durch, fühle mich wie ein Eindringling. Ich muss mich beruhigen. Aber die Tatsache, dass ich in Aris privatem Reich bin, macht es nicht besser. Müsste ich mich fremd fühlen? Oder müsste mir alles vertraut sein?

Ich streiche über das einfarbige Bettlaken und stelle mir vor, wie sie sich hier nächtelang gewälzt und die Augen ausgeheult hat, weil Vanjo gestorben ist. Dann verdränge ich den Gedanken wieder.

Dennoch bin ich neugierig. Vielleicht finde ich ein paar Notizen oder erfahre mehr über ihre Pläne. Ob sie ein Tagebuch führt?

Ich ziehe die Schublade an ihrem Nachttisch auf. Cremes, Lippenpflegestift, eine angebrochene Packung Minzbonbons, Taschentücher. Ich wühle herum. Etwas Kühles berührt meine Fingerspitzen. Es ist eine Medaille, die an ein Band in Deutschlandfarben geknotet ist. Auf dem goldenen Rund ist eine Figur in einem Strecksprung eingraviert. Sie ist von 2010. Ich erinnere mich daran, als wäre es gestern. Es war Vanjos erster Platz bei einem der Turnwettkämpfe. Es war ihm peinlich, weil Papa bei der Verkündung geweint hat. Wir waren so stolz auf ihn. Ich drücke das kalte Gold an mich. In meiner Brust wird es eng. Unter der Medaille liegt sogar noch das Foto, das an diesem Tag geschossen wurde und Vanjo zeigt. Ari liebt ihren Bruder, das spüre ich.

Und es macht mir Angst. Eine Angst, wie ich sie vorher nicht kannte. Als würde ein neuer Wettkampf beginnen: Was die beiden dort unten im Bunker auch reden – sie darf sein Herz nicht gewinnen. Aber dann schüttle ich den Kopf über mich selbst. Welch komische Gedanken ich mir doch mache.

Ich trete näher an das Zimmerfenster, man hat einen direkten Blick auf das hintere Gebäude, dort, wo sonst die Ruinen der Schwesternhäuser sind. Vorher habe ich den Trakt nur im Vorbeigehen gesehen. In Aris Welt ist er mit Stacheldraht umzäunt und gerade zusätzlich wegen der Ermittlungen abgesperrt. Da ist der Ausbruch passiert. Eine Gruppe von SEK-Uniformierten steht um den Eingang herum. Sie wirken befremdlich, da man unter den Helmen und der schwarzen Schutzausrüstung kein Menschengesicht erkennen kann.

Wie soll ich nur je mit Marks Doppelgänger von hier verschwinden? Ich warte noch einen Moment, dann gehe ich wieder zur Zimmertür und schiebe sie einen kleinen Spalt auf. Vorsichtig luge ich auf den Flur hinaus. Man hat die Lichter gedimmt. Aber der junge Pfleger von eben sitzt vor einer Art zentralem Stationsbüro und beobachtet aufmerksam die Umgebung. So werde ich nie an ein Telefon kommen!

Mit schnellem Herzen ziehe ich die Tür wieder zu. Ich werde die ganze Nacht hier festsitzen. Es ist stickig. Hektisch ziehe ich den Pulli über den Kopf und werfe ihn Richtung Bett, er landet knapp daneben auf dem Boden. Ich seufze.

Vielleicht ist eine Dusche doch keine schlechte Idee. Wie lange es her ist, dass ich mich frisch und sauber gefühlt habe? Ich streife nun die komplette Kleidung von mir, tapse barfuß in das kleine viereckige Badezimmer. Nehme mir ein Handtuch und Duschgel von Ari. Ich stelle mich mit dem Kopf direkt unter die Brause. Heißes Wasser strömt über mich. So stehe ich ewig da, ohne mich zu bewegen. Irgendwann ist alles voller Dampf und ich wie betäubt. *Die Zeit läuft mir davon.*

Tag 11, 07:26 Uhr, Geschlossene Psychiatrische Anstalt am Winkenberg, zweiter Stock, Flur.

Es ist kurz nach Schichtwechsel. Zum Glück ist das Pflegepersonal jetzt hauptsächlich in den Patientenzimmern unterwegs. Das ist meine Chance, um in das zentrale Stationsbüro zu gelangen. Hin und wieder habe ich dort ein Telefon klingeln gehört.

Hinter meiner Stirn liegt ein drückendes Gefühl. Ich bin übermüdet. Die ganze Nacht lang habe ich immer wieder Ausschau gehalten, aber der junge Pfleger hat seinen Platz einfach nicht verlassen, sodass es mir unmöglich gewesen ist, mich rauszuschleichen. Nur ein Mal hat sein Pager gepiept, und er ist aufgestanden. Es war meine Chance, doch dann musste ich feststellen, dass die Tür des Stationsbüros von außen verriegelt ist und man nur mit einem Schlüssel hineinkommt.

Jetzt habe ich bereits eine ganze Nacht vertrödelt, und meine Konzentration war auch schon mal eine bessere. Ich beiße mir fest auf die Zähne.

So was hätte nicht passieren dürfen!

Der Tresen in der Empfangshalle ist ab dieser Uhrzeit den ganzen Tag besetzt. Ich brauche also den Schlüssel zu diesem Büro. Und ich werde ihn mir holen. Jetzt. Die Pflegerin ist nach dem Schichtwechsel von eben nun auf dem Weg zu ihrer Raucherpause. Ich folge ihr unauffällig.

In den Gängen der Klinik sind weniger Beamte unterwegs als gestern. Die leitende Schwester ist bemüht, den Betrieb am Morgen wieder aufzunehmen, um die Patienten nicht weiter zu beunruhigen, denn natürlich gibt es noch keine Spur vom Narbenmann.

Ich schleiche mit ihr bis nach draußen auf den Innenhof. Es ist frisch, aber die Kälte macht mich wachsam. Für die Pausen sind hier ein paar Bänke, Tische und Blumenkübel aufgestellt worden. Die Pflegerin zündet sich eine Zigarette an. Außer ihr ist niemand auf dem Hof. Hinter einem Hausvorsprung versteckt, beobachte ich sie.

Sie holt ihr Handy aus der weißen Kitteltasche, dort, wo auch die Zigarettenschachtel und der Stationsschlüssel verstaut sind. Ohne Entsperrungs-PIN bringt mir jedoch auch ein Smartphone nichts. Mit dem Daumen der rechten Hand tippt die Pflegerin flink eine Nachricht, in der linken qualmt noch immer die Zigarette. Sie nimmt einen weiteren Zug, pustet Qualm in kleinen Wolken aus.

Mein Kopf rattert. Ich könnte einen Heulanfall simulieren. Ich könnte sagen, dass es mir sehr schlecht geht, an ihrer Schulter weinen, sie fest umarmen. Sie würde abgelenkt sein, mich beruhigen wollen, und dann könnte ich heimlich in ihre Kitteltasche fassen. Bevor sie bemerkt, dass der Schlüssel fehlt, laufe ich weg. Ich massiere mir die pochenden Schläfen. *Eine andere Möglichkeit wird es nicht geben.*

Außerdem muss ich mich beeilen. Wer weiß, was passiert, wenn der Narbenmann den Bunker entdeckt. Momentan bin *ich* für das Überleben meines Bruders und meiner Freunde verantwortlich. Wenn ich diese Sache hier vermassle, könnte das unser Ende bedeuten!

Die Pflegerin hat fertig geraucht und das Handy zurückgesteckt. Ich drücke mich vom Mauervorsprung weg. Zum Glück sehe ich mitgenommen aus, das wird mich glaubwürdiger machen. Einen Zusammenbruch wird mir die Pflegerin bestimmt abkaufen.

Ich stolpere in ihre Richtung, reibe mir über die Augen, so als wäre ich traurig. Sie drückt eben ihre Zigarette aus und sieht hoch. Ich würde sie auf Ende zwanzig schätzen, doch sie ist sehr stark geschminkt, deshalb ist es schwer einzuordnen. Die Pflegerin kommt auf mich zu, macht ein besorgtes Gesicht. »Hey, kann ich dir helfen?«

Ich schüttle stumm den Kopf, taumle auf sie zu, so als könnte ich kaum mein Gleichgewicht halten. Sie stützt mich. Ich fange den Duft eines frisch aufgetragenen, süßlich riechenden Deos, vermischt mit dem Zigarettenrauch, auf.

Ich will mein Gesicht an ihrer Schulter vergraben, doch sie hält mich erst weiter an den Armen fest. Die Pflegerin scheint sichtlich überrascht von dem Körperkontakt zu sein. Sie mustert noch kurz mein Gesicht, ich schniefe, dann lässt sie aber eine vorsichtige Umarmung zu. *Gut so.* Sie scheint mir diese kleine Vorführung abzukaufen. »Soll ich jemanden rufen? Möchtest du reden?«

»Nein«, murmle ich. »Kein Arzt.«

»Ist es wegen des ganzen Aufruhrs gestern?« Die Pflegerin kennt mich wohl nicht mit Namen. Das ist gut. Sie hat eine so weiche, beschwichtigende Stimme, dass es mir beinahe leidtut, sie so dreist zu hintergehen. Ich schlinge meine Arme fester um ihre Mitte. Meine rechte Hand ist nur ein paar Zentimeter über ihrer offenen Kitteltasche. Mein Herz pocht. Ich kann den silbernen Schlüsselbund bereits hervorblitzen sehen. *Gleich hab ich ihn.*

»Schhh«, beruhigt mich die Pflegerin weiter und reibt mir über den Rücken.

Jetzt.

Ich lasse meine Finger in die Öffnung der Tasche gleiten –

»Irina«, ruft eine Männerstimme plötzlich meinen Namen. Ich halte inne. Die Pflegerin lässt erschrocken von mir ab. Wir fahren beide gleichzeitig herum. Dort steht einer der Ärzte, das erkenne ich an dem Messingschild, das auf Brusthöhe angebracht ist, und an dem weißen Kittel, der länger ist als die des Pflegepersonals.

Mein Magen zieht sich krampfhaft zusammen. *Das hat mir gerade noch gefehlt.*

»Ist was passiert?«, fragt der Mann an die Pflegerin gewandt.

Sie zuckt ertappt mit den Schultern. »Nein, sie … sie hat sich einfach, ohne etwas zu sagen, um meinen Hals geworfen. Sie kennen sie?«

»Ja, wir hätten eigentlich vor zehn Minuten mit unserer Sitzung begonnen.« Seine hellen Augen wandern wieder zu mir und, dann kann ich auch den Namen auf seinem Schild lesen: Dr. Finn.

Ich schlucke. Mark hat von ihm erzählt. *Das darf jetzt nicht wahr sein.* Es hätte doch wirklich jeder sein können, jeder, nur nicht Aris Psychiater!

»Ich … Ich dachte nach dem ganzen Trubel gestern, unsere Sitzung würde heute nicht stattfinden«, stottere ich.

»Hat man Ihnen das denn nicht gesagt?«, fragt er verwundert. »Gerade jetzt, bei all der Unruhe, ist es wichtig, dass Sie einen Ansprechpartner haben.«

Mir wird heiß und wieder kalt, mein Herzschlag beruhigt sich einfach nicht. Mein Körper lässt mich nun zu deutlich spüren, dass mir der Schlaf einer ganzen Nacht fehlt. »Aber es ist nicht wegen der geflohenen Patienten. Ich … Ich fühl mich gerade nicht danach. Ich …«

»Die leitende Schwester hat mir berichtet, dass Sie gestern öfter gesucht wurden. Irina, ich halte es für besser, wenn Sie mit mir sprechen würden.«

Aris Psychiater steht mit noch immer unerschütterlicher Ruhe im Hof. »Also Sie sollten in meine Sitzung kommen.«

Die Pflegerin neben mir räuspert sich. »Was auch immer eben los war, Sie sind jetzt in guten Händen.« Im Vorbeigehen lächelt sie aufmunternd, ich erhasche eine letzte Duftwolke ihres Deos, starre auf die Kitteltasche, in der sich der Schlüssel befindet. *Ich hab's vergeigt.* Dann wende ich mich wieder an den adretten Mann im Arztkittel. Gleich bin ich mit Dr. Finn allein. Es fühlt sich an, als würde damit ein nächstes Verhör auf mich warten.

Das alles läuft völlig aus dem Ruder.

Tag 11, 07:48 Uhr, Geschlossene Psychiatrische Anstalt am Winkenberg, Behandlungszimmer.

Aris Psychiater schlägt seine Beine übereinander und legt das Klemmbrett darauf ab. Die beiden braunen Sessel im Behandlungsraum stehen sich in gerader Ausrichtung gegenüber. Nicht ein Staubkorn oder Tassenabdruck ist auf dem gläsernen Tisch zwischen uns zu erkennen. Die Einrichtung seines Zimmers wirkt genauso akkurat und sorgfältig wie der Scheitel, der sein Haar trennt. Diesem Mann mache ich nichts vor. Er kennt Ari auf eine Weise, wie kein anderer Mensch es tut.

Ich wische meine schwitzigen Hände an den Oberschenkeln ab. Seine Augen folgen jeder meiner Bewegungen. Wie Ari sich wohl dabei gefühlt haben muss? Einem fremden Menschen ihr Innerstes preiszugeben? Ob er je etwas von ihren dunklen Plänen geahnt hat?

»Sie waren so aufgelöst, als ich Ihnen gestern begegnet bin. Haben die Träume von Vanjo doch nicht aufgehört? Sind Sie vielleicht deswegen so viel draußen gewesen und haben Therapieeinheiten versäumt?«, leitet Dr. Finn mit seiner klaren Stimme die Sitzung ein. »Es wäre auch überhaupt nicht schlimm, wenn dem so ist. Rückschläge sind Teil des Prozesses. Es ist gut, Irina, wenn Sie die Trauer zulassen können.«

Ich weiche seinem Blick aus, fixiere eines der Gemälde, die über dem Sideboard an der Wand hängen. Und warum auch immer dieser Psychiater es gerade schaffen mag, aber etwas in meiner Brust löst sich. Ich muss mich beherrschen, in seiner Gegenwart nicht unkontrolliert alle Emotionen nach außen zu tragen. *Ich weiß, von welchen Träumen er spricht.*

»Sie müssen es natürlich nicht erzählen. Aber dafür bin ich da. Nehmen Sie die Hilfe an, die Ihnen zusteht. Niemand sollte allein da durch.« Ohne genau hinzugucken, deutet er mit dem silbernen Kugelschreiber auf meine Handgelenke. »Wie geht es Ihren Händen?«

Mist. Ich schiebe die Ärmel des grauen Pullis hastig über die roten Schlieren. Die sind noch von den Fesseln der Wicca. Ich muss aufmerksamer sein!

»Wird schon«, sage ich knapp und bin dennoch irritiert von der Formulierung seiner Frage. Meint er gar nicht meine Schürfwunden? Hat Ari auch etwas mit ihren Händen?

Dr. Finn beugt sich auf seinem Stuhl vor. »Sie wirken so verändert, was empfinden Sie gerade?«

Ich habe keinen blassen Schimmer, wie meine Doppelgängerin sonst auf ihn wirkt. Oder wie sie mit ihm redet. *Was ich empfinde? Was Ari wohl empfindet?*

»Sie würden es nicht verstehen«, antworte ich schließlich.

»Würde Vanjo es denn verstehen?«

Für eine Sekunde wage ich es, den Röntgenblick von Dr. Finn zu kreuzen. Ist das Mitleid? Wenn er Empathie für Ari empfindet, sollte ich das dann auch?

Diese komplette Welt meiner Doppelgängerin, sie übt so eine Faszination auf mich aus. Ich will es verstehen können, *sie* verstehen können.

Mein Puls schlägt mir bis in den Hals. Warum triggert mich das so?

Ich sollte mir lieber schnellstmöglich überlegen, wie ich aus dieser Sitzung fliehen kann. Die Zeit rennt. Ich muss Vanjo und die anderen retten. Bevor meine Tarnung auffliegt und bevor Susanna mich ein weiteres Mal einfängt. Die Gedanken in meinem Kopf überschlagen sich. Ich richte mich etwas im Sessel auf, das braune Leder macht ein quietschendes Geräusch. »Darf ich Sie etwas fragen?«

»Aber natürlich.«

»Denken Sie, jeder Mensch trägt einen dunklen Teil in sich?«

In Dr. Finns Gesicht zuckt es. Auch wenn er sich vielleicht nichts anmerken lassen will, diese Frage fordert seine Kompetenz. »Denken Sie das denn etwa?«

»Ich frage mich nur, inwieweit der Tod eines geliebten Menschen schlimme Dinge in einem hervorrufen kann.«

»Halten Sie sich denn für einen schlechten Menschen?«

Das Fragespiel geht weiter. Ich lege meine Hände nervös auf den Lehnen des Sessels ab, kralle mich hinein, fühle mit den Fingerkuppen kleine sichelförmige Risse im Leder. Jemand muss sie dort wohl mit seinen Nägeln hineingebohrt haben.

Es geht nicht mehr anders. Irgendwas in mir drückt fürchterlich an die Oberfläche. Dr. Finn wartet immer noch auf eine Antwort. Dann, nach weiterem Schweigen, bricht er vorsichtig die Stille. »Irina. Dass das Auto Vanjo überfahren hat, macht Sie zu keinem schlechten Menschen.«

Ich blinzle. »Aber das Auto hat ihn nur überfahren, weil wir gestritten haben. Es muss doch einen Grund dafür geben, warum Vanjo nichts mehr mit mir unternehmen wollte und sich so entfernt hat.«

»So verbunden Sie sich Ihrem Bruder auch fühlen, Sie dürfen nicht vergessen, dass Sie es als Zwilling schwerer hatten, eine eigene Persönlichkeit zu entwickeln. Eltern, Freunde, Verwandte, alle neigen dazu, Zwillinge miteinander zu vergleichen. Oft werden sie nur als Symbiose wahrgenommen und seltener als Individuum. So was verwirrt, kann die Selbstwahrnehmung eines Menschen stören. Also, um auf den Grund Ihrer Streitsituation zurückzukommen.« Dr. Finn legt den Kopf leicht schräg. »Wenn Sie keine Ursache feststellen können für das viele Streiten, vielleicht gibt es dann auch keine – jedenfalls keine, für die Sie besondere Verantwortung tragen würden. Dass Geschwister, auch Zwillinge, durch Höhen und Tiefen gehen, ist völlig normal. Sie sind einfach nur erwachsen geworden und haben angefangen, Ihr eigenes Leben zu entwickeln.«

Plötzlich beginnt der Raum vor mir zu verschwimmen. Ich kralle meine Finger tiefer in die Rillen des Sessels. *Nur erwachsen geworden?*

Dr. Finn kritzelt etwas auf sein Klemmbrett. Das Kratzen des Kugelschreibers macht mich wahnsinnig. Was notiert er da?

Ich bin mittlerweile genauso labil wie Ari. Ist es nicht das? Wie Dr. Finn es gesagt hat. Meine Selbstwahrnehmung. Sie täuscht mich immer wieder.

Er schnipst mit dem Finger. »Irina, bleiben Sie hier.«

Es stimmt, ich bin völlig abgedriftet. Was tue ich eigentlich hier?

Langsam komme ich wieder zu mir, atme.

Ein Telefon.

Ich brauche ein Telefon, verdammt!

Dr. Finn mag es so vorkommen, dass ich immer noch in Gedanken bin, aber eigentlich scanne ich jetzt den Raum. *Da.* In einer Ladestation, die auf seinem Schreibtisch steht, steckt ein Telefonhörer. Ein grünes Lämpchen blinkt auf, es ist angeschaltet. Ich muss dort ran.

Vielleicht schaffe ich es sogar, mir ein paar Tränen aus den Augen zu pressen. Ich blicke wieder fokussiert zu ihm. »Dr. Finn«, sage ich und halte mir die Stirn. »Haben Sie vielleicht ein Schmerzmittel für mich? Ich halte es keine weitere Sekunde mehr aus. Meine Kopfschmerzen zerfressen mich.« Ich setze einen quälenden Gesichtsausdruck auf und flehe innerlich, dass er keine in seinem Behandlungszimmer aufbewahrt.

Er zieht die Brauen zusammen. »Treten Ihre Kopfschmerzen nicht auch gerne im Zusammenhang mit dem Morphen auf?«

»Was?«, platzt es etwas zu schnell aus mir heraus.

»Na, die Schübe. Ich kann Sie auch zur Schwester schicken, sie kann Sie einmal untersuchen, wenn Sie das möchten.«

»Nein«, sage ich. »Bitte, ich kann das gerade nicht. Ich brauche einfach nur ein Schmerzmittel.«

Dr. Finn zögert, seufzt laut. »Na gut, ich hole etwas für Sie.« Er drückt sich aus seinem Sessel hoch. »Warten Sie bitte einen Augenblick hier, ich möchte noch ein paar abschließende Worte zur Sitzung sagen. Wenn ich zurück bin, dann können Sie auch gehen und sich ausruhen.«

»Danke«, sage ich und halte mir weiter erschöpft die Stirn.

Seine Schritte klackern über den Dielenboden. Sobald er das Zimmer verlassen hat, stehe ich abrupt auf und eile hinter seinen Schreibtisch. Ich nehme das Telefon von der Station. Blut pumpt durch meine Adern. 481 516, 481 516, 481 516. Die Ziffernfolge hat sich wie ein Mantra in mein Gehirn gemeißelt. Meine Finger zittern wie verrückt, als ich die Tasten betätige. Dann halte ich den Hörer ans Ohr, lasse dabei die Tür des Behandlungszimmers nicht aus den Augen.

Es tutet.

Einmal, zweimal.

Bitte, geh ran. Geh ran. Es ist noch recht früh, und ich habe keine Ahnung, ob Marks Mutter abnimmt. Ob sie überhaupt zu Hause ist? Und selbst wenn, ist dann Marks Doppelgänger gerade bei ihr?

Dreimal, viermal.

Ich tippe ungeduldig mit den Fingern gegen meinen Oberschenkel. *Bitte. Komm schon, nimm ab.* Wie viel Zeit bleibt mir, bis Dr. Finn mit den Tabletten zurückkehrt? Zwei Minuten? Drei? Definitiv nicht lange genug, um dem Doppelgänger das Problem zu erklären.

Es tutet ein fünftes Mal. Dann ein Klackern.

Endlich ist jemand rangegangen.

»Winter, hallo?« Eine Frauenstimme. Weder besonders freundlich noch unfreundlich. Eher etwas teilnahmslos. *Seine Mutter?*

»Hallo«, sage ich etwas zu hektisch. »Hier ist eine Freundin von Mark. Könnte ich ihn für einen Moment sprechen?«

»Hm ... er wollte gerade das Haus verlassen.«

»Nein!«, sage ich wieder etwas zu schnell. »Es ... Es ist wichtig. Können Sie ihn mir bitte kurz geben?«

Ich vernehme einen Seufzer am anderen Ende der Leitung. *Nun mach schon.* Sie überlegt. Die Zeit dehnt sich. Mein Herz klopft.

»Also gut, wie war Ihr Name?«

Scheiße. Marks Doppelgänger wird mich wahrscheinlich nicht kennen, egal. Egal, ich brauche ihn einfach nur am Hörer.

»Irina«, antworte ich also.

Schritte, Rascheln. »Maaark!« Die Stimme seiner Mutter klingt jetzt etwas weiter weg, und meine Knie sacken vor Erleichterung fast zusammen. Ich kann kaum fassen, dass ich wirklich gleich mit ihm sprechen kann! »Hier ist jemand für dich«, ruft sie.

Stille. Dann wieder ein Klackern, das Telefon wird weitergegeben.

»Mark Winter hier, hallo?«

In mir zieht sich alles zusammen.

Er ist es. Oh mein Gott, er ist es! Den Klang von Marks Stimme würde ich unter Tausenden erkennen.

»Hallo, Mark.«

»Wer ist da?«, fragt *Winter* verwirrt.

Mein pochender Herzschlag erfüllt meinen ganzen Körper. »Du kennst mich wahrscheinlich nicht. Ich bin Irina. Das mag jetzt womöglich der verrückteste Anruf sein, denn du je in deinem Leben kriegen wirst, aber du musst mir unbedingt helfen. Das hier ist von enormer Wichtigkeit.«

»Hä?«, höre ich ihn leise sagen, so als wolle er mich gleich wieder wegdrücken. »Was soll das, ist das ein Fake?«

»Nein, bitte! Nicht auflegen, das ist wirklich kein Fake, ich schwöre es. Du musst zur Psychiatrischen Klinik am Winkenberg kommen, frage nach einer Irina Nowikow in Zimmer 217, das bin ich.«

»Die Klinik am Winkenberg? Sind dort nicht drei Patienten ausgebrochen?« Kurze Denkpause, dann ein Schnauben. »Ich glaube, Sie fantasieren.«

»Nein, ich fantasiere nicht! Ich bin keine richtige Patientin von dort. Ich komme eigentlich von woanders her. Du würdest es sicher verstehen.« Ich schnappe nach Luft. »Ich habe zwar keine Ahnung, was du in deinem Leben so treibst, aber von einer Sache bin ich überzeugt. Du magst Fraktale. Du hast sicher viel darüber gelesen, weil sie dich faszinieren.«

Am anderen Ende der Leitung bleibt es für eine Sekunde still. »Welcher Physiker tut das nicht? Und wieso sollte ich deswegen zur Klinik am Winkenberg kommen?«

»Auch wenn es sich wie das Unmöglichste anhört, das dir je jemand gesagt hat. Aber ich komme aus einer anderen Realität, in der du der Einzige bist, der uns helfen kann. Auf eine verquere Art und Weise ist es fast so, als würden wir uns kennen. Ich werde dir alles erklären, aber ich habe jetzt nicht viel Zeit, ich muss unentdeckt bleiben. Komm in die Klinik und frage nach einer Irina.« Ich starre weiter auf die Tür des Behandlungszimmers. Dr. Finn wird gleich zurück sein. *Mist, Mist, Mist.* »Vertrau mir, ich bitte dich, nur –«

Die Tür schwingt auf. Der Schreck fährt in einem Ruck durch mich, ich höre nur noch ein letztes unverständliches Nuscheln von Winter. Keine Ahnung, was er mir noch sagen wollte – es ist zu spät. Ich schlage den Hörer, so schnell ich kann, in die Ladestation zurück.

Dr. Finn steht im Türrahmen, er starrt mich verdutzt an. »Was tun Sie da?«

Mit heruntergeklappter Kinnlade lasse ich langsam meine noch ausgestreckte Hand sinken. »Ich … Ich wollte nur eine Freundin anrufen.«

»Bitte treten Sie von meinem Schreibtisch weg«, sagt Dr. Finn ruhig und gleichzeitig bestimmt.

Meine Knie sind wacklig, als ich mich langsam von seinem Tisch entferne.

»Ich weiß allmählich nicht mehr weiter mit Ihnen«, sagt er kopfschüttelnd und schließt dann die Tür hinter sich. »Die Daten auf meinem Schreibtisch sind streng vertraulich. Wen also, Irina, wollten Sie da gerade anrufen?«

Hitze schießt mir in die Wangen, sie glühen. Dr. Finn hält die Blisterpackung des Schmerzmedikaments so fest, dass sie in seinen Fingern knistert.

Wenn mir nicht sofort etwas einfällt, komme ich hier nie wieder weg. Gerald wird sie alle töten, er wird sie auf grausamste Weise töten. *Vanjo, halte durch.*

Das ist es!

Vanjo.

Ich reibe mir den Nacken. »Wissen Sie … die Wahrheit ist, dass ich manchmal immer noch Vanjos Mailbox anrufe, nur um seine Stimme zu hören. Sie … Sie macht ihn für einen kurzen Moment wieder lebendig.«

Dr. Finn lässt jetzt die Schultern sinken, etwas in seinem Gesicht löst sich. »Ach, Irina, dafür hätten Sie mir diese Lüge mit den Schmerzmitteln doch nicht auftischen müssen.«

Ich atme zittrig aus. »Tut mir leid.«

»Ich halte es für das Beste, Sie tanken für den restlichen Tag etwas Ruhe in Ihrem Zimmer. Sie sehen schrecklich müde aus, und dieser ganze Wirbel um die Geflüchteten hat uns alle sehr mitgenommen.«

»Das hat es.« Ich stehe immer noch etwas verloren in seinem Behandlungszimmer. Meine Wangen sind sicher auffällig rot.

Dr. Finn nickt mir zu, um mir damit zu verstehen zu geben, dass ich den Raum nun verlassen kann. Ich gehe an ihm vorbei zur Tür. Die Stimme von Marks Doppelgänger hallt in meinem Kopf nach. *Ich glaube, Sie fantasieren.*

Tag 11, 09:00 Uhr, Geschlossene Psychiatrische Anstalt am Winkenberg, Patientenzimmer Nowikow, Raum 217.

Ich laufe die kleine Fläche in Aris Raum auf und ab. Immer wieder über den hellblauen Linoleumboden. Von der Wand bis zum Bett. Fünf Schritte. Auf und ab, auf und ab. Welche Möglichkeiten habe ich jetzt noch? Der Anruf bei Marks Doppelgänger Winter war ein Reinfall, die Chance, dass er seine Meinung ändert und hier trotzdem auftaucht, ist so gut wie null. Er dachte, ich bin eine verwirrte Patientin, nichts weiter. Ich gehe auf und ab. Als könne ich so den Motor meiner Gedanken am Laufen halten.

Ich müsste Winter aufsuchen und ihn persönlich davon überzeugen, mit mir eine Schwelle zu durchqueren. Ich hätte zumindest seine Adresse. Aber würde ich es schaffen, die Geschlossene Klinik zu verlassen?

Kann ich mich überhaupt so weit von der Anstalt wegbewegen? Die Überlappungen gibt es nur an diesem Ort, und so, wie Mark es erklärt hat, ist jeder Körper an seine eigene Realität gebunden. Könnte es also sogar lebensgefährlich sein, wenn ich mich zu weit entferne?

Ich massiere mir die Schläfen, gehe auf und ab. Was bleibt mir denn anderes übrig, als es zu versuchen! Es dreht sich um das Überleben meiner Freunde. Ich brauche nur einen Plan, wie ich an einem Trupp Polizisten und einem Sondereinsatzkommando vorbeikomme. Mein Kopf schmerzt, ich bleibe stehen und blicke aus Aris Zimmerfenster. Die Sicht an diesem Morgen ist leicht milchig, lässt den backsteinroten Gebäudetrakt der Station 6 nur undeutlich hinter den dünnen Nebelschwaden durchschimmern. Die Anstalt ist so gut bewacht wie noch nie. Ich kann mir den Kopf ewig zerbrechen: Diese Mission wird scheitern.

Klar, ist dort ein Funken Hoffnung, dass Winter herkommt.

Wenn er im Charakter dem Mark, den ich kennengelernt habe, ähnlich ist, würde er der Sache auf den Grund gehen. Er würde zumindest Klarheit über das merkwürdige Telefonat erhalten wollen.

Ein Druckgefühl liegt mir auf der Brust. Als hätte jemand schwere Gewichte dort draufgelegt. Bei dem Gedanken daran, wie nah ich Mark an mich rangelassen habe, kommt all der Schmerz wieder hoch. *Meine Gefühle für dich waren die ganze Zeit echt*, hat er gesagt. Ich schlucke schwer, lasse nicht zu, dass der Gedankenstrudel an ihn mich jetzt runterzieht.

Also schreite ich entschlossen zur Zimmertür. Ich öffne sie einen Spalt und spähe hinaus. Ein mir unbekannter Pfleger fährt einen klappernden Wagen vor sich her, auf dem frische Bettlaken und Toilettenpapier liegen. Er nickt mir im Vorbeigehen zu, ich nicke freundlich zurück. Mein Körper steht unter Strom, für eine Sekunde habe ich vergessen, dass ich hier für Ari gehalten werde.

Aber letztlich muss ich mich mit der Klinik vertraut machen und nach einem Weg suchen, wie ich diese Mauern verlassen kann. *Eine andere Möglichkeit gibt es nicht.*

Am Ende des Patientenflurs, wo es zum Treppenhaus geht, ist ein Polizist platziert. Außer dem Pfleger von eben sehe ich sonst niemanden. Ich husche vor bis zum vergitterten Fenster, das die Sicht auf die vordere Seite des Anstaltsgeländes freigibt, und klammere meine Hände um die Stangen, halte meinen Kopf dicht vor die Scheibe. Ein verwelktes Blatt wirbelt am Fenster vorbei.

In der diesigen Morgendämmerung ist es schwer, einen Menschen ausfindig zu machen. Aber jemand, der genauso aussieht wie Mark, würde mir sofort auffallen.

Ich suche den Weg vom Eisentor bis zum Eingang des Hauptgebäudes ab. Die Einfahrt ist geteert und von mehreren Polizeibullis versperrt. Auf dem Gelände sind Spazierwege angelegt, die von Sträuchern und bepflanzten Beeten gesäumt werden. Der Schuppen wurde hier in eine Garage umgebaut. Ein Gärtner recht einen Laubhaufen davor zusammen. Zwei Pflegerinnen sitzen auf dem Steinvorsprung am Brunnen und unterhalten sich. Immerhin gibt es ein paar Bäume und parkende Autos, die bei einer Flucht Schutz bieten könnten.

Ich kneife die Augen zusammen. Zwischen den Polizeibullis erkenne ich nun noch ein anderes Fahrzeug. Die lang gezogenen Scheiben darin sind verdunkelt. *Ein Leichenwagen.*

Kalt rieselt es meinen Rücken hinab. Ist jemand gestorben? Und das ausgerechnet jetzt? Ob das mit dem Ausbruch von Gerald und den anderen beiden Patienten zusammenhängt?

Aber das muss mir nun egal sein. Ich fixiere weiter die SEK-Uniformierten am bewachten Eisentor. *Denk nach, Ira. Denk nach.* Wie komme ich hier raus?

Tag 11, 10:15 Uhr, Geschlossene Psychiatrische Anstalt am Winkenberg, Patientenzimmer Nowikow, Raum 217.

Während meiner gesamten Beobachtung hat nicht ein Mensch das Gelände betreten, geschweige denn verlassen. Was soll ich jetzt nur machen?

Hinter meiner Stirn rauscht es. Ich könnte den Kittel einer Schwester klauen und mich als Personal tarnen? Dann würde man mich eventuell rauslassen. So ähnlich wie Vanjo das damals versucht hat, um die Wicca auszutricksen, und in eine ihrer Roben geschlüpft ist. Aber das Stationsbüro des Pflegepersonals ist der einzige Raum, in dem ich vielleicht einen Wechselkittel finden würde, und für den habe ich immer noch keinen Schlüssel.

Über die Mauer zu klettern, funktioniert ebenfalls nicht, dazu bräuchte ich jemanden, der mir Stützhilfe gibt. Und einen Komplizen habe ich hier nicht. Außerdem stehen dafür zu viele Polizisten herum.

Ich kann froh sein, dass ich bis jetzt einer weiteren Befragung von Susanna entkommen bin.

Verzweifelt stoße ich Luft aus der Nase. Es ist so gut wie unmöglich, einen Ausweg zu finden!

Geräusche erklingen plötzlich hinter mir. Ich fahre herum.

Etwa auf der Hälfte des Flurs kommen zwei Männer in schwarzen Anzügen aus einem Patientenzimmer heraus. Es ist Zimmer 207, nicht weit von Aris entfernt. Sie schieben eine Trage vor sich her.

Mir sackt der Magen nach unten. Das müssen die Bestatter sein, die zu dem Leichenwagen in der Auffahrt gehören. *Oje.*

Ich kann nicht anders, als dort hinzustarren, schleiche auf wackligen Beinen etwas näher heran. Das weiße Laken, das über den toten Körper geworfen wurde, zittert durch die Bewegung der Rollen an der Schiebetrage. Jetzt verhakt sich die obere Ecke des Lakens an der Kante einer Kommode. Das Tuch rutscht ein Stück herunter und entblößt das Gesicht des Toten. Ich zucke zusammen. *Ich kenne dieses Gesicht.*

Meist hat es blass und abwesend in die Leere gestarrt, manchmal wie hypnotisiert in die Flammen des Lagerfeuers. Eine alte Schramme vom Kampf mit Vanjo zieht sich über seine Schläfe. Die dunklen Ringe zeichnen sich unter den Augen ab und erinnern mich an deren grausamen Blick, als er wie von einem bösen Geist besessen auf mich zugesteuert kam. Ich fasse an meinen Hals, dorthin, wo er mir die Luft abgedrückt hat, um Ricardas Mord zu rächen. *Ach du heilige Scheiße.* Mein Magen dreht sich noch mal um. *Es ist Paul.*

Es ist ganz eindeutig Paul!

»Hey!« Einer der Bestatter hat mich nun bemerkt und wirft seinem Kollegen daraufhin einen verärgerten Blick zu. »Pass doch auf!«

Er zieht das Laken hastig wieder über das tote Gesicht, das fast so weiß ist wie der Stoff selbst. Ich blicke der Trage hinterher. Mir ist schlecht. *Tote. So viele Tote.* Das … ich … wie kommt er hierher? In Aris Welt … wie?

Jetzt halten die Männer kurz an. Der Bestatter, der mich bemerkt hat, kommt über den leeren Flur auf mich zu. »Alles okay?«

Ich muss wie versteinert dagestanden haben, finde meine Stimme nicht.

»Geht es Ihnen gut?«, fragt der Mann erneut.

Nun sehe ich in sein bärtiges Gesicht und blinzle. »Tut mir leid, ich … ich kannte ihn.«

»Mir tut es leid, dass Sie das eben sehen mussten. Herr Wendt war sehr lange Patient in dieser Klinik, sagte mir die leitende

Schwester. Ich bin mir sicher, Sie sind nicht die Einzige, die von seinem Suizid geschockt ist. Mein Beileid.«

Lange Patient? Suizid? Jetzt erst fällt mir die große Plastiktüte auf, die der Bestatter in der rechten Hand hält, und in der ein eingewickeltes Bettlaken liegt. Paul muss sich damit aufgehängt haben. Mir wird ganz schwummrig. »Er … Er hat sich das Leben genommen?«

»Ja. Leider sind wir nach dem Vorfall gestern schon wieder hier. Und das auch noch inmitten der Ermittlungen zu dem Ausbruch aus Station 6. Das müssen harte Tage für die Klinik sein.«

Ich nicke dem Bestatter abwesend zu, in meinem Kopf rattert es. »Ja«, sage ich nur. »Ja, das sind sie.«

Auch der Mann nickt mir zu, geht wieder los. Sein Kollege wartet schon. In Gedanken bin ich immer noch bei Pauls bleichem Gesicht. Wieso war sein Doppelgänger auch Patient in dieser Klinik? Und wenn die Leiche auf der Trage Paul ist, *wo* ist dann sein Doppelgänger?

Ich verstehe gar nichts mehr. Ich warte, bis die Männer mit der Leiche durch die automatische Schiebetür ins Treppenhaus gehen. Es ertönt ein *Pling*, als der Aufzug oben ankommt. Dann verschwinden sie mit der Trage darin.

Meine Haare haben sich komplett aufgestellt. Es dauert noch kurz, bis ich mich aus meinem Schockzustand löse.

Moment.

Mein Herz pocht. Und auf einmal fällt es mir wie Schuppen von den Augen. Es mag zwar fast unmöglich sein, das bewachte Eisentor der Klinik zu verlassen, doch einen Wagen gibt es, der an den SEK-Uniformierten vorbeikommt: *der Leichenwagen.*

Tag 11, 10:24 Uhr, Geschlossene Psychiatrische Anstalt am Winkenberg, zweiter Stock.

Ich denke nicht mehr länger nach, sondern reagiere sofort. Der Aufzug wird Zeit brauchen, bis er wieder bei mir im zweiten Stock ankommt. Aber wenn ich die Treppen nehme, schaffe ich es vielleicht noch vor den Bestattern, unten zu sein, um mich in den Leichenwagen zu schmuggeln. In meinem Nacken kribbelt es.

Er ist mein Ticket nach draußen.

Durch die zugeparkte Auffahrt und die Bäume könnte es mir gelingen, in Deckung zu bleiben. Bevor ich runtergehe, hole ich rasch meine Jacke aus Aris Zimmer. Ich würde auffallen, wenn ich bei der Kälte lediglich im Patientenpullover nach draußen ginge. Dann stürme ich das Treppenhaus herunter. Ich achte gar nicht auf die verwunderten Blicke zweier Patientinnen in grauer Kleidung, die mir auf den Stufen entgegenkommen. Das ist meine letzte Chance, Marks Doppelgänger aufzuspüren!

Ich keuche heftig, als ich unten im Erdgeschoss angelangt bin. Mein Hals brennt. *Das ist viel zu verrückt.* Alles. Aber ich lasse mich nun von nichts mehr abbringen. Im Foyer komme ich am schwarzen Klavier vorbei. Im hellen Licht der Kronleuchter muss ich meine Schritte etwas verlangsamen, um keine Aufmerksamkeit auf mich zu ziehen. Bis auf die Dame am Empfangstresen und einen Pfleger auf dem Sofa in der Wartelounge, der auf seinem Handy herumtippt, ist es leer. Ich steuere auf die zweiflüglige Eingangstür zu. Draußen schlägt mir eine eisige Böe entgegen. Der leichte Nebel hat sich verzogen, dennoch ist es bewölkt. Von hier aus kann ich bereits den Leichenwagen zwischen den Bullis erkennen. Weiter.

Ob Paul sich wegen Ricardas Tod das Leben genommen hat? Ob er sich denn überhaupt selbst getötet hat? Ein seltsames Gefühl beschleicht mich bei dem Gedanken. Er hat sich die ganze Zeit in Aris Welt aufgehalten, wo man ihn für den anderen Paul gehalten hat. *Das ist so absurd.*

Ich versuche, mich auf den Weg zu konzentrieren, steige die Eingangsstufen hinab. Etwa in hundert Meter Entfernung entdecke ich die Bestatter. Sie haben Mühe, die Trage über die Schotterwege zu schieben. Ich kann die scheppernden Rollen bis hierher hören. Sie werden gleich den Wagen in der Auffahrt erreichen!

Blut rauscht in meinen Ohren. *Was für eine dumme Idee*, fluche ich stumm vor mich hin. Bei der Vorstellung, mich neben Pauls Leiche in dieses enge Fahrzeug zu drängen, schüttelt es mich. Das ist wahnsinnig, *ich* bin vollkommen wahnsinnig. Aber es ist der einzige Weg nach draußen. Für unser Überleben werde ich mich überwinden können.

Weiter, ich beeile mich. Bin auf der Höhe des Brunnens. Die Bestatter halten jetzt vor dem Kofferraum des Leichenwagens an. Einer der Männer öffnet die zweiflügligen Türen, der andere schiebt die Trage heran. Mit gekonnten Griffen hieven sie Pauls toten Körper ins Innere. Die erste Tür schlägt wieder zu. Das Geräusch hallt dumpf in meinem Bauch nach. *Zu spät. Ich bin zu spät.* Doch jetzt werden die Bestatter von einem Polizisten am Tor herangewunken. Ich kann von hier aus nicht verstehen, was sie reden. Aber das ist auch nicht wichtig. Denn der Kofferraum des Leichenwagens ist jetzt unbeobachtet und steht noch zur Hälfte offen! Das ist meine Chance. Solange die Männer abgelenkt sind, kann ich mich hinter den parkenden Polizeibullis anschleichen und schnell im Inneren des Wagens verstecken. Ich scanne die Wege vor mir. Bis auf zwei spazieren gehende Patienten und den Polizisten vorne am Tor ist das Gelände leer. *Jetzt oder nie.*

Ich setze einen Fuß vor, verlasse den Schatten des Zierbrunnens, habe mein Ziel genau im Visier.

»Sie kannten ihn?«, ertönt plötzlich eine raue Stimme hinter meinem Rücken.

Mist.

Ich halte abrupt an, versuche, meinen schnellen Atem unter Kontrolle zu bringen. Die Stimme kommt mir bekannt vor. Ich drehe mich um. *Susanna.*

Sie steht aufrecht und mit einer Hand in der Tasche ihrer Weste da. Meine Kehle schnürt sich zu. Sie muss die ganze Zeit auf der anderen Seite des Brunnens gewesen sein, verdeckt von den Statuen.

»Herrn Wendt, Sie kannten ihn?«, fragt sie noch mal, um mir auf die Sprünge zu helfen, da ich sie wohl völlig perplex anschaue.

»Ich … ähm«, stottere ich. »Na ja, wir waren keine engen Freunde, aber er war einer meiner Zimmernachbarn.«

»Das tut mir sehr leid«, sagt Susanna, kneift die Augen etwas zusammen und unterzieht mich erneut einer dieser unangenehmen Musterungen, wie ich sie schon bei meinem Verhör aushalten musste. Ich schlinge die Arme um meinen Körper, werfe noch mal einen nervösen Blick über die Schulter. Die Bestatter sind mittlerweile zurück am Leichenwagen. *Oh nein.* Der Motor springt an. Das war's endgültig. Ich habe mein Ticket nach draußen verspielt.

Dann wende ich mich wieder an Susanna, sie muss merken, dass sich mein Brustkorb deutlicher hebt und senkt, ich kann es kaum verbergen. »Danke«, antworte ich atemlos und viel zu verzögert.

»Das ist alles etwas überfordernd. Aber ich möchte offen zu Ihnen sein, Irina.« Ich höre die Warnung in ihren Worten deutlich heraus. »Erst spazieren Sie draußen herum, dann wirken Sie ständig verwirrt, und jetzt folgen Sie der Leiche von einem Patienten, der – und das muss unter uns bleiben – an dem Ausbruch in Station 6 beteiligt war.«

Ich bringe kein Wort mehr heraus, habe die Luft angehalten. Der Brunnen mit den Statuen plätschert vor sich hin. Der Wind fegt ein paar Wassertropfen wie Sprühregen in unsere Richtung. Wie soll ich da nur wieder rauskommen?

»Vielleicht können wir direkt einen kleinen Spaziergang machen. Und dann erzählen Sie mir mal, was wirklich los ist. Was halten Sie davon?«

Ich schlucke, streiche mir nervös eine Strähne hinters Ohr, die der Wind vor mein Gesicht gepustet hat. »Ja, ich wollte nur …«, setze ich an.

»Sie wollte mich abholen«, sagt auf einmal jemand hinter mir. Es versetzt mir einen Stich in die Brust. *Ist das …?* Dann tritt der große junge Mann neben mich. Im ersten Augenblick falle ich ihm vor Erleichterung fast in die Arme. Aber dann realisiere ich, dass Marks Arme nie mehr dieses Vertrauen ausstrahlen werden wie früher und dass dieser junge Kerl vor mir auch gar nicht Mark ist. Es ist Marks Doppelgänger. Winter. *Er ist gekommen, er ist tatsächlich hier!*

»Richtig«, sage ich an ihn gewandt. Ich muss jetzt schnell mitspielen, schenke ihm ein freundliches Lächeln und blicke dann wieder gefasster zu Susanna. »Er gehört zu mir. Er ist mein Besuch.«

»Na dann«, antwortet die Kommissarin. *Bitte, bitte lass uns gehen.* Sie zögert, bis sie endlich blinzelt und ein höfliches Lächeln aufsetzt. »Dann wünsche ich euch beiden erst mal einen schönen Tag.« Sie fixiert wieder mich. »Wir beide sprechen uns später noch mal.«

»Sicher«, sage ich gepresst.

Winter nickt freundlich zum Abschied. »Ihnen auch einen schönen Tag.«

»Danke«, erwidert Susanna knapp und sieht mit finsterer Miene an uns vorbei. »Ich kümmere mich dann mal um das Rechte.«

Erst als sie sicher außer Reichweite ist, ziehe ich wieder Sauerstoff in meine Lunge. Um ein Haar wäre nicht nur meine Mission gescheitert, sondern vielleicht sogar meine komplette Tarnung aufgeflogen.

»Verdammt, war das knapp«, sage ich leise, bin immer noch nicht ganz da, als ich in das Gesicht meines Retters schaue. *Wie um alles in der Welt hat er es geschafft, hierherzukommen?*

»Wollen wir vielleicht irgendwo anders hin?«, fragt Winter.

»Ja.« Ich nicke ein paarmal kräftig, während die Erleichterung erst noch in meinem ganzen Körper ankommen muss. »Ich weiß, wo wir in Ruhe sprechen können.«

Tag 11, 10:38 Uhr, Geschlossene Psychiatrische Anstalt am Winkenberg, draußen.

Ich führe Winter zum rechten hinteren Bereich des Geländes. Heimlich schiebe ich den Zähler ein Stück aus meiner Jackentasche heraus und schaue auf das Display. Der Wert liegt bei 40, ich folge weiter den nun steigenden Zahlen. Hier könnte ganz in der Nähe eine Überlappung sein!

Wir steuern dabei auf das Kabuff zu, in dem Mark seinen Koffer mit den Aufzeichnungen verstaut hatte. Diesen kleinen Hausmeisterschuppen gibt es auch in Aris Welt, und der Platz ist zum Glück weit genug von dem Tumult der Ermittlungen sowie der Station 6 entfernt.

Ich werfe einen prüfenden Blick über die Schulter. Der Leichenwagen ist längst weg. Susanna ist jetzt vorn am Tor mit irgendwelchen Kollegen zugange. Diesen Zeitpuffer muss ich nutzen, um schnell mit Winter zu verschwinden.

Im Schutz einer großen Buche erreichen wir das Kabuff. Draußen hinter dessen Bretterwand kommen wir zum Stehen. Meine Atmung geht immer noch flach. Winter und mich trennt nur ein halber Meter. Er sieht sich irritiert um. »Was wollen wir hier?«

»Wie hast du mich erkannt?«, platze ich mit einer Gegenfrage heraus. Ich kann nicht anders, als ihn für einen Moment zu mustern. Es ist verblüffend, wie identisch die beiden aussehen. Jede winzige Kontur im Gesicht, selbst der Wirbel in seinem schwarzen Haar, der die Strähnen etwas widerspenstig vor seine Stirn fallen lässt, ist gleich. Wenn dieser junge Mann wenigstens etwas schmaler wäre oder einen anderen Kleidungsstil tragen würde, eine Narbe hätte, ein Tattoo – keine Ahnung, irgendwas –, aber er erinnert mich geradezu schmerzlich an Mark.

Ich blicke nervös zu ihm auf. Winter zieht die Hände aus den

Taschen seiner mit Kunstfell gefütterten Jeansjacke. »Die Beamtin hat dich Irina genannt, und ich habe mich an deine Stimme erinnert.«

»Du hast mich wirklich gerettet, weißt du das?«

»Na ja, es schien so, als hätte das sonst noch eine Weile gedauert, und ich habe extra diesen Weg auf mich genommen«, sagt er sachlich.

»Wie bist du reingekommen?«

Er schnaubt. »Ich habe mich vor den Polizisten am Tor als Psychologiestudent im Praktikum ausgegeben, damit sie mich überhaupt aufs Gelände gelassen haben. Diese Klinik ist ja wirklich vollständig abgeriegelt.«

Krass. Dafür wirkt er immer noch ziemlich gelassen. »Warum?«, frage ich schließlich und runzle die Stirn. »Warum bist du doch gekommen?«

Winter fährt sich durchs Haar, genauso wie Mark, kurz bevor er etwas Wichtiges sagen will. Mir kommt es einfach so vor, als würde ich ihn ewig kennen. *Fokus, Ira.*

»Ich weiß nicht«, antwortet er und blickt ausweichend in das Gebüsch vor uns. »Normalerweise treffe ich Entscheidungen selten aus dem Bauch heraus. Vermutlich hätten die meisten Leute mitten im Telefonat aufgelegt, aber aus irgendeinem Grund konnte ich es nicht. Die Panik in deiner Stimme war echt und hat mich nicht in Ruhe gelassen. Zumal ich den Vorfall der drei Patienten im Fernsehen verfolgt habe. Ein Ausbruch ohne jegliche Spuren? Das schien mir mysteriös, wie von Geisterhand geschehen. Aber vielleicht waren es auch deine Erwähnung der Fraktale, die mich am Telefon überzeugt haben.« Er zieht die Brauen zusammen, reißt den Blick wieder aus der Ferne und sieht mich fordernd an. »Das klingt bescheuert, ich weiß, aber –«

»Das klingt überhaupt nicht bescheuert«, unterbreche ich ihn.

»Ich verstehe nur nicht, warum *ich*?«, fragt er. »Was soll ausgerechnet *ich* hier?«

Bevor ich Winter antworte, spähe ich zur Sicherheit ein weiters Mal um die Ecke des Kabuffs. Jetzt wünschte ich mir den Nebel von heute Morgen zurück. Wir scheinen weiterhin unbeobachtet zu sein, trotzdem ist es nur eine Frage der Zeit, bis Susanna nach mir suchen wird. Ich drehe mich wieder zu Winter. »Für mich ist es mindestens genauso verrückt und unmöglich, dir alles zu erklären. Aber ich komme aus einer anderen Realität, in der gerade noch fünf andere Jugendliche in Gefahr sind und deine Hilfe benötigen. Außerdem ist dort dein Doppelgänger bei uns.«

Winter fährt sich übers Kinn. Er scheint hin- und hergerissen. Ich muss ihn irgendwie überzeugen, ich …

Da fällt mir das Foto von Marks Mutter ein. Mark hat es mir gegeben, um ein Beweisstück dabeizuhaben. Ich ziehe es aus meiner Hosentasche und strecke es Winter entgegen.

Er blickt verwundert auf das Bild und nimmt es mir aus der Hand. »Das ist doch meine Mutter! Woher hast du das?«

»Von deinem Doppelgänger.«

»Red keinen Unsinn«, sagt er aufgebracht.

»Schhh«, mache ich und spähe erneut um die Ecke. *Oh nein.* Susanna. Sie ist auf halbem Weg in unsere Richtung! Hoffentlich hat sie mich nicht gesehen.

Es kribbelt in mir. Wieder hole ich den Zähler aus der Tasche. 70. Die Schwelle könnte sich tatsächlich gleich öffnen!

»Und was ist das?« Winter wirkt nun komplett verwirrt.

»Mithilfe dieser Technologie kann man einen Übergang zwischen den Welten ausfindig machen.« Meine Finger um das kleine Gerät zittern. Winter schüttelt nur den Kopf, dreht seinen Oberkörper zur Seite, bereit zu gehen. »Ich … was mache ich eigentlich hier? Es war ein Fehler herzukommen.«

»Nein, bitte!« Ich bekomme ihn am Ärmel seiner Jacke zu fassen. »Die Beamtin von eben ist mir auf den Fersen. Wir müssen versteckt bleiben. Spürst du es nicht?«

»Was soll ich spüren?«, fragt er genervt, hält jedoch inne und sieht von meiner Hand wieder hoch in mein Gesicht. In diesem Moment steigt der Wert des Zählers auf 80. Wie aus dem Hintergrund drängt sich ein Summen hervor. Mein Puls schießt in die Höhe. *Das ist meine Chance.*

»Schließ die Augen«, sage ich.

Winter tut es tatsächlich, wenn auch erst wider Willen. Seine geschlossenen Lider flattern. Ich kann das Summen so deutlich hören, als wären wir mit diesem Geräusch in einem Klangkörper gefangen.

Der Boden vibriert. Plötzlich reißt Winter die Augen weit auf. Er hält seine Hände vor sich und betrachtet sie erschrocken, als wolle er wissen, was gerade mit seinem Körper passiert. Hektisch blickt er zu allen Seiten, sucht nach der Quelle des Geräuschs. »Es summt!«, sagt er. »Es summt überall!«

»Ja«, sage ich. Der Zähler blinkt weiter. *Gleich, gleich passiert es.* »Wir können jetzt rübergehen.«

»Wo rübergehen? Was passiert hier? Sag mir, was passiert!«

Es geht mir jetzt durch und durch. Ich strecke meine Hand nach Winter aus. »Komm, ich werde dir alles erklären.«

Er beäugt sie misstrauisch. Ich kann bereits die Schwerelosigkeit in mir spüren.

»Vertrau mir«, sage ich und setze einen Fuß vor, ehe uns die Schwelle entwischt. Vielleicht kann er meine Hand noch fassen und mir folgen, vielleicht … *Bitte, bitte nimm meine Hand.*

Dann, in letzter Sekunde, spüre ich die Wärme einer Berührung, unsere Finger verschränken sich wie von allein. Ich nehme ihn mit mir. Zusammen verlassen wir Aris Welt.

EPISODE 6
Der Narbenmann

Vanjo

Tag 11, 08:45 Uhr, Lungenheilanstalt, Bunker (rund 2 Stunden vorher).

Als ich aufwache, bin ich allein.

Es ist still, und alles, was ich höre, ist mein Herzschlag, der unter meiner verheilten Wunde pocht. Oder ist es doch die Wunde, die pocht?

Ich drücke mich ein Stück vom harten Bunkerboden hoch und sehe mich um. Komisch, war Ari nicht eben noch bei mir? Ach, nein. Nein, die anderen sind schon wieder zurückgekommen, nachdem sie Ira in die andere Welt geschickt hatten, und wir haben Ari wieder nach unten in den Brunnenraum gebracht. Aber … wo sind *die anderen*?

Ich stehe ganz auf, klopfe mir den Staub von der Hose. Mann, das ist viel Staub, das rieselt von meiner Hose herab wie ein Wasserfall. Das hört ja gar nicht mehr auf. Ich drehe mich im Raum, um alles sehen zu können. Da ist niemand. Sind sie los und haben mich vergessen?

Es pocht kräftiger in meiner Brust, aber es fühlt sich nicht an wie mein Herz, es ist kleiner und schneller. Ich muss raus und nach ihnen gucken. Sie sind bestimmt im Lagerschuppen, am Feuer. Wahrscheinlich erzählt Julian eine Geschichte.

Ich recke meinen Kopf nach oben zur Bunkerluke. Aber da ist keine Bunkerluke. Da ist nicht mal ein Schacht, der nach oben führt. Da ist eine Decke direkt über mir. Nur Zentimeter über mir, und um mich herum die Wände, genauso dicht. Und da merke ich, dass ich gar nicht stehe. Ich liege, und die Wände um mich herum sind altes, modriges Holz. Das ist kein Bunker. Das ist ein Grab.

Und es pocht und pocht und pocht in meiner Brust. Und jetzt hebe ich mein Shirt hoch und gucke. Die Wunde. Sie ist wieder offen. Sie klafft lang und weit über meinen Oberkörper. Und das Pochen darin wird stärker, es windet sich … es windet sich etwas in der offenen Wunde in meiner Brust. Jetzt kriecht eine Made aus ihr heraus. Noch eine. Immer mehr. Die Maden drängen nach draußen, fallen auf meinen Bauch, kriechen, winden sich, es pocht, pocht, pocht, es pocht überall in mir, in meinem Kopf, ich …

»NEEEEEEEEEEEEEEEEEEEEIN!«

Ich reiße die Augen auf, schieße nach oben und rapple mich sofort vom Boden auf. Panisch streife ich meine Jacke ab, ziehe den Pulli über den Kopf und werfe ihn weg, scheitere dann an meinem verschwitzten Shirt. Ich krieg es nicht runter! Hektisch taste ich nach meiner Brust, kann keine Wunde finden, aber …

»Vanjo.«

Es ist Henrikes Stimme, die mich zurück in die Realität holt. Ich spüre ihre Hand auf meiner.

»Vanjo, du hast nur geträumt. Es war nicht echt, Vanjo.«

Ich atme, atme. Blinzle. Greife noch einmal unter mein Shirt und lasse den Zeigefinger vorsichtig über die frische, noch etwas angeraute Haut um meine verheilte Wunde fahren. *Es war nicht echt.*

Allmählich nehme ich meine Umgebung wieder wahr. Der Bunker. Ein schneller Blick nach oben – die Bunkerluke. Dann erst schaue ich den anderen in die Gesichter. Benny, Alva, Theo, Henrike – alle da. Und weiter hinten erkenne ich Mark, wieder gefesselt. Alva schaut mich immer noch erschrocken an, Benny hat ein dämliches Grinsen aufgesetzt.

»Na, hast du geträumt, dass Theo dich zu einem LARP mitgenommen hat?«

Ich lächele matt, entspanne mich noch ein bisschen mehr. »Ja, und dann wurdest du in meine Gruppe eingeteilt.«

»Fraktion«, sagt Theo, aber auch er grinst leicht.

Benny stellt sich neben mich und klopft mir einmal auf die Schulter. »War ja zum Glück nicht echt.«

Ich nicke. Was kann ich froh sein, dass ich ausgerechnet mit solchen Leuten hier gelandet bin.

»Hat schon jemand nach Ari geguckt?«, frage ich dann.

»Ich hab ihr vor einer Viertelstunde ein bisschen Wasser gebracht. Es wirkte so weit alles okay bei ihr«, antwortet Theo.

»Gut.« Ich drehe mich zu Mark um, der uns stumm, aber mit aufmerksamem Blick zusieht. »Was denkst du, wie viel Zeit wird Ira brauchen, um deinen Doppelgänger zu kontaktieren?«, frage ich.

»Das ist wirklich schwer zu sagen«, gibt Mark zurück. »Wir können nur hoffen, dass es nicht zu lange dauert. Die Übergänge sind jetzt besorgniserregend häufig. Es ist nur eine Frage der Zeit, bis jemand auf der anderen Seite sie entdeckt, den man nicht für psychisch krank hält.«

»Vielleicht würde es Sinn machen, von Zeit zu Zeit zu den Übergängen zu gehen, die Mark weitestgehend prognostizieren kann, und zu gucken, ob wir Ira in Empfang nehmen können«, meint Benny.

»Ich glaube nicht, dass wir das machen sollten«, gibt Theo jetzt zurück, und sein Blick verfinstert sich. »Da draußen ist noch immer jemand, der schon von den Übergängen weiß. Und jetzt ist der Narbenmann nicht mal mehr allein. Dass er uns nicht gefunden hat, während wir Ira zum Übergang begleitet haben, war möglicherweise reines Glück.« Theo schüttelt den Kopf. »Wir sollten das nicht überstrapazieren.«

Alva legt die Stirn in Falten. »Aber wenn ich Mark richtig verstanden habe, brauchen wir doch das Gleichgewicht und …«

»… dann müssen wir diese hochgefährlichen Leute irgendwie

überwältigen und genau wie Ari in die andere Welt bringen«, vollendet Mark ihren Satz.

»Oder sie töten«, sage ich kühl.

Mark nickt. »Oder sie töten.«

Die Worte stehen für einen Moment im Raum, ich blicke in die Gesichter der anderen. Keiner von ihnen ist erschrocken darüber. Plötzlich spüre ich die Muskeln in meinen Händen deutlich, als hätte ich sie mir gezerrt. Ich habe diese Muskeln dazu benutzt, um der Pelzfrau die Luft abzudrücken. Es ist das Eine, die Worte zu sagen, und das Andere, es zu tun. Ob die anderen bereit dazu wären?

Meine Hände schmerzen jetzt, als würden sie jeden Moment zu krampfen anfangen. Bereit für so was kann man eigentlich gar nicht sein.

»Aber kommt schon, Leute«, wirft Theo nun ein und streicht fahrig mit einer Fingerspitze über die Klinge des Wicca-Speers, den er selbst hier unten meist direkt bei sich trägt. »Das ist doch die allerletzte Wahl, oder etwa nicht? Und da wir nicht wissen, wie lange –«

Ein knirschendes Geräusch über unseren Köpfen. Die Bunkerluke wird geöffnet!

Verdutzt sehen wir einander an.

Ist Ira etwa schon wieder zurück? So schnell?

Und warum kommt da kaum Licht von oben?

Aber irgendwer ist doch dort. Mein Herzschlag katapultiert sich in die Höhe. Da bewegt sich doch etwas. *Wer* hat die Luke geöffnet?

Ein plötzliches Kratzen in meiner Lunge lässt mich husten. Fast zeitgleich beginnen auch die anderen damit. Und jetzt rieche ich es: der drängende Geruch von Feuer. Schon wieder muss ich husten, diesmal stärker. Meine Augen beginnen zu tränen. Henrike neben mir hustet schon viel heftiger.

Druck presst sich auf meinen Kopf. Was passiert hier?

»Da, hinter euch!«, ruft Theo plötzlich.

Ich fahre herum. Und jetzt sehe ich es auch. Oben in der Betonwand, direkt über den leeren Regalen, strömt dicker, schwerer Rauch aus einer Öffnung in unseren Bunkerraum.

»Sie müssen den Eingang zur Frischluftzufuhr manipuliert haben«, ruft Mark alarmiert und nickt dann ruckartig mit dem Kopf nach oben. »Das Prinzip der kommunizierenden Röhren, es wird immer mehr kommen – da will uns jemand ausräuchern!«

Scheiße. Ich schaue wieder hoch, das Grau ist dicht, immer mehr davon stößt in den kleinen Raum, in dem wir uns befinden. Panik greift nach mir und lähmt mich im selben Moment.

»Na los, kommt schon! Raus hier!«, stößt Theo keuchend hervor und rennt auf die Leiter zu. »Wir haben keine Zeit!«

Ich räuspere mich hilflos, will das nicht. Will nicht da hoch. *Ich weiß, wer dort oben wartet.*

Wieder werde ich von einem Hustenanfall gepackt. Die Rauchwolken verdichten sich. Uns bleibt keine Wahl: Wir müssen sofort raus, sonst wird das hier wirklich unser Grab.

Tag 11, 08:54 Uhr, Lungenheilanstalt, Bunker.

Ari!

Ich reiße die Klappe zum Brunnenraum auf. Werde mit einer Ladung frischerer Luft belohnt. An diesen Vorteil habe ich gar nicht gedacht. Viel Zeit wird uns das aber nicht erkaufen.

»Was ist los?« Ari steht unten am Rande der kleinen Leiter.

»Komm schnell!«, krächze ich.

Ihre Hände sind wieder zusammengebunden, trotzdem steigt sie die ersten Sprossen nach oben. Ich packe sie unter den Achseln und ziehe sie einfach hoch. Wie leicht sie ist!

»Oh Scheiße, was –« Der Rest von Aris Satz erstickt in einem Hustenanfall. Ich greife schnell nach ihren Handfesseln. Nestele daran herum, verdammt, ich kriege die Dinger nicht auseinander!

»Lass mich!« Mark ist da. Anscheinend hat jemand den Physiker losgebunden, aber er ist mit uns im Bunker geblieben. In nur wenigen Sekunden hat er Aris Fesseln gelöst. Seine Augen sind so rot, als würden sie bluten.

»Jetzt raus hier! Ich geh als Letzter!«, sagt er gepresst.

Keine Zeit für Diskussionen. Ich haste zur Leiter. Der Rauch ist viel zu dick, ich kann kaum was sehen. Meine Lunge krampft. Hoch, hoch, hoch – raus. Ich werfe mich auf den Laubboden, rolle mich zur Seite. Aber kein Angreifer wartet auf mich. Oder? Ich kann kaum was erkennen. Auch hier ist der Rauch dicht, dazwischen lodern Flammen, sie haben nicht nur den Schacht befeuert, hier brennt es überall. Felle und Stroh fackeln qualmend runter. Das haben sie bestimmt aus den Wicca-Quartieren!

Mark kommt aus der Bunkeröffnung, Ari muss irgendwo hier oben sein. Ich höre Theo aufschreien. Bewegungen im Rauch. Versucht Ari abzuhauen? Oder werden sie angegriffen?

Wieder packt mich ein Hustenkrampf. Der Qualm wird noch dicker. Wie ist das überhaupt möglich? Ich kann selbst Mark nicht mehr richtig erkennen, nur noch wirre Schemen. Meine Augen brennen so. Scheiße, ich muss …

Jemand packt mich von hinten.

Brutal werde ich rücklings zu Boden gerissen. Mein Kopf schlägt auf die Erde. Ehe ich weiß, was passiert, hat sich eine Hand vor meinen Mund gelegt, eine andere um meine Kehle. Und weitere Hände greifen meine Arme. Zerren mich mit archaischer Kraft mit sich, sodass mein Körper über den Untergrund geschleift wird. Ich versuche, mich irgendwie dagegen zu wehren, mit den Füßen Halt im Boden zu finden. Verzweifelt stemme ich meine Fersen in die Erde … Aber da drückt die Hand um meine Kehle fester zu, ich muss nachgeben.

Scheiße, Scheiße, Scheiße.

Ich öffne meinen Kiefer, soweit mir das eben möglich ist, und beiße zu. Meine Zähne dringen durch Haut, ein säuerlicher Geschmack füllt meinen Mund. Aber die Hand zuckt nicht einmal zurück.

»Glaubst du wirklich, so etwas würde mir wehtun?« Die Stimme kriecht aus meinem Nacken direkt bis in mein Gehirn. *Er ist es.* »Keine Angst, dieses Chaos ist gleich zu Ende, und dann kümmern wir uns um dich«, sagt der Narbenmann liebevoll.

Sie haben mich aus dem Rauch rausgezerrt, aber ich kann immer noch kaum etwas erkennen. Ich werde schnell über den Boden bewegt, viel zu schnell weg von den anderen. Schaffe es irgendwie, den Kopf so zu drehen, dass ich den Brandort sehen kann.

Ich glaube, Theo hält Ari in Schach. Die anderen haben sich auch aus dem Qualm gerettet, keuchen, husten. Suchen hektisch die Flammen mit den Augen ab.

Ich höre ihre Rufe, sie rufen sich einander etwas zu, meinen Namen?

Ich bin viel weiter weg!, will ich schreien, doch da kommt nur ein unterdrückter, verzweifelter Laut aus meiner Kehle. *Schaut hierhin, zum Eingangstor, sie zerren mich zum Eingangstor!*

Aber niemand sieht mich.

Tag 11, 09:33 Uhr, Moorwald.

Irgendwo im Wald lassen sie mich los.

Wie einen Müllsack haben sie mich in eine kleine Mulde gehievt, und da liege ich jetzt, zusammengekrümmt und aufgeschürft.

Keine Ahnung, wie lange sie mich über den Boden geschleift haben, ob ein paar Minuten oder viele Stunden. Keine Ahnung, wo ich hier bin. Keine Ahnung, wie lange ich noch *bin*.

Ich starre auf meine Hände in der feuchten Erde, sie sind schlohweiß, wie Pigmentstörungen des Untergrunds. Meine Arme zittern schon, als ich mich nur so weit aufstütze, dass ich etwas sehen kann.

Da ist nur ein einziger, großer Baum vor mir und sonst … dunkles, schlammiges Wasser. Ich drücke mich weiter hoch. Um mich herum ist ein gewaltiger Moorteich, größer als alle, die wir hier bislang gesehen haben. Das Wasser ist schwarz und kommt mir vor wie ein Ozean aus Dunkelheit. Nur ein langer, schmaler Zugang führt auf diese kleine Halbinsel. Dieser natürliche Steg aus schlammigem Uferboden ist kaum mehr als einen Meter breit. Dort müssen sie mich eben in den letzten Zügen entlanggeschleift haben. Aber wo …?

»Als Kinder haben wir dieses Gewässer das Monsterauge genannt.« Die Stimme des Narbenmanns erklingt dicht hinter mir, er beugt sich zu mir herab und folgt meinem Blick. »Damals war der Zugang breiter.«

Ich bin starr. Halte die Luft an, als könnte ich damit verhindern, dass er mich berührt.

Aber er richtet sich wieder auf und entfernt sich ein Stück von mir. Langsam drehe ich mich herum. Da stehen auch die Frau und der Mann, die wohl schon in den Schwesternquartieren bei ihm waren. Sie sind dicht beieinander. Der Mann hat braune Haut und dunkle Haare, seine Wurzeln könnten in Südamerika liegen. Er ist klein, aber hat unnatürlich große Muskeln. Gegen seine Statur wirkt die Frau in ihrer eingeknickten Haltung und mit ihrem spitzen Gesicht noch schmaler als ohnehin schon.

Der Narbenmann dreht sich selbst zu den Seiten um, als entdecke er diese Umgebung das erste Mal. »Wir sind manchmal hierhergegangen. Wir waren gute Freunde, wir alle. Und hier auf der Insel, da haben wir uns Geschichten erzählt und sind an der Weide hochgeklettert und die Äste entlang, die über das Wasser ragten.« Der Narbenmann ist an den großen Baum herangetreten und malt mit dem Finger Runenmuster auf die Rinde. »Es hat Spaß gemacht, bis zu dem Tag. Da ist einer von uns abgerutscht. Er war weit über dem schwarzen Wasser, als er die Balance verlor. Der arme, kleine Ronny, was hat er geschrien. Was hat er geschrien, aber das Moor hat gezogen und gezogen. Es war hungrig. Sie haben ihn nie gefunden.« Er gluckst. »Gut, wir haben ihnen auch nicht erzählt, wo sie suchen müssen.«

Kalte Schauder jagen durch meinen ganzen Körper. *Er soll einfach aufhören zu reden.* Nur … will ich das wirklich?

Der Narbenmann dreht sich zu der Frau.

»Aber es war ein aufregender Nachmittag. Weißt du noch?«

Sie schüttelt den Kopf, weicht seinem Blick aus.

»Doch, weißt du. Du bist seitdem traurig gewesen. Du bist seitdem immer nur noch traurig.« Sein Gesicht verzerrt sich in Wut und Schmerz. »Es war wie eine Seuche.«

Noch ist der Fokus nicht auf mir. Sollte ich versuchen, über den Zugang zu fliehen? Ich kann mich kaum aufrecht halten. Aber muss ich es trotzdem probieren?

»Was soll dieses Gerede?«, fragt da der breite Mann. Er geht rüber zum Zugang und stellt sich direkt davor, so als hätte er gerade meine Gedanken gelesen. Mit einer unbestimmten Geste deutet er über den Moorsee. »Du hast gesagt, dass du mich und Marcia hier rausbringst. Warum schneiden wir dem da nicht einfach die Kehle durch und verschwinden? Oder wozu brauchen wir ihn denn nun?« Er dreht sich zu der Frau und grinst, indem er lediglich die Oberlippe hochzieht. »Mars und Venus wollen hier endlich weg.«

Gerald streckt seinen Zeigefinger aus und deutet auf den breiten Mann. Ich zucke zusammen, als er zügig an mir vorbeiläuft und direkt vor ihm stehen bleibt, den Finger immer noch auf sein Gesicht gerichtet.

»Was soll *dein* Gerede, *Venus*?« Er spuckt den Namen des anderen Patienten förmlich aus. »Was glaubst du, was du damit erreichst? Man beißt nicht die Hand, die einen füttert. Auch wenn du das drüben bei den Irren vielleicht schon gemacht hast, du hässlicher Vogel.«

»Beruhige dich«, sagt Venus und hebt beschwichtigend die Hände. Aber Gerald weicht keinen Zentimeter nach hinten.

»Wo wärst du jetzt, wenn es mich nicht gäbe? Wo wärt ihr *beide*? Ihr würdet immer noch in euren kleinen Isolationszellen hocken, vollgepumpt mit irgendwelchem Zeug, und alles, auf was ihr hoffen könntet, wären ein paar Minuten Freigang auf dem Hof. Ich habe das Unmögliche möglich gemacht, und *jetzt* hinterfragst du mich?«

»Du hast ja recht.« Noch immer hat Venus die schweren Arme beschwichtigend angehoben. Er müsste Gerald ohne jegliche Mühe zerdrücken können, aber er scheint in ihm wirklich seinen Ausweg aus der Gefangenschaft zu sehen. Wenn er nur wüsste, dass es von hier auch keinen Ausweg gibt.

Für einen Moment schaut Gerald Venus noch eindringlich in die Augen, dann nickt er. »Gut.«

Er lässt von ihm ab und macht ein paar Schritte nach hinten, dreht sich herum.

Die Frau – Marcia anscheinend –, die den beiden wie erstarrt zugesehen hat, geht mit schnellen, kleinen Schritten vor und stellt sich wieder neben Venus. Fast, als suche sie Schutz bei ihm. Nun sieht sie den Narbenmann verschreckt an, der ihren Blick mit einem seltsamen Ausdruck erwidert.

»Aber Gerald, was … was *hast* du denn nun vor?«, fragt sie.

Bei den Worten löst sich der Gesichtsausdruck des Narbenmanns, und ein verzerrtes Lächeln spannt sich in seine Miene. Eifrig greift er in die Tasche seiner grauen Stoffhose und holt umständlich etwas heraus. Er streckt es vor seinen Körper, um es den anderen beiden zu zeigen.

Oh fuck. Oh nein. Nein.

Auf der Klinge des rostigen Skalpells scheint sich die schwarze Oberfläche des Moorsees widerzuspiegeln und mit dem getrockneten Blut auf dem Metall zu vermischen.

Nein, nein, nein. Ich muss hier weg. Ich muss hier weg. Warum kann ich mich nicht bewegen? Warum habe ich keine Kraft?

Der Narbenmann deutet mit dem Skalpell in meine Richtung. »Er wird zu einem Kunstwerk. Er wird mein größtes Kunstwerk. Die Symbole, sie werden seine Haut umfassend zieren. Sie werden sich miteinander verschlingen. Ich weiß genau, welches wo hinkommt. Ich habe es mir so lange überlegt.«

»Du willst seine Haut aufritzen wie deine?«, fragt Venus eher verwirrt als zweifelnd. »Ist das nötig …«

»… um das nächste Portal für uns zu öffnen?«, beendet Marcia seinen abgebrochenen Satz. Sie sieht ebenfalls verwirrt aus.

Unwirsch schüttelt der Narbenmann mit dem Kopf. »Nein. Nein, ihr versteht nicht. Wir brauchen kein Portal.« Der Narbenmann fixiert Marcia. »Das ist für dich. Wie alles. Er wird wunderschön danach aussehen. Viel schöner als ich. Ihr werdet es schön finden. Du wirst es schön finden. Du wirst endlich wieder lachen.«

Weg, weg, weg. Ich muss hier weg, solange er noch nicht bei mir ist. Mein Blick geht panisch umher. Um mich herum ist nur das schwarze, tote Wasser.

Das Moor wollte mich umbringen, ich höre Julians Stimme ganz genau in meinem Kopf.

Soll ich es trotzdem versuchen? Mich einfach ins Wasser stürzen und hoffen, mein Überlebensinstinkt schafft es für mich? Aber mir gelingt es doch kaum, mich zu bewegen. Und viel wichtiger: Ich werde nicht noch mal den Fehler machen, das, was Julian uns gesagt hat, nicht ernst genug zu nehmen. Es muss einen anderen Weg geben, *irgendeinen anderen Weg.*

»Du wirst es schön finden«, wiederholt Gerald jetzt wie eine Beschwörungsformel, während die anderen beiden ihn immer noch verständnislos anschauen.

»Aber –«

»Schschschschsch«, meint Gerald nur und hebt den Zeigefinger vor den Mund.

»Lass uns endlich fliehen«, spricht Marcia trotzdem weiter. »Das hier wird es doch nicht ändern können, Gerald. Das wird mich nicht ändern können.«

Wieder tauscht sie einen Blick mit Venus, und ich merke, wie genau in diesem Moment ein Ruck durch Geralds Körper geht, in seinen Augen flackert ein Ausdruck, den ich … *kenne*? Doch schon im nächsten Moment ist davon nichts mehr zu sehen.

»Oh doch, doch, das wird es«, sagt er entschieden und legt den Kopf schief. »Warte nur ab.«

Damit dreht er sich zu mir um und kommt auf mich zu. Nur wenige Schritte, und doch fühlt es sich lange an.

Aber ich unterdrücke die Angst, die sich wimmelnd in meinem

Körper ausbreitet wie Maden. Konzentriere mich. Konzentriere mich mit aller Kraft, damit ich wenigstens halbwegs klare Gedanken fassen kann. Ich habe da etwas gesehen. Und wenn mein Körper nicht kämpfen kann, dann wenigstens mein Geist.

Der Narbenmann ist bei mir. Er geht vor mir in die Knie, sanft streicht er mein Haar aus der Stirn und nach hinten über meinen Kopf.

»Na«, sagt er mit schmirgelnder Stimme und lächelt. Sein Gesicht ist entzündet und fahl. Sein Atem ist ein Grab.

Ich schließe die Lider. Alles in mir will kapitulieren. Alles schreit.

Und doch ist es nichts gegen das, was Ari vor zwei Jahren auf der Kreuzung vor der Turnhalle erleben musste. Ich würde nicht tauschen wollen.

Langsam öffne ich die Augen und blicke dem Narbenmann entgegen. »Warum ist er dabei?«, frage ich mit deutlicher Stimme, aber dennoch so leise, dass die anderen beiden mich nicht hören können.

»Oh, es kann sprechen.« Der Narbenmann grinst noch breiter und legt den Kopf schief. »Was sagst du?«

»Warum ist *er* dabei?«, wiederhole ich eindringlich und nicke mit dem Kopf einmal in Richtung Venus, der noch immer mit Marcia am Zugang zur Halbinsel steht.

Das Grinsen weicht augenblicklich aus dem Gesicht des Narbenmanns. Diesmal scheint er mich verstanden zu haben. »Weil … Weil ich jemanden brauche, der für mich notfalls die Drecksarbeit erledigen kann.«

»Nein«, sage ich.

»Ja, weil sie wollte, dass er mitkommt. Ja, und? Er erledigt trotzdem die Drecksarbeit für mich.«

»Das sollte so nicht sein. Nur ihr zwei. Nur ihr zwei vereint.«

»Ich habe kein Interesse an ihr. Nicht ein … *solches.*«

»Das weiß ich doch. Aber er vielleicht. Und selbst wenn nicht. Du musst sie teilen mit ihm, wenn ihr gemeinsam flieht. Warum? Warum ist *er* noch dabei? Er hat nichts verloren bei deinem Kunstwerk. Er macht es hässlich, er macht *sie* hässlich«, sage ich und versuche irgendwie, mich zusammenzureißen, *jetzt keine Furcht zeigen.*

Der Narbenmann starrt mich mit weit aufgerissenen Augen an, ich kann kaum atmen, halte seinem flackernden Blick trotzdem stand.

Da steht er plötzlich ruckartig auf, lässt von mir ab und wendet sich stattdessen wieder den anderen beiden zu.

»Was ist?«, fragt Venus. »Hast du dich umentschieden?«

»Gerald, ist … ist alles gut?«, fragt Marcia hinterher.

Der Narbenmann bleibt vor den beiden stehen und sieht zwischen mir und Venus hin und her, er nickt mit dem Kopf in meine Richtung.

»Er denkt, er versteht mich. Hähä, er denkt, er kann uns gegeneinander ausspielen.« Nun stellt er sich mit dem Rücken zu mir und schaut Venus direkt ins Gesicht. »Er will mich gegen dich aufhetzen. Er denkt, das funktioniert.«

Venus sieht mich über die Schulter des Narbenmanns hinweg an. Und sein Blick ist plötzlich voller Wut. Seine Kiefermuskeln spannen sich sichtbar an, seine Adern an den Schläfen pumpen. Ja, da liegt eine so plötzliche Mordlust in seinem Blick, dass es mir den Brustkorb zudrückt. Doch schon im nächsten Moment reißt er den Mund erschrocken auf. Er versucht, Wörter von sich zu geben, aber da kommt nur ein feuchtes Gurgeln. Hilflos greift er sich an die Kehle.

Gerald zerrt einmal kräftig, um das Skalpell aus dem lang aufgeschlitzten Hals von Venus zu entfernen, das sich dort wohl verhakt hat. Dann lächelt er mich an und zieht die Schultern hoch. »Hat funktioniert.«

Hinter ihm sackt Venus auf die Knie, immer noch versucht er, sich die Kehle zu halten, als könne er verhindern, was geschieht. Aber das Blut schwappt über seine Hand, über seinen Oberkörper, dann kippt er zu Boden.

Ein einziges, lautes Schluchzen dringt neben ihm hervor. Der Rest sind stumme Tränen, die Marcia unkontrolliert über die Wangen fließen.

Gerald schüttelt den Kopf, er sieht plötzlich betroffen aus. »Nicht weinen.« Fast unbeholfen macht er einen Schritt auf sie zu und greift nach ihrem Arm. »Nicht weinen, es wird gleich endlich wieder gut sein. Ich mache ein Kunstwerk. Ich mache dir ein Kunstwerk, sieh hin.«

Ich atme tief ein, sammele die Kraft in meinen Armen. Dann drücke ich mich hoch. Alles dreht sich, *Balance halten*. Ich stehe.

Ich wanke hin und her, aber ich stehe, und ich habe die Fäuste erhoben, mit jeder Sekunde kommt die Kraft wieder zurück in meinen Körper. Sie haben sich zu viel Zeit gelassen. Und jetzt sind es nur noch zwei gegen einen. Grimmig sehe ich ihnen entgegen. *Ich werde nicht zulassen, dass meine Ira ihren Bruder auch verliert.*

Der Narbenmann hat angehalten und schüttelt nur den Kopf. »Ach, nein, lass das doch. Es dauert nur länger so.«

Was er nicht sieht – neben ihm macht sich auch Marcia für den Kampf bereit. Ihre Hände sind zu Fäusten verkrampft, und sie hat mich mit einem grausamen Blick fixiert, da ist nichts mehr von ihrer Ängstlichkeit, da ist nur der Wunsch nach Rache. Offensichtlich sieht sie die Schuld am Tod ihres Begleiters nicht beim Narbenmann, sondern bei mir.

Bevor der Narbenmann selbst angreifen kann, stürmt sie schon auf mich los. Schnelle Schritte, Absprung.

Ich reagiere. Mache mich klein und ramme von unten gegen ihren Körper, der mir entgegenfliegt. Ein dumpfer Aufprall. Ein erstickender Laut, als ihr sämtliche Luft mit einem Mal aus der Lunge gepresst wird. Noch ehe sie sich nur halbwegs aufrappeln kann, drehe ich mich auf der Stelle um, hole mit dem Bein nach hinten aus und trete ihr mit voller Wucht gegen den Schädel.

Mit einem seltsamen Geräusch federt ihr Kopf nach hinten, und sie sackt schlaff auf den Erdboden. Gekrümmt liegt sie auf der Seite, die Augen nach oben verdreht, der Mund leicht offen, Blut läuft daraus hervor.

»Nein! Neeeeeeeeeeeeeein!« Das Gesicht des Narbenmanns ist vor Entsetzen zu einer grotesken Grimasse verzogen.

Es ist das erste Mal, dass er *wirklich* aus der Fassung ist. Denn er sieht nicht, was ich jetzt mit einem Anflug von Erleichterung sehe. Sie atmet. Doch der Narbenmann weiß das nicht. *Nutz das, Vanjo.*

»Ihr Tod ist deine Schuld«, sage ich mit fester Stimme und blicke ihm dabei in die vom Schmerz verzerrten Augen. »Du bist verantwortlich.«

Ein unsäglicher Laut dringt aus der Kehle des Narbenmanns, dann rennt er mit dem Skalpell in der Hand auf mich zu. Er ist unmenschlich schnell.

Mit einem erneuten kehligen Laut holt er weit von hinten aus und lässt die Waffe in einem seitlich geführten Hieb durch die Luft sausen. Direkt auf meine Halsschlagader zu.

Instinktiv reagiere ich. Dehne meinen Oberkörper ruckartig nach hinten, sodass die Klinge knapp vor meinem Gesicht durch die Luft schneidet. Ich kann den Luftzug spüren.

Schon kommt der nächste Hieb, diesmal führt er ihn über

seine Rückhand, um keine Zeit zu verlieren. Ich vollführe einen schnellen Ausfallschritt nach hinten. Wieder knapp verfehlt.

Bevor er den dritten Angriff einleiten kann, mache ich direkt ein paar weitere Schritte nach hinten, dann zur Seite. Das Moor gibt mir nicht viel Platz. Ein falscher Schritt am Ufer, und der Untergrund wird mir zum Verhängnis.

Der Narbenmann macht nun auch einige Schritte zur Seite, um mich wieder vor sich zu bekommen. Er wartet auf seinen Moment.

Doch er kämpft noch immer mit Wut, das sehe ich. Er ist noch unüberlegt.

Und trotzdem, er hat eine tödliche Waffe in der Hand und ich nicht. Das kann auf Dauer nicht gut gehen.

Der Narbenmann kommt näher, bislang greift er nicht an. *Fuck, fuck, fuck. Was soll ich machen?*

Da nehme ich aus den Augenwinkeln die hohe Weide am Uferrand wahr. *Ich bin Turner.*

Ich denke keine Sekunde länger drüber nach, und das ist auch gut so. Der Narbenmann greift wieder an. Doch ich bin ebenfalls schon in Bewegung. Mit einem regelrechten Hechtsprung stürze ich zur Seite, rolle mich ab und haste rüber zu der Weide. Ich nutze den Schwung und renne die ersten Meter des etwas geneigten, dicken Stammes hoch. Meine Hände greifen nach oben, finden Halt in einer Einkerbung und ziehen mich weiter rauf. Jetzt bin ich an den ersten Ästen, weiter, weiter, ich bin oben.

Ich bin oben auf dem breiten Ast, der über das schwarze Moor ragt, mehrere Meter über dem Wasserspiegel.

Keuchend atme ich Luft ein und aus. Unten steht der Narbenmann und starrt zu mir hoch. Sein Gesicht ist eine zuckende Masse aus wunder Haut.

»Du denkst, ich komme da nicht hoch, weil meine Knochen

und Sehnen älter sind als deine?«, stößt er zwischen zusammengebissenen Zähnen hervor und dreht den Kopf schief. »Du hast keine Ahnung, *mit was* du dich hier eingelassen hast.«

Dann setzt er sich urplötzlich in Bewegung und stürzt auf den Baum zu. Seine Hände krallen sich in die Borke, und wie von einer fremden Kraft besessen, zieht er seinen gesamten Körper den angeschrägten Stamm hinauf, er ist fast schneller oben als ich. Oh shit, jetzt ist er schon an meinem Ast!

Ich trete ihm vor den Brustkorb, doch das scheint er kaum zu bemerken. Er drückt sich hoch, wirft sich ohne Skrupel auf mich. Er ist über mir, das Skalpell in seiner erhobenen Rechten. Blitzartig strecke ich meine Arme aus und umklammere sein Handgelenk, damit er die Waffe nicht auf mich niederstoßen kann. Aber er drückt sie immer weiter runter. *Wo kommt diese unfassbare Kraft her?* Ich halte dagegen. Doch die Klinge kommt dichter, Stück für Stück nähert sie sich meinem Gesicht. Er wird mich töten. Er … Mir bleibt nur eine Möglichkeit.

Ich drücke mich zur Seite und stürze mich vom Ast. Der Narbenmann lässt das Skalpell fallen und versucht, mich noch zu greifen. Es klappt, seine Finger schnappen meinen Ärmel, aber er wird nur mit mir hinabgezogen. Schon im nächsten Moment schlagen wir auf das Wasser auf. Schwarz umhüllt mich. Tiefes, dickflüssiges, kaltes Schwarz. Ich kann *nichts* sehen. Wo ist oben?!

Versuch es!

Zwei kräftige Schwimmschläge, ein dritter mit leicht geänderter Richtung – da breche ich durch die Oberfläche!

Gierig schnappe ich nach Luft. Glück gehabt! Ich hätte auch direkt in den Moorschlamm prallen können.

Ich trete das kalte Wasser. Wie tief ist es hier? Wie weit unter mir ist das Moor, das schon Julian schlucken wollte? Und wo – *wo ist der Narbenmann*?

Suchend sehe ich mich nach allen Seiten um. Da ist nur das dunkle Wasser. Außer um meine sich bewegenden Arme herum ist die Oberfläche jetzt glatt, so als wäre eine Folie darübergespannt. Ja, da ist nur eine schwarze, glatte Fläche und das Inselufer, das mir weit weg vorkommt, viele, viele Meter. Sollte ich es trotzdem einfach versuchen? Ich starre auf das Wasser, mein Gesicht spiegelt sich auf der Oberfläche. Es sieht komisch verzerrt aus, zerrissen, als wären da überall Narben in meiner Haut. Ich schaue mir in die Augen, schaue in tiefe Angst.

Ich muss hier weg, ich … direkt hinter mir schleudert etwas aus dem Wasser und springt mich an. Zähne bohren sich in meinen Nacken, schmerzerfüllt schreie ich auf. Eine Hand greift nach meiner Kehle, zieht mich nach hinten. Jetzt bin ich wieder unter Wasser, er drückt mich, er drückt mich einfach unter Wasser, ich kann nichts machen. Ich strampele, kämpfe. Luft. Meine Luft wird knapp! *Tu was!*

Gezielt greife ich mit beiden Händen nach oben, bekomme tatsächlich seinen Oberkörper zu fassen. Mit aller Kraft, die ich noch aufbringen kann, ziehe ich. Es klappt, ich zerre ihn mit unter Wasser, sein gnadenloses Drücken auf meinen Schädel lässt nach, ich werfe mich herum. Mein Kopf über Wasser, ich schnappe nach Luft, dann bin ich wieder unten, weil er an mir reißt. Ich drücke dagegen. Mehrmals ringen wir den anderen unter Wasser und uns selbst wieder hoch. Ein paarmal Luft für meine panische Lunge. Wir kämpfen um die Oberhand. Mein Schuh streift den Untergrund. Sofort zerre ich instinktiv mein Bein hoch. Starker Widerstand. Der Schuh ist im Schlamm stecken geblieben, aber zum Glück konnte ich meinen Fuß direkt lösen. Sonst hätte es mich gehabt. *Das Moor ist hungrig.*

Der Narbenmann wirft sich wieder gegen mich. Ich darf mich nicht zu weit nach unten drücken lassen! Das Moor!

Kurz hat er wieder die Oberhand, dann ich. Aber der Narbenmann scheint kein Stück zu ermüden, ich kann kaum noch mithalten. Meine Arme brennen, mein ganzer Körper brennt. Und gleichzeitig wird die Kälte, die uns umschließt, immer dringlicher, sie lähmt mich.

Das Moor ist hungrig.

Mir bleibt keine Zeit, über meine Idee nachzudenken.

Ich stoße mich mit beiden Beinen nach unten von ihm ab, schraube mich danach sofort seitlich um meine eigene Achse, damit ich bloß nicht den Grund berühre. Ein paar schnelle Züge tauche ich nach vorn – wenn die Richtungen überhaupt noch stimmen. Dann drehe ich auf der Stelle.

Jetzt muss ich seine Beine kriegen. Meine Lider sind offen, aber ich kann trotzdem nichts sehen. Habe das Gefühl, das Wasser kriecht als Schlamm in meine Augen. Die Luft ist jetzt schon knapp.

Los. *Los, du musst ihn kriegen. Es ist deine letzte Chance.*

Zwei Züge, genauso kräftig wie die, die mich eben von ihm weggebracht haben. Druck presst sich auf meine Trommelfelle, ich kann immer noch nichts sehen. Jetzt mache ich mich lang, strecke die Arme wie zwei Fühler aus, in der Hoffnung, seine Beine oder Füße zu ertasten. Luft. Ich brauche Luft. Ich tauche durch das Schwarz, gegen das ich kaum ankomme. Meine Hände treffen nichts. Meine Lunge schmerzt, sie fühlt sich an, als würde sie anschwellen. *Durchhalten, durchhalten, durchhalten.* Immer kälter wird es um mich herum, immer kälter, und ich bin plötzlich müde, so müde. Es ist Zeit zu schlafen, oder nicht? Es ist …

Vanjo! KOMM SCHON!

Ein letzter Zug. Die Arme voran – da! Ich habe ihn, das ist sein Knöchel. Blitzschnell umgreife ich das Gelenk mit beiden Händen. Ich sammle alle Kraft, die ich aufbringen kann, und reiße es nach unten. Ja. Es geht runter. An seinem Bein ziehe ich den Narbenmann runter, bis sein Fuß plötzlich auf den Grund trifft. Ich drücke noch einmal, so fest ich kann, dann ziehe ich schnell die Hände weg, bevor das Moor auch mich festhalten kann. Ich habe es geschafft. Er steckt fest.

In meinem Kopf tanzen dunkle Punkte. Ich muss hoch! Schnell, schnell, ich weiß die Richtung. Hoch!

Er greift nach mir, er will mich festhalten. Ich winde mich im Wasser, seine Krallen schlitzen über meine Haut. Er hat mich, nein, ich bin frei. Ich stoße mit dem Kopf durch die Oberfläche, atme, hechte noch ein Stück von ihm weg.

Mein Körper hat kaum noch Kraft, aber die brauche ich, um zum Ufer zu gelangen. Ich drehe mich nicht um, kämpfe mich vorwärts. Meine Schwimmzüge sind schwer und träge im Wasser, nur noch raus, nur noch raus. Das Ufer ist doch viel dichter, als ich dachte, oder es war eben noch wirklich viel weiter entfernt, ich weiß es nicht. Es ist egal, ich bin jetzt da.

Keuchend werfe ich meinen Oberkörper auf den schlammigen Uferrand, rutsche ab, halte mich. Ich ziehe mich mühsam weiter an Land. Mit letzter Kraft drücke ich mich hoch und stehe auf. Dann erst wende ich mich dem Narbenmann zu.

Für einen Moment erwarte ich, dass er nun doch wieder hinter mir steht und mich angreift, aber das tut er nicht. Er ist noch immer an der Stelle, an dem ich ihm dem Moor übergeben habe, nur ein kleines Stück seiner Schultern und der Kopf sind über der Wasseroberfläche. Seine Narben scheinen zu bluten, so rot sind sie.

Wir sehen einander an.

»Hättest du ihr nur besser zugehört«, sage ich schwer atmend, aber ich bin mir sicher, dass er mich versteht. Schwarzes Wasser tropft von mir. Ich schüttele den Kopf und nehme den Blick nicht von ihm. »Du bist nicht verantwortlich für ihr Glück. Du warst es nie.«

Der Narbenmann kämpft nicht. Er weiß genau wie ich, dass das Moor ihn nicht mehr gehen lassen wird. Dass nichts und niemand ihn jetzt noch retten kann.

Er sieht an mir vorbei. Die Wut ist aus seinem Gesicht gewichen. Er sieht Marcia an, deren Augen kurz flattern, bevor sie wieder in die dämmrige Benommenheit zurückfällt.

Und ich stehe am Ufer, die schwarze Oberfläche drängt sich um den Narbenmann, und die Bäume um das Gewässer strecken Knochenhände in den Himmel, während er im Monsterauge versinkt. Langsam, langsam, und am Ende immer schneller. Aus der Bisswunde in meinem Nacken fließt Blut, aber ich kann die Verletzung nicht spüren. Ich stehe noch da, als die kleinen Wellen im Wasser sich wieder glätten und das Moor bekommen hat, wonach es verlangte. Ich stehe da, als Benny, Henrike, Alva und Mark auf die Halbinsel rennen und die beiden Mädchen mich stützen, während Benny und Mark Marcia in Gewahrsam nehmen, die langsam zu sich kommt. All das nehme ich wahr, und es geht auch an mir vorbei. Als hätte man mich mit einem Medikament betäubt.

Auf der anderen Seite des Ufers steht Ari, sie wird von Theo bewacht. Wir sehen uns direkt in die Augen, Ari lächelt.

Ich lebe.

Susanna

Tag 11, 11:22 Uhr, Geschlossene Klinik am Winkenberg, draußen.

Der Rauch der Zigarette strömt kratzig durch meinen Hals. Ich nehme einen weiteren, tiefen Zug. Habe mich an einen ruhigen Platz, weit rechts hinter dem Hauptgebäude, verzogen. Schon fast an der Außenmauer. Ein paar Bäume und hohes Gestrüpp wuchern hier, wo die Gärtner nicht mehr für das Gelände zuständig sind.

Ich kann's nicht leiden, wenn mich Kollegen beim Rauchen sehen. Schlimmer noch, wenn sie sich dabei zu mir gesellen. Denn das sind die fünf Minuten während meines Dienstes, in denen ich ungestört nachdenken kann. Und in denen mir schon oft der zündende Gedanke für so manch komplizierten Fall gekommen ist.

Ich puste den Rauch in die kalte Novemberluft. Beobachte die weißen Schlieren, die sich in den Schwaden winden.

Ein Fall wie dieser ist mir jedoch in meiner ganzen Laufbahn noch nicht untergekommen. Und nach zwanzig Jahren sind mir gewiss genug verrückte Dinge in den Ermittlungen widerfahren. Das kann Martin bestätigen. *Aber so was?*

Ich blicke finster zum Hauptgebäude der Klinik. Dieser Ort mitten im Moorwald war mir von vornherein nicht geheuer. Mich lässt das ungute Gefühl nicht los, dass das Leben hinter diesen Wänden etwas anders funktioniert als unten in der Stadt.

Ich verlasse mich gewöhnlich auf mein Bauchgefühl. Es leitet mich von selbst durch die Rätsel. Bis ich auf Fakten und Beweise stoße. Nur, wie kann es sein, dass unsere besten Forensiker und eine ausgebildete Hundertschaft des SEK mit der Technik des 21. Jahrhunderts nicht eine einzige Spur der geflohenen Patienten finden?

Ich ziehe noch mal kräftig an der Zigarette. Das Nikotin löst einen kurzen Schwindel in meinem Kopf aus. Ich huste verärgert.

Das kann nicht sein. Das ist schlicht und einfach unmöglich. Kein Mensch schafft es, *alle* Spuren zu verwischen. Es sei denn, er besitzt die Superkraft, sich unsichtbar zu machen.

Gerald.

Ich habe die Krankenakte dieses Kerls studiert. Selbst die Herkunft der Wicca-Narben, die er sich wie grausame Tattoos in die Haut geritzt hat, habe ich recherchiert. Nichts deutet darauf hin, dass er außerhalb der Klinik Kontakte oder irgendwelche Mittelsmänner oder -frauen hat, die ihm bei dem Ausbruch aus Station 6 geholfen haben. Und es ist auch seltsam, was mir einige Patienten über ihn erzählt haben. Seine Bewegungsmuster in der Klinik sind kaum nachvollziehbar.

Die Presse hängt mir jetzt schon am Hals. Zwei hochgefährliche Straftäter aus der Maßvollzugsregelung sind auf freiem Fuß. Das Hochsicherheitssystem hat vollständig versagt. Auf den Kameras erscheint zum entscheidenden Moment der Flucht lediglich ein graues, rauschendes Störbild. Und als die Kameras wieder anspringen, sind die drei Flüchtigen wie vom Erdboden verschluckt. Rein zeittechnisch muss hier bereits ein Fehler vorliegen. Zudem hat der Zeuge, der ebenfalls an der Tat beteiligt war, Suizid begangen. Es ist zum Verrücktwerden.

Eine Windböe lässt die Glut meiner Zigarette aufleuchten und angesammelte Asche davonfliegen. Letzter Zug, dann schnipse ich den Stummel von mir. Er landet in einer Dreckpfütze und erlischt.

Meine Ohren sind Eiszapfen. Ich ziehe meinen Kopf tiefer in den Mantel. Meine Güte, was ist auch nur mit diesem Wetter los? Es ist, als würden die dunklen Wolken über dem Anstaltsgelände wie in einem Bermudadreieck festhängen.

Bestimmt hat Theo heute Morgen nicht daran gedacht, die dicke Daunenjacke anzuziehen. Ich hätte sie längst vom Dachboden holen sollen. Aber ich bin erst um fünf Uhr morgens völlig fertig ins Bett gefallen. Diese Ermittlungen rauben mir noch den letzten Nerv. Und die Aspirin, die ich vor zwei Stunden gegen meine Kopfschmerzen geschluckt habe, verliert bereits ihre Wirkung.

Zeit, mein kleines Versteck zu verlassen. Ich sollte zurück. Martin und ich wollen noch mal diese Patientin namens Irina verhören. *Sie weiß irgendetwas.* Das Mädchen besitzt nicht nur eine Verbindung zu Gerald, nein, sie weiß auch etwas über die Phänomene an diesem Ort, die ich mir nicht erklären kann. Da bin ich mir sicher. Das merke ich an der Art, wie sie sich durch die Gänge bewegt. Als würde sie hier Minenfelder spüren, auf die man besser nicht tritt. Und dennoch fürchtet sie sich. Ich rücke die angeheftete Polizeimarke auf Brusthöhe meines Mantels zurecht. *Ich werde es schon noch herauskriegen.*

Ein Rascheln. Dann ein Knacken.

Ich fahre zusammen. *Da war doch etwas?*

Instinktiv schiebe ich meine Hände um die Waffe an meinem Gürtel, habe das Gebüsch immer noch im Visier und lausche.

Tatsächlich höre ich wieder Geräusche. Schritte, Stimmen. Der rauschende Wind in den Baumwipfeln verzerrt meine Wahrnehmung. Aber dann, doch – *da ist jemand.* Da kommt jemand aus dem Gebüsch!

Blitzschnell ziehe ich die Pistole, lege einen Finger an den Abzug. Jede Faser meines Körpers ist bereit zum Angriff, aber dann halte ich inne.

»Theo?«

Ungläubig starre ich meinen Sohn an. Er sieht schrecklich mitgenommen aus, als wäre in den Wäldern eben etwas hinter ihm her gewesen. Die Kleidung verdreckt, die Locken zerzaust. Selbst die sonst so runden Wangen wirken eingefallen.

»Was machst *du* denn hier?«, frage ich und stecke die Waffe hastig zurück in die Halterung. »Sag, wie bist du hierher und über die Mauer gekommen?«

Er blickt mich aus riesigen Augen an, macht vorsichtig einen Schritt nach vorn, die Hände abwehrend erhoben. In der einen hat er ein kleines schwarzes Gerät mit vier Antennen umklammert. Was ist das?

Ich ziehe die Brauen zusammen. *Hier stimmt was nicht.*

»Ich bin nicht dein Theo«, erhebt er nun die Stimme. Mein Herz klopft wie kurz vor einer Festnahme.

»Das ist das Merkwürdigste, das dir wohl je jemand gesagt hat, aber du musst genau zuhören«, fährt er fort. »Ich komme von *woanders* her. Wo, ist nicht wichtig, nur, dass die beiden Leute, die ich mitgebracht habe, da nicht hingehören.«

»Welche Leute?«, frage ich und schiele an ihm vorbei, wo es nun erneut im Gebüsch raschelt.

»Du musst gut auf sie aufpassen, okay?«

»Ja, nur Theo, sag schon, was ist los?«

»Passt du auf? Ich habe nicht viel Zeit«, drängt er. Und ich spüre, dass es ihm ernst ist. Was auch immer da gerade vor sich geht.

»Ja«, antworte ich also mit fester Stimme.

»Gut.« Theo dreht sich zu dem Gebüsch um, aus dem er herausgekommen ist. »Du kannst sie ihr jetzt übergeben«, sagt er nach hinten zu jemandem. Zweige knacken. Drei weitere Menschen treten aus dem Gebüsch hervor: Ein Mädchen mit einem bunten Stirnband, etwa in Theos Alter, hat zwei Frauen in Gewahrsam, und trägt einen Speer! Mit der silbernen Spitze deutet sie den Gefangenen an, sich vorwärtszubewegen. Ihnen wurden die Hände hinter dem Rücken gefesselt, und ich habe die beiden schon mal gesehen. Mir steht der Mund offen. Es ist Irina. Und die Frau daneben ist eine der Gesuchten aus Station 6! Ich kenne sie von den Aufnahmen. Sie heißt Maria … nein, Marcia, ich erinnere mich. *Wie ist das möglich?*

Blut hat sich unter Marcias zertrümmerter Nase verkrustet, sie kann sich kaum auf den Beinen halten. Wie sehen sie bloß aus, wie …? Adrenalin steigt in mir hoch. »Wo hast du die beiden gefunden?«, frage ich an Theo gerichtet.

»Es ist besser, du wirst es nie erfahren, vertrau mir. Sie ist auch die Einzige der drei Geflüchteten, die überlebt hat, die anderen brauchst du nicht mehr zu suchen«, sagt er, während sein Brustkorb sich vor Aufregung hebt und senkt. Ich würde ihn am liebsten in die Arme schließen. Mein armer Junge, was ist passiert?

»Aber du weißt doch, du kannst mir alles sagen?«, entgegne ich.

Theo geht darauf nicht ein, er bedeutet Irina und Marcia, vorzugehen. Die beiden kommen ein paar Meter auf mich zu, sie wirken so traumatisiert, dass sie keinen Widerstand leisten. Das andere Mädchen mit dem Stirnband lässt nun erleichtert den Speer sinken, der in ihren Händen gezittert hat. Sie scheint heilfroh zu sein, die Frauen an mich abzugeben.

»Wir müssen gehen, Theo. Noch hält die Schwelle«, sagt sie mit zarter Stimme an ihn gewandt.

»Ich weiß«, antwortet er, wirft einen kurzen Blick auf das seltsame Gerät in seinen Händen und dann wieder in mein Gesicht. »Du musst mir nur noch eine Sache versprechen.« Seine Stimme klingt nun verletzlich, fast brüchig. »Pass auf deinen Theo auf. Er fühlt sich manchmal einsam.«

Die Worte versetzen mir einen Stich. Für eine Sekunde vergesse ich sogar die beiden Frauen neben mir und dass ich gerade mit ihnen den Schlüssel zu meinen Ermittlungen gefunden habe. Aber irgendwie weiß ich, dass das hier jetzt wichtiger ist.

»Ich verspreche es dir«, antworte ich dem Theo aufrichtig, der angeblich gar nicht mein Sohn ist.

Seine müden braunen Augen sind glasig, es fällt ihm schwer, den Blick von mir zu reißen, das merke ich. Aber dann verschwindet er zusammen mit dem anderen Mädchen zurück ins Gebüsch. Ich versuche gar nicht erst, sie aufzuhalten, sondern vertraue einfach auf seine Worte, auch wenn ich sie nicht ganz verstehe. Denn im Augenblick bin ich keine Kommissarin, im Augenblick bin ich eine Mutter.

Es raschelt noch einmal, dann verklingen die Schritte der beiden Jugendlichen. Nur ein leichter Windhauch bleibt bei mir zurück. Ich atme tief ein. *Ich wollte ihn doch nie vernachlässigen.*

Dann kehre ich in den Dienst zurück. Meine Hand findet das Funkgerät wie von selbst. Ohne Irina und Marcia aus den Augen zu lassen, halte ich es an den Mund. »Martin, bitte kommen. Ich brauche sofort Verstärkung an der hinteren Außenmauer.«

Marcia leckt sich mit der Zunge über das getrocknete Blut unter ihrer Nase. Sie hat die Augen weit geöffnet. »Das schnelle Herz hat aufgehört zu schlagen. Er ist nicht mehr hier«, murmelt sie und lächelt mich mit aufgeplatzten Lippen an. Dann verliert sie kurz das Gleichgewicht. Ich fürchte, sie kippt mir jeden Moment weg.

Irina dagegen blickt nur ausdruckslos in mein Gesicht. Es ist kein Zufall, dass mir ausgerechnet dieses Mädchen übergeben wurde. Jedoch wirkt etwas an ihr verändert.

»Bitte holen Sie auch Dr. Finn«, sagt sie, und irgendwie erinnert sie mich kurz an ein verängstigtes Kind. *Pass gut auf sie auf*, hatte Theo gesagt. Dann huscht Irinas Blick wie von allein an der Fassade der Anstalt hinauf. Ich spüre die Präsenz des Gebäudes hinter mir mit einem Mal so deutlich, als würde es mir direkt im Nacken sitzen.

»Ist gut«, antworte ich beschwichtigend. »Er wird sich sofort um dich kümmern.«

Ira

Tag 11, 11:29 Uhr, Lungenheilanstalt, Feuerstelle.

»Ich mach's«, sagt Winter.

Er steht uns mit gerader Haltung an der erloschenen Feuerstelle gegenüber. Die Reste verkohlter Stöcke liegen im steinernen Rund. Die grauen Ascheflocken hat der Sturm fast gänzlich mit sich getragen. Winters Wangenknochen treten kantig hervor. Vanjo, Benny, Alva, Mark und ich haben ihm gemeinsam von dem Geheimnis der Welten erzählt und die wichtigsten Ereignisse der letzten elf Tage zusammengefasst. Er hat uns tapfer zugehört, hin und wieder nachgehakt. Doch den ersten Schock hatte er da bereits überstanden, indem er seinen Doppelgänger Mark erblickt hatte. Für ein paar Minuten war Winter dabei komplett blass. Ich konnte so mit ihm fühlen. Als ich das erste Mal Ari begegnete, dachte ich, ich hätte meinen Verstand verloren.

Die ganze Zeit über mussten wir jedoch aufpassen, dass Winter und Mark mindestens fünf Meter Abstand voneinander einhalten. Wer weiß, was mit den Realitäten geschieht, wenn sie sich aus Versehen schon jetzt zu nahe kommen.

Winter hat sich nach unseren Erklärungen dennoch erstaunlich schnell gefangen, wollte mehr wissen. Und schließlich haben wir ihn überzeugt, uns zu helfen. Zum Glück konnte ich ihn direkt durch die Schwelle mitbringen. Denn wenn er es nicht selbst am eigenen Leibe erfahren hätte, hätte er uns womöglich nie geglaubt.

Ein aufgeregtes Kribbeln erfasst meinen Körper. Die Abstoßung der Welten wird stattfinden. Ich kann es noch gar nicht realisieren. Wir haben tatsächlich eine Chance, nach Hause zu kommen. Ich blicke zu Vanjo. Seine Haare und Klamotten sind noch feucht vom Moorsee, die Lippen von der Kälte bläulich angelaufen. Gerade erst hat er den Kampf gegen den Narbenmann durchgestanden. Dass er sich überhaupt auf den Beinen halten kann, grenzt an ein Wunder. *Wir haben es bald geschafft, Vanjo.*

Wir warten nur noch auf Theo und Henrike. Sie sind vor einer Weile los, um Ari und Marcia in die alte Welt zu bringen. Sie wollen dafür sorgen, dass sie dort direkt in Gewahrsam genommen werden. Ich beiße mir auf die Lippe. Hoffentlich geraten die beiden Camper in keine Schwierigkeiten.

»Und du bist dir wirklich sicher?« Mark fragt ein letztes Mal nach. Es ist verwirrend, die beiden Doppelgänger miteinander sprechen zu hören.

Winter, auf der anderen Seite der Feuerstelle, schaut nun mit zusammengezogenen Brauen zur Lungenheilanstalt. Der Sturm von gestern Nacht hat sich mittlerweile verzogen. Die Bäume rings um das Gelände sind blätterlos, und der Boden ist von einem riesigen Teppich aus Laub bedeckt. Nach einer Weile reißt Winter den Blick wieder aus der Ferne und sieht uns der Reihe nach an. »Was wäre ich denn für ein Mensch, wenn ich euch für immer hier festsitzen lassen würde?« Er lächelt tapfer. »Ich bin mir sicher.«

Und das glaube ich ihm. Denn ich kenne diesen felsenfesten Unterton. Sein Doppelgänger hat denselben, wenn er sich für eine Sache entschieden hat.

Ich drehe den Kopf zu Mark. Er wiederholt noch mal den Ablauf des Aufeinandertreffens. Bei seinen Untersuchungen in Aris Welt konnte er nämlich zwei Schwellen ausfindig machen, die regelmäßig auftauchen – zu einem ganz bestimmten Zeitpunkt und an einem ganz bestimmten Ort. Eine davon habe auch ich genutzt, als er mich auf die andere Seite geschickt hat.

»Um genau zwölf Uhr wird sich der Übergang im Wald vor dem Eingangstor öffnen«, erklärt er. »Winter und ich werden aus unterschiedlichen Richtungen gleichzeitig in die Schwelle hineinlaufen und uns darin berühren. Wir sind dann zwischen den Welten, und alle anderen Akteure sind in ihrer ›richtigen‹ Realität. Durch das Gesetz der Abstoßung müsste alles wieder in seinen ursprünglichen Zustand zurückkehren. Wir Camper landen wieder in unserer normalen Welt, und du, Winter, wieder in deiner.« Mark stoppt plötzlich den Redefluss. Er hat einen bestimmten Punkt fixiert. Ich folge seinem Blick, und dann kann ich sie auch sehen: Henrike und Theo sind zurück!

Sie kommen aus Richtung der Schwesternquartiere zu uns rüber. Mein Herz schlägt schneller, während sie das Gelände überqueren und endlich vor unserer Feuerstelle abstoppen. Theo hat den Brustkorb nach vorn gereckt, etwas an dem Ausdruck in seinem Gesicht ist anders als sonst.

»Hat alles geklappt?«, frage ich.

Henrike legt ihm eine Hand auf die Schulter, nickt Theo wissend zu, dann blickt sie wieder in unsere Runde. »Ja, wir konnten sowohl Ari als auch Marcia übergeben.«

»An wen übergeben?«, fragt Vanjo neben mir.

»Meine Mutter.« Theo spricht mit lauter Stimme. »Also die Doppelgängerin meiner Mutter.«

Ich sehe, wie in seinen Augen die Erinnerung wohl noch mal aufflackern muss. Ich durfte Susans Doppelgängerin ebenfalls kennenlernen. Es muss merkwürdig sein, einem Elternteil auf der anderen Seite zu begegnen.

»Hat euch sonst jemand gesehen?«, fragt Mark.

Theo schüttelt den Kopf. »Nein. Wir haben so wenig Aufmerksamkeit wie möglich auf uns gezogen. Das Gleichgewicht zwischen den Welten ist jetzt also intakt.«

Gänsehaut jagt meine Arme hinauf. Ich bin so stolz auf diesen LARPER.

Tag 11, 11:44 Uhr, Lungenheilanstalt, Eingangstor.

Es ist so weit.

Wir stehen vor dem Eingang der Lungenheilanstalt. Dort, wo die Lettern in das Eisen eigraviert sind. Ganze elf Tage sind vergangen, seit wir durch dieses zweiflüglige Tor getreten sind. Wir waren völlig durchnässt, und dann haben wir in der einbrechenden Dunkelheit die acht anderen Bootcamper getroffen. Zu gut kann ich mich an Julians ängstliches Funkeln in den Augen erinnern. Er hätte erfahren sollen, dass an all diesen übernatürlichen Geschichten, die ihn so fasziniert haben, etwas Wahres dran war. Ich wünschte so sehr, er könne jetzt hier mit uns stehen. Genauso wie Tim, Ricarda und ja, auch Paul.

Ich drücke meinen Rücken durch und mache mich gerade. Ein Regentropfen klatscht auf meine Stirn. Ich sehe in den Himmel hoch. Es ist verrückt, wie schnell sich die graue Wolkenmasse dort bewegt, wenn man sie mit dem bloßen Auge beobachtet.

Dann fokussiere ich wieder Mark. In der einen Hand hält er Winters Armbanduhr, in der anderen den Zähler. Seine blauen Augen wirken klar und wach. Nacheinander schaut er uns an. »Am besten, ihr lasst mich und Winter nun allein. Wir haben noch genau fünfzehn Minuten Zeit, bis die Schwelle sich öffnet. Geht in Sicherheit. Am besten wartet ihr hinter dem Gebäude der Anstalt. Je mehr Abstand zwischen uns liegt, desto besser. Zwei Welten werden sich bewegen. Möglicherweise muss unser Realitätsfetzen eine rückwirkend gebildete Ersatzrealität in unserer Heimatwelt verdrängen. Ich habe keine Ahnung, was also genau geschehen wird, wenn wir uns in der Überlappung berühren. Aber bleibt zusammen.«

Keiner traut sich, etwas dazu zu sagen. Ich muss an den

schmerzhaften Krampfanfall denken, der in der ersten Nacht im Schuppen über mich kam, als Ari und ich uns berührt haben. Ich presse betreten die Lippen aufeinander. Hoffentlich überstehen die beiden das unversehrt.

Ein Rauschen geht durch die Zweige hier am Waldrand. Als wolle uns der Wind daran erinnern, dass es jetzt Zeit wird. Dass wir das besser hinter uns bringen.

Winter hat als Erster seine Position eingenommen und sich etwa hundert Meter vom Schwellenpunkt entfernt. Er winkt uns einmal zu.

Nun ist Mark an der Reihe, sich in Stellung zu bringen. Vorher wendet sich Henrike an ihn. »Danke«, sagt sie. »Dass du bereit bist, das hier zu versuchen.«

»Es ist das Mindeste, das ich für euch tun kann«, antwortet Mark.

Sie tritt einen Schritt vor und drückt ihn am Arm seiner Lederjacke. »Passt gut auf euch auf.« Ihre klare Stimme stellt jedes einzelne meiner Härchen auf. Sofort bildet sich ein Kloß in meinem Hals. Das fühlt sich nach einem Abschied an.

Mark weiß Henrikes Geste vermutlich zu schätzen und dass sie damit irgendwie für uns alle gesprochen hat. Denn jetzt klopfen auch Theo und Alva Mark auf die Schulter. Selbst Vanjo und Benny nicken ihm aufrichtig zu.

»Nun geht schon«, sagt er. Aber ich merke, wie Mark um Fassung ringt. Womöglich wünscht er sich, das Ganze schon hinter sich zu haben. Er überreicht mir mit nervösen Händen Winters Armbanduhr. »Die ist für euch. So könnt auch ihr die Zeit im Auge behalten. Wir haben die Anzeige auf Winters Handy.«

»Ist gut«, sage ich und nehme die Uhr entgegen, schlinge sie um mein Handgelenk. Das Silber um die runde Fassung ist noch warm von Winters Haut. Das Lederband ist etwas zu groß für meinen Unterarm, aber es hält. Ich schlucke. *Noch dreizehn Minuten.*

Henrike geht nun zusammen mit Theo und Benny los zur Anstalt. Ihre Schuhe knirschen auf dem Schotter. Vanjo wartet noch am Torbogen, denn ich bin stehen geblieben. Ich bin auch die Einzige, die Mark noch nicht verabschiedet hat.

»Komm«, sagt Vanjo, er lehnt mit einer Hand an dem Gitter. Doch dann, als er von Mark zu mir und von mir wieder zu Mark blickt, versteht er. »Nimm dir einen Moment Zeit. Wir werden im Hinterhof auf dich warten.«

Danke, forme ich lautlos mit meinen Lippen. Vanjo nickt mir zu, dann passiert auch er das Eisentor.

Jetzt bin ich mit Mark allein, nur Winter hält rund Hundert Meter außer Hörweite nach wie vor Position. Eine Schwere liegt plötzlich auf meinen Schultern, drückt mich regelrecht nach unten. Ich habe keine Ahnung, wie ich mich nach all dem, was in den letzten Stunden hinter mir liegt, überhaupt aufrecht halten kann. Ich … Ich weiß einfach nicht, was ich jetzt tun oder sagen soll. Was ich jedoch weiß, ist, dass ich ohne Mark wahrscheinlich nicht mehr hier stehen würde.

»Du musst gar nichts sagen, Ira.« Der Klang seiner tiefen Stimme holt mich zurück.

Mein Herz klopft, als ich in sein Gesicht schaue. »Doch, ich möchte aber.«

»Du musst mir nicht verzeihen können, das weiß ich jetzt.« Er tritt ein kleines Stück näher. »Das erwarte ich gar nicht.«

Eine Träne rollt an meiner Wange hinab, ich lasse es zu, dass Mark sie mit dem Daumen wegwischt und eine warme Spur hinterlässt. Das letzte Mal, als ich mit ihm gesprochen habe, habe ich ihm gesagt, dass ich in der Zukunft nichts mehr mit ihm zu tun haben will. Doch während ich in Aris Welt war, hat sich etwas für mich verändert. Er hat mir so viel angetan, und es gibt so viel zu sagen und irgendwie auch gar nichts.

Ein kurzer Blick auf die Armbanduhr. Der schwarze Zeiger schiebt sich soeben weiter hoch. Nur noch elf Minuten. Die Zeit läuft. Ich beiße auf meine Unterlippe, schaue zu Winter, der immer noch in der Ferne bereitsteht und wartet. »Ich wünsche dir viel Glück und … und bitte.« Ich drehe den Kopf wieder zu Mark. »Sei einfach vorsichtig, ja?«

»Ich habe dir doch versprochen, dass wir zusammen nach Hause finden, weißt du nicht mehr?«, sagt er, und deutet mit der Hand auf die Hosentasche meiner Jeans.

Die Fraktale.

Ich hole das Blatt der ehemaligen Buche heraus. Es hat braune Stellen bekommen, und am Rand fehlt eine kleine Ecke. Dass es überhaupt noch existiert, ist verwunderlich.

Mark seufzt. »Na ja, die Linien darauf sind mittlerweile zwar etwas verknittert, aber irgendwo kann man bestimmt noch den Ausweg erkennen.«

Wir lächeln uns an. Die Schwere auf meinen Schultern schwindet allmählich. Ich atme tief ein, dann strecke ich es Mark entgegen. »Hier, nimm du es. Du wirst es vielleicht brauchen.«

Er sieht mich lange an, dann wölbt er mit seiner Hand meine ausgestreckten Finger, sodass sie das Blatt darin umschließen. »Behalte es.«

Ich bekomme kein Wort heraus, meine Kehle ist so eng. Schließlich presse ich mich dicht an ihn, spüre ihn. Und so umarmen wir uns.

Die Kälte und die Anstalt verschwinden. Wir könnten überall sein. In dieser Welt oder in einer ganz anderen. Es spielt für das Jetzt keine Rolle.

Mein Herzschlag fährt wieder herunter, bis er gleichmäßig und ruhig ist, fast wie im selben Takt des winzigen, kaum hörbaren Tickens der Armbanduhr um mein Handgelenk. Dann löse ich mich von Mark und lasse ihn den Biologiestudenten sein, der er für mich war.

Ich schlucke und drehe mich um. Das Blatt der Buche stecke ich behutsam in meine Hosentasche zurück.

Tag 11, 11:52 Uhr, Lungenheilanstalt, draußen.

Auf dem Weg über das Anstaltsgelände fallen ein paar weitere, einzelne Regentropfen auf mich herab. Sie perlen an meiner Daunenjacke ab. Das Geräusch hat beinahe etwas Tröstliches. Der letzte Hauch von Marks Eigengeruch schwindet aus meiner Nase. Den Schuppen und unsere erloschene Lagerstelle habe ich bereits hinter mir gelassen. Ich lausche meinen eigenen Schritten.

Wie es meinen Eltern wohl geht? Wahrscheinlich wurde ihnen von Tag zu Tag mehr von ihrer Hoffnung genommen. Ich höre die Stimme der Nachrichtensprecherin in meinem Ohr. *Die Polizei konnte auch nach elf Tagen keine weiteren Hinweise für das Verschwinden der Jugendlichen feststellen.* Sie hält das Mikrofon zu Theos Mutter Susan. Sie hat die Hände vor ihrer Warnweste verschränkt. Im Hintergrund sieht man die abgesperrte Waldfläche und weitere Polizisten mit ihren Spürhunden. *Ein derartiger Fall ist uns noch nie untergekommen*, sagt Susan mit jener ernsthaften Sachlichkeit, mit der ihre Doppelgängerin auch mein Verhör in Aris Klinik geführt hat. *Jegliche Spuren verlieren sich ab einem gewissen Punkt wie im Nichts. Selbst das Team unserer besten Forensiker war erfolglos. Wir können nur Vermutungen anstellen, dass wir es hier mit einem hochprofessionellen Verbrechen zu tun haben.*

Ich werde jetzt immer schneller. Der Drang, meine Eltern in die Arme schließen zu können, ist kaum mehr auszuhalten. Ich hebe den Unterarm und blicke auf Winters Uhr. *Mama, Papa. Ich bin vielleicht nur noch wenige Minuten von euch entfernt.*

Es ist ein merkwürdiges Gefühl, so allein über das Gelände zu gehen. Vielleicht, weil die gewöhnliche Gefahr, die mich hier sonst begleitet, im Moment nicht da ist. Ari und Gerald sind weg. Sie können mir und Vanjo nie wieder was antun. Es scheint alles so leer. Nicht mal ein letztes Blatt segelt von der Birke rechts neben der Eingangstür zu Boden. Die nackten Bäume wirken, als hätten auch sie Narben von diesem Kampf davongetragen.

Das Hauptgebäude kommt mir heute riesig vor. Vor dem Eingang der Lungenheilanstalt bin ich fast außer Atem. Auf einmal halte ich an. War dort ein Schatten in den Fenstern?

Ich kneife die Augen zusammen. Der Schreck fühlt sich wie eine eisige Hand an, die sich um meinen Nacken geschlungen hat. *Nein.* Das war sicher die Aufregung. Ich habe mir das eingebildet, ganz sicher. Langsam setze ich mich wieder in Bewegung, nur nicht rumspinnen jetzt. Ich bin gleich im Hinterhof bei den anderen, aber das ungute Gefühl in meinem Bauch wird immer stärker. *Nein, nein, NEIN!*

Ich stoppe wieder.

Was, wenn doch? Was, wenn ich dort doch jemanden gesehen habe?

Konnte es jemand schaffen, in der Zwischenzeit Aris Welt wieder zu verlassen? Mark und Winter würden aufeinander zugehen, aber es wäre alles ungleich, und dann – ich schlucke, keine Ahnung was dann passieren würde!

Würde unser Realitätsfetzen für immer im Nichts schweben? Völlig einsam in diesem unendlichen Universum? In mir zieht sich alles zusammen – diese Vorstellung ist unheimlicher als alles andere.

Schließlich drehe ich mich um und starre auf die Eingangstür der Anstalt. Ich muss nachsehen. Wenigstens im Foyer. Nur um sicher zu sein, dass dort niemand mehr ist.

Ich steige die Stufen hoch. Es ist, als würde ich auf Watte laufen, so weich sind meine Knie. Die massive Holztür schwingt auf. Ein Knarzen hallt bedrohlich von den hohen Wänden. Ich sehe mich um. Der finstere Raum wird durch die offene Tür einen

Spalt erhellt und das Tageslicht zeichnet einen Balken auf den Marmor. Ich zwinge mich, ein paar weitere Schritte ins Innere der Anstalt zu treten. Das Herz unter meiner Brust schlägt kräftig.

Ein Pfeifen geht durchs Foyer, ich fahre herum. Aber es ist bloß der Wind, der an den löchrigen Fenstern reißt und sogleich wieder verstummt. *Ruhig bleiben, Ira.*

War es schon immer so still hier drin? Nur die kleinste Bewegung, ein winziges Rascheln meiner Kleidung kommt mir vor, als hätte jemand einen Regler auf viel zu hohe Lautstärke gedreht. Ich suche den Raum mit den Augen ab, als ich etwas hinter mir spüre. Mein Herz setzt einen Schlag aus. *Da ist tatsächlich jemand!* Und plötzlich schießt ein schlanker Arm neben meinem Hals hervor und drückt mir den Mund zu.

»Dr. Finn hat sich nicht gut um mich gekümmert«, flüstert sie mir ins Ohr. Ein Schauer kriecht meine Wirbelsäule hinab.

Ari.

Ich winde mich unter dem festen Würgegriff meiner Doppelgängerin, schreie verzweifelt in ihre Handfläche, doch meine Laute verstummen darin. Sie hat erstaunlich viel Kraft. Woher nimmt sie die bloß? *Lass mich los, lass mich los!*

Ihr Unterarm drückt in meinen Hals hinein, mir bleibt die Luft weg. Ich trete mit dem Fuß heftig gegen ihr Schienbein, sie zuckt zusammen, ich nutze den Moment und beiße ihr, so fest ich kann, in die Hand. Ari kreischt. Ich reiße mich los, weiche zurück, ringe nach Sauerstoff.

Mit dunklen Augen starren wir uns an, lauernd, wie zwei Tiere in einem Käfig. Wir keuchen im selben Takt. Mein Ebenbild presst die Kiefer schmerzerfüllt zusammen, während sie sich die Hand hält, in die ich eben hineingebissen habe. Ein halbrunder, roter Abdruck meiner Zähne lässt sich darauf erkennen.

»Du hast doch nicht wirklich geglaubt, ich würde dir meinen

Bruder einfach so überlassen!« Die Worte kommen voller Verachtung aus Aris Mund.

»Ist dir nicht klar, dass du uns alle in Gefahr bringst?!«, feuere ich immer noch schwer atmend zurück. »Wenn du nicht rechtzeitig in deine Realität zurückgehst, ist dieser Ort für immer verloren!« Mein Körper pocht. Schweiß tritt mir auf die Stirn.

»Marks Weltengefasel interessiert mich nicht. Du hast keine Ahnung, was ich durchmachen musste!«

Nun kommt Ari ein Stück näher auf mich zu, den Kopf nach vorn gereckt, als wäre sie bereit, jeden Moment wieder auf mich loszugehen. Ihr Gesicht ist verzerrt. Obwohl es doch meinem eigentlich identisch ist, wirkt es so anders, so befremdlich auf mich. Ich mache langsame Schritte zurück, möchte jeden weiteren Kampf vermeiden.

»Weißt du, wie es sich anfühlt, wenn dir jemand deinen Zwilling aus dem Leben reißt? Als wärst du selbst damals von dem Auto überfahren worden.« Ari drängt mich so weit zurück, dass ich gleich mit dem Rücken gegen die Wand stoße. Sie hat die Nasenflügel aufgebläht, beide Hände trotz meines Bisses seltsam geballt.

Mein Puls rast, die Zeit rast. »Irina, hör auf damit. Das ist nicht die Lösung, so wirst du nur –«

»Gib mir meinen Bruder zurück!«, unterbricht sie mich scharf, und plötzlich stoße ich mit dem Rücken gegen Widerstand. Nun hat sie mich am Ende des Foyers. »Das kann ich nicht. Niemand kann das. Er ist tot«, sage ich. »Er ist tot, Ari –«

»Halt den Mund!«, schreit sie und wirft sich jetzt gegen mich. Ich stoße mit dem Hinterkopf an die Wand. Punkte tanzen vor meinen Augen, Schmerz breitet sich aus. Ihre Hände umschlingen erneut meinen Hals. Sie drücken zu. Sie wird mich töten. *Ari wird mich töten, sie wird mich, ohne mit der Wimper zu zucken, töten. So wie sie auch Ricarda ermordet hat. Und gleich ist es zwölf Uhr und dann ist alles zu spät.*

Ich versuche, ihre Hände von mir zu zerren, doch sie quetscht mich mit dem Rücken so fest gegen die Wand, dass ich bewegungsunfähig bin. Sie drückt weiter zu. Die Luft wird immer dünner und dünner. Und mir immer schwindliger, mein Körper erschlafft langsam unter ihren Händen.

Ich kann die Erinnerung an den Unfall bildhaft in ihrem Gesicht ablesen, als würde dieses Foyer sich in die Kreuzung vor der Turnhalle verwandeln. Ich rieche etwas von dem muffigen Geruch der Umkleidekabinen. Ich höre das Sirren der Laterne, und wie Vanjos Sporttasche auf den Asphalt plumpst. *Dann geh doch*, höre ich meine eigene Stimme im Kopf, wie ich ihm die Worte damals entgegengefeuert habe. Das Auto kommt die Kreuzung angerauscht, aber ich bin gelähmt. Weil ich weiß, dass die Bremsen quietschen, dass der Aufprall kommt. *Ich ersticke.* Es ist zu spät. Ari erwürgt mich. Es wird dunkler, immer dunkler …

»NICHT!«

Ein lauter Ruf schallt in meinen Ohren. Benommen blinzle ich und sehe auf.

Vanjo.

Er kommt auf uns zugelaufen, bis er einige Meter vor uns stoppt. »Irina, hör mir zu«, sagt er mit rauer Stimme. »Ich bin nicht dein Bruder!«

Aris Gesicht erstarrt jetzt vor meinem. Ich sehe in ihren glasigen Augen, wie die Worte meines Bruders zu ihr durchdringen. Die Hände um meine Kehle werden lockerer, doch sie umgreift jetzt meinen Kopf – sie könnte mir jeden Moment das Genick brechen!

»Wenn du sie umbringst, bringst du auch *mich* um.« Vanjo legt eine Hand auf sein Herz, tritt behutsam näher, so als könnte der Boden nur bei der kleinsten falschen Regung einstürzen. »Du würdest mir den gleichen Schmerz zufügen, den du durchlebt hast, willst du das?«, redet er weiter auf Ari ein. Aber sie gibt mich nicht frei. Eine merkwürdige Stille hängt im Raum. *Bitte*, flehe ich. *Bitte. Vanjo, tu etwas.*

Ich kann meinen Bruder nur noch schwer erkennen. Seine Gestalt nimmt dieselbe dunkle Farbe an wie alles um mich herum.

»Du musst mich loslassen, lass *ihn* los.« Ich höre Vanjo durch meine Benommenheit. Plötzlich wird Aris Griff um meinen Kopf fester, immer fester und dann … lässt sie endlich von mir ab.

Ich sacke zurück, spüre wieder richtigen Boden unter meinen Füßen. Atme, blinzle. Die Anstalt nimmt wieder schärfere Konturen an. Hastig ziehe ich den Sauerstoff in meine Lunge. Ich spüre, wie sie sich weitet. Huste. Der Schwindel vergeht, und auch das Sirren der Laterne in meinem Ohr wird leiser. Ari beachtet mich gar nicht mehr, sie hat sich zu Vanjo umgedreht, ihre Arme hängen schlaff herunter und sie taumelt. »Es tut mir so leid«, flüstert sie und schluchzt.

Jetzt ist Vanjo direkt bei ihr. Er greift nach ihrer dünnen Hand und hält sie fest, streichelt mit dem Daumen über ihr Handgelenk. »Das weiß ich doch, das weiß ich.«

Vorsichtig richte ich mich auf und checke die Uhrzeit. Es fährt mir durch die Brust. Zwei Minuten sind noch über. Nur noch zwei Minuten! Ich tausche einen panischen Blick mit Vanjo. Er nickt mir kaum merklich zu und redet dann wieder an Ari gewandt. »Du musst mir jetzt helfen, mich und meine Schwester zu retten, schaffst du das?«

»Wie?«, fragt sie nach einem kurzen Zögern.

Mein Herz macht vor Erleichterung einen kleinen Satz, um dann in schnellem Takt wieder weiter zu schlagen.

»Komm mit«, sagt Vanjo und dreht den Oberkörper Richtung

Ausgang. »Wir müssen dich zurückbringen. Grade eben am Brunnen habe ich noch ein Summen gehört, schnell!«

Ari wischt sich mit der anderen freien Hand die Tränen von der Wange. »Okay«, sagt sie und lässt sich von Vanjo nach draußen führen. Ich folge ihnen langsam, habe selbst Probleme, das Gleichgewicht zu halten. Riskiere einen weiteren Blick auf die Armbanduhr. Der schwarze Zeiger liegt fast in der Geraden. *Eine Minute noch.*

»Wir müssen sofort hier weg!«, rufe ich.

Mein Bruder stößt daraufhin die Tür auf. Ich kann den Brunnen sehen. Mein Herz klopft wild. Die Welten stürzen jede Sekunde ineinander ein. *Das schaffen wir nicht.*

Die letzten Meter rennen wir. Vor dem steinernen Rund hält Ari abrupt an. Tatsächlich ist dort ein Summen, es vermischt sich mit dem Rauschen, das in Wellen durch meinen Körper strömt. Der Übergang ist ganz nah, ich spüre es. Der Sekundenzeiger ist bei der Hälfte. Ich reiße Vanjo an der Schulter ein Stück zurück. Die Schwelle darf bloß keinen von uns beiden erfassen!

Er stolpert zurück.

Ari steht nun mit dem Rücken zum Brunnen, sodass sie uns ansehen kann. Die beiden Steinstatuen ragen hinter ihr im Tageslicht empor. Das Summen kriecht regelrecht unter meine Haut, ich halte die Luft an.

Der Sekundenzeiger schiebt sich um die letzte Einheit auf die Zwölf. *Jetzt.*

Ich blicke auf, just in diesem Moment beginnt Aris Gestalt vor dem Brunnen zu flackern. Zuletzt bleibt ihr Blick an meinem Bruder hängen, er wird weich. »Leb wohl, Vanjisco«, sagt sie, als eine unsichtbare Kraft sie nach hinten zu ziehen scheint. Ihr Körper löst sich auf. Er löst sich vor uns auf, als würde er in Tausende kleine Scherben zerspringen, bis auch diese im Nichts verschwinden. Es schlägt zwölf Uhr.

Ari ist in ihrer Welt.

Vanjo und ich starren auf die leere Stelle vor dem Brunnen. Da ist ein seltsames Gefühl in meiner Brust, und ich wünschte mir fast, dass noch mehr Zeit geblieben wäre, dann hätte ich ein paar letzte Worte an sie richten können.

»Hörst du das?«, fragt Vanjo.

»Mhm?«

»Es geht los.«

Das Summen hat den Boden zum Vibrieren gebracht. Er lässt unsere Körper erzittern. Ich spüre ihn bis in meinem Bauch, als wäre auf einmal dort drinnen die Quelle des Geräuschs.

»Ich –«, murmle ich, während ich merke, wie das Vibrieren sogar meine eigene Stimme verzerrt. So intensiv habe ich eine Schwelle noch nie gespürt.

»Die anderen!«, ruft Vanjo und will nach meiner Hand greifen. »Komm!«

Doch das Beben reißt ihn vorher zu Boden, er kann sich gerade noch am Beckenrand des Brunnens abstützen. *Das hat keinen Sinn.* Was jetzt passiert, gleicht nahezu einem Erdrutsch. Wir haben Mühe, uns überhaupt mit den Füßen auf dem Boden zu halten.

»Das schaffen wir nicht mehr!«, sage ich und helfe ihm auf.

Vanjo nickt mir mit schreckgeweiteten Augen zu, er schwankt noch kurz, hat sich dann wieder aufgerappelt. Alles um uns zittert.

»Dann hier«, sagt er und sieht mich an. »Gemeinsam?«

»Gemeinsam«, sage ich.

Wir blicken an den steinernen Statuen des Brunnens hinauf. Sie sind ineinander verschlungen. Yin und Yang. Ihre Bewegungen spiegeln einander. Fast so wie in der Turnkür *Zwei Welten*, die Vanjo und ich vor drei Jahren bei einem Wettkampf aufgeführt haben.

Und jetzt schlingen auch wir heftig die Arme umeinander. Wir packen alles in diese Umarmung, wofür es vielleicht zu spät sein könnte. Der Boden ist nur noch eine verschwommene graue Fläche. Als würden sich die Platten unter der Erde verschieben, als würden sie aushaken und wieder einhaken. Die Welt bebt. Ich presse die Augen zusammen, drücke Vanjo, so fest es nur geht. *Es passiert.*

Wir sind Ivana.

Um uns wird plötzlich alles weiß. Es blendet. Jetzt beginnt das grelle Licht zu flackern. Wie ein gewaltiges Hologramm zeichnet es Bilder in die Luft. Ich sehe Hunde mit gefletschten Zähnen, dann die Fassade der Anstalt, sie ist neu gestrichen. Dort stehen Pfleger in weißen Kitteln und ein Patient, der weint. Das Flackern wird wilder, schneller. Dann sehe ich den Schuppen und wie die Eisentür darin aufschwingt. Rauchwolken, Polizisten mit Taschenlampen dahinter. Wirbelnde Laubblätter. Die Waldkapelle der Wicca. Ein Fangnetz. Schreie, Donner. Lange Gänge. Dunkle Räume. Die grauen Decken des Bunkers. Die Bilder verhaken sich, verschieben sich. Die Anstalt wird zum Wald. Bäume, überall Bäume. Das verschlingende Moor. Und am Ende die Fraktale wie auf dem Blatt. Sie fließen ineinander und fließen und fließen, weiter und weiter. Immer dieselben Muster, nie endende Muster …

Dann Stille.

Wo bin ich?

Tag 11, 12:00 Uhr, Lungenheilanstalt, Brunnen.

Ich balanciere auf einem Schwebebalken. Ein paar Meter vor mir erkenne ich die Turnhallenuhr an der Bretterwand. Die Zeiger stehen auf zwölf Uhr. Unter mir liegen beige Matten, falls ich stürze. Ich übe die neue Kür für den nächsten Wettkampf. Mache eine Standwaage. Eine Hand gibt mir Stützhaltung. Es ist die von Mark. Sie ist warm. »Ich hab dich«, sagt er und lächelt. Ich sehe zu ihm runter. »Du standest dort die ganze Zeit, nicht wahr?«, höre ich mich sprechen. Er nickt. Seine blauen Augen sind schön. Sie sind so schön. Und ich weiß, solange er dort ist, kann ich nicht fallen. Ich spanne die Muskeln an, bereit für die nächste Drehung. Doch dann wird Marks Gesicht undeutlich. Es verschwimmt, und es riecht gar nicht mehr nach muffiger Turnhalle, sondern nach kalter Herbstluft. Ich öffne die Augen. Mit einem Schlag ist mir alles klar. Eigentlich habe ich es auch schon bei unserer letzten Umarmung gespürt: *Ich verzeihe ihm.*

Es war echt. Seine Gefühle zu mir, sie waren die ganze Zeit echt. Das wusste ich. Mark hatte nur keine andere Wahl. Er hat nur versucht, das Richtige zu tun, das verstehe ich jetzt. Er hat mich immer beschützt, in jeder Sache, in jedem Kampf war er an meiner Seite. Ich muss sofort zu ihm. Ich muss es ihm sagen!

Der weiße Schleier über mir löst sich. Die Welt wird wieder scharf. Ich bin zurück vor dem Zierbrunnen der Anstalt. Ich spüre den harten Boden unter meinem Rücken.

Vorsichtig hebe ich den Kopf und sehe nach rechts. Vanjo liegt neben mir. Seine Haare sind verwuschelt und die Lider dick, als wäre er gerade aufgewacht. Es ist eine Stimmung wie am Morgen, wenn der Tau noch auf den Grashalmen liegt. Irgendwo hört man das Flattern eines Vogels.

Ich stütze mich auf die Ellenbogen, blinzle. In einem Halbkreis stehen Leute um mich herum. Es sind Alva, Theo, Benny und Henrike.

Sie blicken zu mir herab.

Ich mag ihre vertrauten Gesichter. Eine verfilzte blonde Strähne von Alva baumelt über mir. Henrike lächelt sanft, dabei kann man die Grübchen in ihren Wangen sehen. Theo hat die Hände in die Hüften gestützt, und sein Blick ist wachsam. Bennys Gesicht unter der Kapuze des Hoodies sieht freundlich aus, er streckt mir seine Hand entgegen, um mir aufzuhelfen. »Hey, da bist du ja wieder!«

Er zieht mich vorsichtig hoch. Noch bin ich wacklig auf den Beinen. Aber ich stehe.

»Wo wart ihr denn?«, fragt Alva, nachdem auch Vanjo sich erhoben hat.

»Ari«, sagt er und hält sich mit der Hand die Stirn. Ich bin froh, dass er nun das Reden übernimmt, obwohl er sicher noch genauso überdreht sein muss wie ich. »Sie hat es irgendwie geschafft, noch mal über die Schwelle zu kommen, und hat Ira angegriffen, aber wir konnten die Katastrophe gerade noch so verhindern.«

»Und jetzt?«, fragt Alva erschrocken. »Ist sie wieder weg?«

»Ja«, antworten Vanjo und ich gleichzeitig. Den Klang unserer Stimmen im Chor mochte ich schon immer.

»Na, zum Glück geht's euch gut!« Alva wirft sich in die Arme meines Bruders. Ich habe kaum verschnauft, da legen sich auch Henrikes Arme um mich, dann Bennys. Theo grinst uns aus seinem Teddybärgesicht heraus an. »Ach, kommt her.« Er zieht die anderen mit heran, und jetzt liegt sich die ganze Gruppe in den Armen.

»Ist es vorbei?«, fragt jemand. Mein Kopf lehnt an irgendeiner Schulter, dann lösen wir uns voneinander. Henrike dreht sich um und schaut an der efeubesetzten Fassade des Hauptgebäudes hinauf. »Keine Ahnung, es sieht immer noch alles gleich aus.« Dann nimmt sie den Blick wieder herunter und wendet sich uns zu. »Mark wird es wissen.«

Das Blut schießt zurück in meine Adern. Selbst mein Kopf fühlt sich klarer an, und mit ihm sind auch meine Gedanken von eben wieder da: *Mark!*

Neue Energie strömt in mir hoch. »Ich muss zu ihm«, sage ich. Die Worte sind noch gar nicht in den Köpfen der anderen angekommen, aber das ist egal. Ich muss nach ihm sehen. Sofort. *Oh bitte, Mark.*

»Ira, warte«, ruft Henrike, doch da renne ich bereits los. »Wir kommen mit.«

»Ja«, rufe ich hinterher. Meine Füße fliegen über den Boden. Sie fühlen sich leicht an. Die anderen werden mich schon einholen. Ich renne über das Gelände, renne und renne. Das Eisentor bildet meinen Fixpunkt. Ich lasse es nicht aus den Augen, bis ich es erreicht habe. Mein Atem strömt in schnellen Zügen ein und aus. Ich renne. Das Eisentor ist jetzt direkt vor mir. Durch die Gitter kann ich noch nichts erkennen. Ich reiße an den kalten Griffen. »Mark«, schreie ich. Das Metall klirrt, als sich die Türen bewegen. Ich bin durch.

Da.

Da liegt er!

Etwa fünfzig Meter entfernt, am beginnenden Waldrand, sehe ich einen Körper im Gras. Die Hände ausgestreckt zu den Seiten, mit dem Bauch nach unten.

»Maaark!«, schreie ich erneut. Meine Kehle brennt wie Feuer. *Oh nein, bitte. Bitte.* Es muss ihn bei dem Aufeinandertreffen mit dem Doppelgänger zu Boden gerissen haben. Womöglich ist er bewusstlos, wie ich damals nach meinem Anfall. Er kommt sicher gleich zu sich. Ich stürme auf ihn zu, falle auf die Knie. Mein Puls pumpt in meinem Kopf. Pumpt und pumpt. »Mark, ich bin es«, keuche ich und umfasse seine Schultern mit den Händen, drehe ihn zu mir um.

Ich erstarre.

Das müde Gesicht, dessen Lider jetzt flattern, es … das … die saubere Jeansjacke, die fehlenden Blessuren im Gesicht. Der kürzere Bart …

Das ist nicht Mark.

Ich rutsche ein Stück zurück, lasse vorsichtig von ihm ab. Meine Hände zittern, sie zittern, wie sie es nie getan haben. »Winter?«, flüstere ich.

Meine Lippen beben. Wenn das hier Winter ist und nicht Mark: *Wo ist dann* Mark, *und in welcher Welt* sind *wir?*

Ein beklemmendes Gefühl sitzt in meiner Brust. Was, wenn die Abstoßung nicht geklappt hat?

Winter stöhnt, schafft es jetzt langsam, gegen die schweren Lider anzukämpfen. »Ira, bist du das?«

Meine Kehle schnürt sich zu. Ich presse die Augen für einen Moment schmerzlich zusammen. »Ja.«

Er hebt den Kopf, sein Blick huscht erschrocken von rechts nach links, dann wieder in mein Gesicht. »Wo bin ich?«

»Ich weiß es nicht«, sage ich, während eine Träne von meinen Wangen auf meine angewinkelten Beine heruntertropft. Sie bildet einen dunklen Fleck auf dem Jeansstoff. Ich schniefe.

Winter wischt sich nachdenklich über den Mund, er ist noch ganz woanders. »Irgendwas muss schiefgegangen sein«, sagt er zu sich selbst, dann wieder zu mir. »Ich … Ich weiß noch, wie wir uns berührt haben … und dann … dann konnten wir uns irgendwie nicht mehr voneinander lösen. Um uns herum sind die Welten überlappt, aber es hat nicht aufgehört. Ich glaube, das lief nicht nach Plan. Mein Doppelgänger hat mit aller Kraft versucht, sich rauszureißen, nach etwas in der anderen Realität zu greifen, bevor alles zu spät gewesen wäre, und –« Er stockt.

»Was war dann?«, frage ich.

Winter schluckt. »Dann war er weg. Ich glaube … er hat uns gerettet, Ira.«

Bei seinen letzten Worten spüre ich die Schatten der anderen hinter mir. Sie sind durch das Tor gekommen und haben sich um uns versammelt. »Winter … was machst du hier?«, fragt Henrike mit dünner Stimme.

Sie reden, sie kümmern sich um Winter. Alles ist auf einmal ganz hektisch. Fragen über Fragen. Sätze in verschiedenen Tonlagen. Jemand streichelt über meinen Rücken. *Er ist weg*, hat Winter gesagt. Ich vergrabe das Gesicht in meinen Händen, schluchze. *Oh, Mark. Ich wollte dir so vieles sagen.* Das beklemmende Gefühl wird schlimmer, es quetscht mich wie von innen zusammen. Mark ist weg, und wir haben immer noch keine Ahnung, wo wir sind. Die Schluchzer schütteln meinen ganzen Körper durch.

»Leute! Leute, seht doch!«, filtere ich eine lautere Stimme aus der Gruppe heraus.

Plötzlich verstummen alle.

»Da vorne!«

Weitere Stille.

Dann helles Lachen, ein erleichtertes Weinen.

»Ira, sieh doch!« Irgendwer tippt auf meine Schulter. »Da kommt jemand.«

Ich hebe den schweren Kopf aus meinen Händen, blinzle die Tränen weg. Dann sehe ich etwas. Winter hat sich bereits aufgesetzt, Henrike stützt ihn. Alva hat eine Hand ergriffen auf die Brust gelegt, Theo klappt der Mund auf. Sie blicken in dieselbe Richtung. Wo starren sie denn alle hin?

»Da drüben!« Vanjo neben mir deutet mit dem Finger auf eine

Stelle am Waldrand, ich folge seiner Richtung. Von dort zwischen den Bäumen kommt ein Mann auf uns zu.

Die Wolken reißen auf, als ich mich vom Gras hochdrücke und neben die sechs anderen Jugendlichen stelle. Und der Sonnenstrahl, der sich an diesem Novembertag auf mein Gesicht legt, fühlt sich kräftig an. Er trocknet die noch feuchten Tränenspuren auf meiner Haut.

Wir sind jetzt ganz ruhig. Lauschen dem leisen, friedlichen Rascheln des Laubs unter den Schuhen des Mannes, der auf uns zukommt.

Die Anstalt hinter den Toren fühlt sich auf einmal weit weg an. Als wäre sie nie da gewesen, und für einen Moment schenke ich dem Gedanken Glauben, dass das alles nur ein böser Traum war, aus dem wir gerade gemeinsam erwachen.

Der Mann trägt eine schwarze Weste mit vielen Taschen. Leuchtende, neongelbe Streifen laufen an den Seiten daran herab. *Polizei* steht in weißen Druckbuchstaben auf der Uniform über seiner Brust.

Ein paar Meter vor uns hält er an. Dann, langsam, so als traue er dem, was er da sieht, noch nicht, nimmt er das Barett vom Kopf. Er sieht uns aus großen Augen an und zieht das Funkgerät aus seiner Weste. »Susan. Susan, bitte kommen.« Ein Knacken, dann ein Rauschen.

»Was gibt's?«, meldet sich eine undeutliche Stimme am anderen Ende der Leitung.

Ohne uns aus den Augen zu lassen, spricht der Polizist in sein Gerät. »Ich glaube, ich habe sie gefunden.« Ohne auf die weiteren Meldungen zu achten, die jetzt reinkommen, steckt er es wieder zurück. »Wie kann das sein?«, sagt er und tritt noch näher an uns heran. »Eben denke ich noch, es zieht mir den Boden unter den Füßen weg, und dann höre ich euch. Wir suchen seit fast zwei

Wochen. Wir haben das komplette Gelände durchkämmt, jeden Fleck, wir …« Er schüttelt fassungslos den Kopf. »Wo in aller Welt kommt ihr her?«

Keiner bringt ein Wort hervor. Wir können noch nicht anders, als den Polizisten perplex anzusehen, während die Sonne gelbe Streifen auf seine Uniform malt.

Vanjo tippt mir von der Seite vorsichtig an den Oberarm. Ich drehe meinen Kopf zu ihm. Lachfalten bilden sich um seine braunen Augen. Ich habe sie so lange nicht mehr leuchten sehen, und die Wärme darin steckt mich an, sie durchflutet mich geradezu. »Wir haben es geschafft, Ira«, flüstert er. »Wir sind zu Hause.«

EPILOG

Drei Monate später. 11:13 Uhr, Winkenburg, Mohnfelderstraße.

Weiße Flocken fallen zart vom Himmel. Ich beobachte sie aus dem Küchenfenster heraus. Der erste Schnee in diesem Winter legt sich wie eine Wolldecke um die kahlen Äste des Ahornbaums vor unserem Haus. Als Kinder haben Vanjo und ich die Köpfe in den Nacken gelegt und mit ausgestreckter Zunge versucht, die Flocken aufzufangen, und uns vorgestellt, jemand hätte für alle Kinder der Welt einen Sack voll Zuckerwatte über den Wolken ausgeschüttet. Ich schmunzle.

Wir werden zwar nie mehr diese sorglosen Kinder sein, die Schnee essen, aber dafür haben die bunten Frootloops, die sich mein Zwillingsbruder am Frühstückstisch auf einem gehäuften Löffel in den Mund schiebt, mindestens genauso viel Kindheitscharme. Er wischt sich mit dem Handrücken Milch von seinem Mundwinkel. »Schon verrüggt«, nuschelt er mit vollem Mund und hält mir sein Smartphone entgegen, dort leuchtet das grüne Whatsapp-Zeichen auf dem Display auf. »Marihus ha gefrag, ob wir huns moren sehn.«

»Was?«, frage ich belustigt.

Die Cornflakes krachen zwischen seinen Zähnen. Vanjo rollt mit den Augen, schluckt. »Da, lies mal.« Er wedelt mit seinem Handy vor meinen Augen.

»So kann ich es erst recht nicht lesen.«

Wir lachen, dann nehme ich ihm das Smartphone aus der Hand und öffne die Nachricht. Es ist lange her, dass ich einen so offenen Einblick in Vanjos private Chats bekommen habe.

»Marius will sich mit dir treffen«, entnehme ich aus der Nachricht. Vanjo nickt und schiebt sich hastig den nächsten Löffel in den Mund. Wenn er etwas am meisten vermisst hat, dann wohl seine Frootloops.

»Ich hab dir doch gesagt, er wird sich bei dir sicher auch noch melden und für alles entschuldigen.«

Er grinst. »Du hattest recht. Aber vielleicht will er auch einfach nur ein bisschen Wicca-Gossip haben.«

»Psssst!«, flüstere ich und werfe einen Blick über die Schulter. Die Tür zum Wohnzimmer ist einen Spalt geöffnet. Mama ist schon zur Arbeit, aber Papa hat sich nach der Nachtschicht in den Ohrensessel gelegt. Die Stimmen des Fernsehers dringen gedämpft in die Küche.

Vanjo macht eine abwinkende Handbewegung. »Ach, der hört uns nicht. Der pennt.«

»Trotzdem«, sage ich und nehme einen Schluck von dem heißen Kakao vor mir. »Er würde am ehesten noch merken, dass wir mit dieser Wicca-Entführungsgeschichte allen nur etwas vorgemacht haben.«

Mein Blick huscht über die verheilte Stelle an Vanjos Brust, die aus seinem ausgeleierten Bart-Simpson-Schlaf-T-Shirt herausguckt. Die Wunden, die der Narbenmann auf seinem Körper hinterlassen hat, lassen mich immer noch zusammenzucken. Manchmal kommen mir die Erinnerungen an ihn vor wie aus einem grausamen Märchen, das man uns erzählt hat.

Aber nicht nur die schrecklichen Bilder, die sich in unsere Gehirne gebrannt haben, sind schwer zu verarbeiten. Eine der schwierigsten Herausforderungen, an die wir erst gar nicht gedacht haben, war es, eine Geschichte zu erfinden, mit der wir Familie, Freunde, Mitschüler, Polizisten und der Presse unser Verschwinden erklären konnten. Klar war nur eines: Das Geheimnis der Anstalt würden wir für immer wahren. Das haben Theo, Benny, Alva, Henrike, Winter, Vanjo und ich uns geschworen.

Was hätten wir auch tun sollen? Der Öffentlichkeit erzählen, dass wir zwischen zwei Welten in einer verlassenen Lungenheilanstalt gefangen waren, gegen Hexen gekämpft, Doppelgänger gejagt und gefährliche Irre besiegt haben? Wir hätten der Öffentlichkeit nicht offenbaren können, was Mark zu verstecken versucht hat und wofür er schließlich einen so unendlich teuren Preis bezahlt hat. Rückblickend erscheint das alles so absurd. An diesem Ort waren wir nur davon getrieben, nach Hause zu kommen. Das war alles, was wir wollten. Dabei haben wir womöglich sogar die Zerstörung von Welten verhindern können. Etwas, das noch über die Rettung unserer eigenen Leben hinausging.

Aber das hätte uns sowieso keiner geglaubt. In den wenigen Minuten, bis uns die Polizei vor der Anstalt eingesammelt und nach Hause gebracht hat, haben wir also an einer Entführungsgeschichte gearbeitet. Benny kam auf die Idee, alles auf die Wicca zu schieben. Sie hätten uns in einen verdunkelten Raum gesperrt und unter Drogen gesetzt. Deshalb könnten wir uns an so wenig erinnern. Die Polizei wird ihre Ermittlungen ohnehin irgendwann einstellen müssen. Denn sie haben zwar die Leichen der Wicca in einem der Moortümpel gefunden aber viele unserer Spuren werden für immer keinen Sinn machen.

Wir konnten von Glück reden, dass wir durch Theo Susan auf unserer Seite hatten, die uns mit aller Kraft vor den Journalisten geschützt hat. Den schlimmsten Ansturm konnte sie abschirmen. Erst jetzt, nachdem drei weitere Monate vergangen sind, ebben die Fragen langsam ab. Wahrscheinlich werden in ein paar Jahren True-Crime-Dokus über unser Verschwinden erscheinen. Bis dahin können wir uns hoffentlich dafür wappnen.

Pling. Eine neue Whatsapp-Nachricht taucht auf Vanjos Display auf.

»Oh«, sage ich. »*Alva* hat auch gerade geschrieben.«

»Grins nicht so breit«, sagt Vanjo und streckt seine Hand nach dem Handy aus. »Gib her.«

Ich kann nicht anders, als weiter zu grinsen. »Ihr schreibt also?«, frage ich, hebe amüsiert die Augenbrauen und drücke das Handy an meine Brust, bevor er es zurückschnappen kann.

Vanjo schnaubt. »Jetzt gib schon her.«

»Willst du mir nicht vorher noch etwas erzählen?«

»Hab ich doch schon. Da gibt's nicht viel zu erzählen.«

Von Henrike weiß ich zumindest, dass auch die beiden sich einmal getroffen haben. »Wen von den beiden magst du lieber?«

Mein Bruder verzieht das Gesicht. »Es steht alles wieder bei null. Das kann man nicht wirklich sagen, nicht, solange wir alle wieder etwas hergestellt sind.«

»Okay. Aber *gab* es denn wenigstens eine Tendenz?«

»Wenn es so wäre, würdest du es schon früh genug erfahren, also Handy her.« Er winkt mit der Hand zu sich.

Ich schmolle, gebe es ihm aber schließlich zurück. »Na gut.«

Wir grinsen uns noch eine Weile an. Wer weiß, vielleicht wird irgendwann eine von ihnen mit uns Frootloops am Frühstückstisch schlürfen.

Noch hatten wir nicht viel Kontakt mit den anderen. Winter habe ich angeboten, dass er sich jederzeit bei mir melden kann. Doch er hat es auf eine andere Art und Weise schwer, sich wieder zurechtzufinden. Schließlich ist er ein Fremder und seine Welt eine komplett andere. Henrike habe ich schon gesehen, sie scheint die Erlebnisse in der Anstalt noch am besten verkraftet zu haben. Alva hat öfter angerufen. Theo und Benny planen bereits ein Treffen, bei dem wir uns alle zusammen das erste Mal wieder persönlich sehen. *Fast alle.*

Mein Blick wandert wieder zum Fenster. Die Sonne bricht aus den Wolken, sie wirft vertraute Lichtmuster ins Innere der Küche und lässt den weißen Schnee funkeln wie tausend winzige Diamanten.

»Weißt du«, sagt Vanjo, der meine Stimmung scheinbar irgendwie spürt. »Das mag zwar bescheuert klingen, aber in unendlich vielen anderen Welten sitzt Julian womöglich gerade auch zu Hause und guckt einen Horrorfilm. Tim macht ein Workout, und Ricarda geht mit ihrem Paul spazieren. In unendlich vielen Welten sind auch diese Camper noch da und vielleicht glücklich.«

Wir lächeln uns nachdenklich an, ich seufze tief. »Das wünsche ich mir für sie.«

Irgendwie hilft mir dieser Gedanke für die kommenden Monate. Ich werde bereit für das bevorstehende Schulhalbjahr sein. Selten habe ich mich auf so normale Dinge wie das Klingeln einer Pausenglocke oder die Planung für die Wahl der Abiturfächer gefreut. Ich werde den Schwerpunkt auf die Naturwissenschaften legen, da bin ich mir sicher. In meiner Brust zieht es sich einmal schmerzlich zusammen. Wie Marks Zukunft dort in der anderen Realität aussehen mag? Und Aris?

Im Prinzip hat Mark ungeplant das bekommen, was Ari die ganze Zeit wollte: einen geliebten Menschen zurück.

Ich streiche mir nachdenklich über den Mund. Ich hoffe sehr, Ari schafft es, diese bittere Schwere von der Turnhalle nun für immer hinter sich zu lassen.

Für Mark hoffe ich, dass er zusammen mit seiner Mutter über physikalischen Lehrbüchern hängt. Dabei liegt eine Furche zwischen seinen Augenbrauen, so wie sie das immer tat, wenn er sein Nachdenkgesicht aufgesetzt hat. Sie reden sich in Rage, tüfteln über neue Algorithmen. Auf jeden Fall werden sie die Theorien über Parallelwelten tief vergraben haben. Zumindest haben sie das in meiner Vorstellung.

Vanjo legt seinen Löffel nun in der Müslischlüssel ab und schiebt seine Hand über den Küchentisch zu meiner. »Du denkst wieder an ihn, oder?«

Ich sehe in die vertrauten gesprenkelten Nowikow-Augen meines Bruders. Merke erst jetzt, wie sehr ich in Gedanken abgedriftet bin.

»Mhm«, sage ich nur.

»Dieses Spiri-Gelaber ist zwar eher so ein Ding zwischen Henrike und dir, und auch wenn keiner meine Ira so gut durchschauen kann, wie ich es tue«, sagt er aufmunternd, »bin ich mir trotzdem sicher, dass Mark auch über eine Dimension hinweg spüren wird, dass du ihm verziehen hast.«

Der Druck in meiner Brust lässt etwas nach, ich schenke Vanjo ein kurzes Lächeln. »Danke.«

Er drückt meine Hand, und für einen Augenblick sind nur das Altherren-Summen des Kühlschranks und der Fernseher im Hintergrund zu hören. Wir sehen uns aufrichtig an, ein wohliges Gefühl durchströmt mich. Ein Ivana-Moment.

Dann rutscht Vanjo auf dem Stuhl ein Stück zurück und steht auf. »Los, komm. Gehen wir zum Crossfit. Das ist ein super zusätzliches Training für dich. Ich will meinen Zwilling schließlich in Topform sehen, wenn du beim nächsten Turnwettkämpf die Medaille holst!«

Ich nicke, trinke den letzten Schluck des Kakaos aus, an dessen Boden noch ein paar leckere Schokoladenklumpen hängen. »Glaub mir, diesmal werde ich Kalle zum Weinen bringen!«

Vanjo prustet los, hebt den Zeigefinger. »Und ich werd' davon ein Video machen.«

Mit angenehm vollem Magen räume ich mit ihm zusammen den Tisch ab. Im Wohnzimmer schalte ich den Fernseher aus, nehme Papa behutsam die Fernbedienung aus der Hand, mit der er eingeschlafen ist. Ich schiebe die Wolldecke etwas höher über seinen Bauch und drücke einen vorsichtigen Kuss auf seine Stirn, sodass er nicht aufwacht. »Hab dich lieb«, flüstere ich und bin so froh, dass die schlimmen, sorgenvollen Nächte für ihn nun langsam verblassen können.

Ich tapse über die warme Fußbodenheizung in den Flur. Wir schlüpfen in dicke Mäntel und schultern die Sporttaschen, bereit, mit den Stiefeln in den pudrigen Schnee zu stapfen. Ich grinse in mich hinein. Vielleicht schaffe ich es auch, etwas Schnee in seinen Kragen zu stopfen, bevor Vanjo damit rechnet. Ansonsten wäre ich die Erste, die einen Schneeball abbekommt.

Ich bin nicht mehr traurig darüber, dass wir nicht mehr zusammen turnen. Auch ohne Vanjo habe ich es geschafft, mich nächstes Jahr für die Leistungsklasse zu qualifizieren. Mit dem Crossfit-Training haben wir etwas Neues gefunden, dass uns zusammen wieder Spaß macht.

»Ach Mann«, sage ich und seufze, als ich aus dem lang gezogenen, schmalen Fenster neben unserer Eingangstür luge. »Schon wieder der Reporter von gestern. Sein Name ist Ron.«

Ich erkenne ihn an der hageren Statur und dem roten Schal. Er wollte unbedingt ein Zwillingsinterview mit uns machen. Aber was soll's. Irgendwann werden sie hoffentlich Ruhe geben und die Erinnerungen blasser.

Vanjo neben mir hat den Reißverschluss seiner Jacke fast zugezogen, dann hält er inne. Wir blicken uns an, ich bin kurz verblüfft über die Runzeln in seiner Stirn. »Ron und weiter?«, fragt er.

»Nichts weiter«, antworte ich und freue mich auf die frische Winterluft, die gleich draußen auf uns wartet. »Einfach nur Ron.«

ENDE